Marah Woolf

MondSilberLicht

Über die Autorin:

Marah Woolf wurde 1971 in Sachsen-Anhalt geboren, wo sie auch heute noch mit ihrem Mann, ihren drei Kindern und einer Zwergbartagame lebt. Sie studierte Geschichte und Politik und erfüllte sich mit der Veröffentlichung ihres ersten Romans 2011 einen großen Traum. Die Fortsetzung der MondLichtSaga ist unter dem Titel "MondSilberZauber" erhältlich.

Marah Woolf

MondLichtSaga

Teil I

MondSilberLicht

Roman

1.Auflage

Deutsche Erstausgabe Oktober 2011 als E-Book erschienen
copyright © Marah Woolf, Magdeburg
Umschlaggestaltung: Photodesign Rene Brandes

Alle Rechte, einschließlich dem des vollständigen oder teilweisen Nachdrucks in jeglicher Form sind vorbehalten

Facebook: Marah Woolf
Blog: www.mondsilberlicht.blog.de
Twitter: Mondsilberlicht

ISBN-13 978-1477593783

Für Sarah,
die immer an Emma und Calum geglaubt hat

Man muss nie verzweifeln,
wenn etwas verloren geht,
ein Mensch oder eine Freude oder ein Glück;
es kommt alles noch herrlicher wieder.
Was abfallen muss, fällt ab;
Was zu uns gehört, bleibt bei uns,
denn es geht alles nach Gesetzen vor sich,
die größer als unsere Einsicht sind
und mit denen wir nur scheinbar im Widerspruch stehen.
Man muss in sich selber leben und an das ganze Leben denken,
an alle seine Millionen Möglichkeiten, Weiten, Zukünfte,
denen gegenüber es nichts Vergangenes und Verlorenes gibt.

Rainer Maria Rilke, 1904

Prolog

Das Wasser um mich herum schien dunkler und dunkler zu werden. Ich versuchte, mich hindurchzukämpfen, an die Oberfläche zu gelangen, aber es war, als würde ich mich keinen Zentimeter bewegen, egal, wie sehr ich auch mit den Armen ruderte und mit den Beinen strampelte. In der Ferne sah ich einen winzigen Lichtpunkt und versuchte verzweifelt, darauf zuzuschwimmen. Aber ich sank nur noch tiefer, das Licht wurde kleiner, bis es schließlich ganz erlosch. Dann spürte ich den Druck auf meiner Brust. Meine Lunge drohte zu platzen, ich schnappte nach Luft. Ich konnte meine Arme nicht mehr bewegen. Etwas griff nach mir. Ich musste versuchen, mich zu befreien …

1.Kapitel

Ich erinnerte mich nicht, wann ich das letzte Mal mitten in der Nacht aufgewacht war. Normalerweise wurde ich nachts nie wach, nicht mehr, seit ich fünf oder sechs gewesen war. Verschlafen blinzelte ich in das Halbdunkel und wartete darauf, dass die vertrauten Gegenstände in meinem Zimmer Konturen annahmen. Silbrig schimmerte das Wasserglas auf meinem Nachttisch. Ich griff danach. Das Wasser schmeckte abgestanden und war eiskalt. Trotzdem trank ich einige Schlucke. Der Wind bewegte raschelnd die weißen Vorhänge an dem offenen Fenster. Wenn er sie für einen kurzen Augenblick auseinanderwehte, konnte ich durch einen schmalen Spalt den riesigen gelben Mond erkennen, der wie angepinnt am Himmel hing. Ich liebte diese Vollmondnächte, den kalten Geruch der Nacht. Fest kuschelte ich mich unter meine dicke Decke und lauschte den gewohnten Geräuschen aus dem Wohnzimmer. Erst als ich fast wieder eingeschlafen war, bemerkte ich sie.

Die Stille.

Augenblicklich war ich hellwach. Doch so sehr ich mich bemühte, es war nichts zu hören, kein Rascheln, wenn meine Mutter Brenda sich auf dem Sofa bewegte, kein Klirren, wenn sie ihr Weinglas auf den Tisch zurückstellte. Und schon gar nicht das vertraute Gemurmel des Fernsehers. Nichts. Es war still, zu still, totenstill.

Ich angelte nach meinem Bademantel und zog ihn an. Auf Zehenspitzen trippelte ich über den kalten Boden durch unsere Wohnung und schaltete die Lampen an.

»Mom?«, rief ich, dunkel ahnend, dass ich keine Antwort bekommen würde. Ich griff nach meinem Handy. Keine

Nachricht. Ich wählte ihre Nummer und ließ es eine Ewigkeit klingeln. Am anderen Ende blieb es still. Langsam ging ich zurück in mein Zimmer, zog den Bademantel aus und legte mich in mein noch warmes Bett. Ich griff nach dem Buch auf meinem Nachttisch und versuchte vergeblich, mich auf die Zeilen zu konzentrieren. Das unruhige Gefühl, das sich meiner bemächtigte, konnte ich nicht abschütteln.

Etwas weckte mich. Ein überlautes Geräusch bahnte sich seinen Weg in meinen Kopf. Es war das nervende Gebimmel der Türglocke. Mein Buch polterte zu Boden, als ich mir verärgert die Bettdecke über den Kopf zog. Mom würde aufmachen. Es klingelte wieder, drängender, anhaltend. Ich wartete. Die Lampe neben meinem Bett brannte noch. Dann erinnerte ich mich. Böse Vorahnungen schwirrten durch meinen Kopf, während ich zur Tür lief.

Als ich öffnete, standen zwei Polizistinnen vor mir. »Emma Tate?«

Ich nickte.

»Können wir vielleicht hereinkommen?«, fragte die eine mit freundlichem Lächeln. Stumm führte ich sie ins Wohnzimmer.

»Ist deine Mutter Brenda Tate?«, fragte die Blonde zögernd. Ich brachte wieder nur ein Nicken zustande.

»Bist du allein hier?«

»Ja«, antwortete ich viel zu leise.

»Wir haben leider eine sehr traurige Mitteilung für dich.« Ihre Stimme zitterte ein wenig und ich fragte mich weshalb. Sie sprach nicht weiter. Nach einem kurzen Augenblick sprang ihre Kollegin für sie ein.

»Emma, also … wir haben deine Mutter gefunden. Sie hatte einen Unfall. Sie ist offenbar zu schnell gefahren und ins Schleudern gekommen.«

Ein Unfall? Das konnte nicht meiner Mutter passiert sein. Ich schüttelte den Kopf. Sie fuhr wie eine Schnecke. Es war jedes Mal peinlich.

»Ihr Auto hat sich auf einer Brücke überschlagen und ist in den Potomac gestürzt. Sie ist ertrunken. Wir konnten sie nur noch tot bergen.«

Das musste ein Irrtum, eine Verwechslung sein. Meine Mutter hatte immer Todesangst vor jeglichem Wasser gehabt, das nicht aus einer ordentlichen Leitung kam. Die Gedanken in meinem Kopf überschlugen sich. Ich musste etwas sagen, ihnen erklären, dass sie sich irrten. Sicher war Mom nur schnell zum Supermarkt gelaufen, um mir meine geliebten Samstagscroissants zu kaufen. Gleich würde ich hören, wie sich ihr Schlüssel in der Tür drehte. Doch kein Wort kam über meine Lippen.

»Wir möchten dich nicht allein lassen«, ergriff die Blonde wieder das Wort. »Können wir jemanden anrufen, der sich um dich kümmert?«

Ich schüttelte mechanisch den Kopf. »Da gibt es niemanden.«

»Kannst du nicht zu einer Freundin?« Ich griff nach meinem Handy und suchte Jennas Nummer heraus, dann gab ich das Telefon an die Brünette weiter. Jenna Stewart, meine beste Freundin, sie würde mich retten. Wie durch dicke Watte lauschte ich dem Gespräch. Einige Wortfetzen drangen zu mir durch. Unfall. Tod. Allein.

Es dauerte keine halbe Stunde und Jenna stand mit ihren aufgelösten Eltern vor der Tür. Im Gegensatz zu mir konnte Mrs. Stewart nicht aufhören zu weinen. Die beiden Polizistinnen wirkten erleichtert, als sie die Verantwortung für mich los waren. Mir blieb nichts anderes übrig, als ein paar Sachen zu packen und mit zu den Stewarts zu fahren. Auf das Drehen des Schlüssels im Türschloss hatte ich vergeblich gewartet.

An den Tagen, die nun folgten, dachte ich, dass es sich hier um einen meiner allzu realistischen Albträume handeln müsse. Allerdings wachte ich nicht auf, der Traum ging einfach immer weiter.

Es war klar, dass ich nicht ewig bei den Stewarts bleiben konnte, ihre Wohnung war für eine zusätzliche Person zu klein. Es gab da nur ein Problem: Ich hatte niemanden, zu dem ich gehen konnte. Ich hatte keine Verwandten in den Staaten, keine Tanten, keine Onkel und erst recht keine Großeltern. Ich wusste ja nicht einmal, wer mein Vater war.

Also kam nur mein Onkel in Frage. Mein Onkel in Schottland.

Schottland, von dort war meine Mutter fortgegangen, kaum dass ich geboren war. Siebzehn Jahre war das her und sie war nie zurückgekehrt.

Als ich, wenige Tage nach Moms Tod mit Jenna und ihrer Mutter, in unsere Wohnung fuhr, suchte ich aus Moms Telefonbuch seine Adresse und Telefonnummer heraus und gab sie Mrs. Stewart. Langsam ging ich durch jeden einzelnen Raum. So wenige Tage ohne Mom und mich und die Wohnung wirkte seltsam verlassen. Die Luft war abgestanden und Staub hatte sich auf die Schränke und Tische gelegt. Das war schon nicht mehr das Zuhause, das ich kannte. Ich fühlte mich wie eine Fremde. Ich zerrte zwei Reisetaschen aus dem Schrank und warf alle Dinge hinein, die mir wichtig waren. Meine Klamotten, meine Malsachen, meine Bilder, Fotos von meiner Mutter, meinen Pass.

Dann durchstreifte ich die Zimmer ein letztes Mal. Ich wollte etwas mitnehmen, was mich immer an sie erinnern würde.

Vor dem Regal mit unseren Reiseandenken blieb ich stehen. Ich musterte jedes einzelne Teil. Dann steckte ich einen Stein in meine Hosentasche, der wie ein Herz aussah. Wir hatten ihn vor Jahren auf einer Wanderung gefunden. Außerdem nahm ich noch den Ast mit, aus dem meine Mutter mir eine Flöte geschnitzt hatte. Naja, sie hatte es versucht. Das Ding hatte keinen Ton hervorgebracht, aber wir hatten uns bei dem Versuch, ihm einen Ton zu entlocken, schlappgelacht. Ich lächelte bei der Erinnerung.

Zum Schluss griff ich nach meiner Gitarre und schleppte alles zum Auto. Den Rest würde die Wohlfahrt erledigen. Zum Abschied warf ich einen Blick nach oben, zu den Fenstern, an denen ich so oft gestanden hatte, um das pulsierende Leben zu meinen Füßen zu betrachten.

Eine Woche nach Moms Beerdigung kam sein Brief. Nur widerstrebend öffnete ich ihn. Wie erwartet bat mein Onkel mich, zu ihm und seiner Familie zu kommen, um bei ihnen zu leben. Ich starrte auf eine der bunten Blumen auf der Tapete in Jennas Zimmer.

Zu gern hätte ich den Abschied von meinem früheren Leben hinausgezögert. Wie gern wäre ich bei Jenna geblieben. Doch nachdem unsere Wohnung aufgelöst und meine Mom beerdigt war, gab es keinen vernünftigen Grund mehr, länger zu bleiben. Jenna flehte ihre Eltern an, dass sie mich bei sich behalten sollten, doch wir alle wussten, dass dieser Wunsch zu unrealistisch war, um erfüllt zu werden.

Also blieb mir nichts anderes übrig, als mit den Tickets, die mein Onkel mir geschickt hatte, ans andere Ende der Welt zu fliegen.

Als das Flugzeug landete, war es draußen stockfinster. Ich griff nach meinem Rucksack und wartete, bis die beiden anderen Passagiere das Flugzeug verlassen hatten. Erst als der Pilot fragend auf mich zukam, stand ich auf, zupfte mein Poloshirt zurecht, zog meine Jacke an und verließ das Flugzeug.

Seit über zwanzig Stunden war ich jetzt unterwegs, zuletzt mit dieser fliegenden Schuhschachtel, die mich zum einzigen Flugplatz auf Skye verfrachtet hatte. Zwanzig Stunden, in denen ich versucht hatte, mich mit dem Leben, das nun vor mir lag, anzufreunden. Wenn ich ehrlich zu mir war, war es mir nicht besonders gut gelungen.

Zögernd lief ich die wacklige Treppe hinunter, blieb stehen und atmete die kalte Luft ein. Dann sah ich zum Himmel. Pechschwarz spannte er sich über mir. Niemals hatte ich so viele Sterne gesehen. Es mussten Millionen sein. Solch ein klarer Himmel war über Washington undenkbar. Ich zog meine Jacke um mich und lief weiter.

Nach dem langen Flug fühlte ich mich zerknautscht und wie gerädert. Unschlüssig blieb ich stehen und sah mich um. Ein großer, schlanker Mann trat aus der Baracke, die am anderen Ende der Rollbahn stand und lief auf mich zu. Er war nur wenig älter, als meine Mutter es gewesen war. Das volle Haar war genauso dunkel wie ihres und ein bisschen gelockt wie meines. Vor Aufregung hielt ich den Atem an.

»Emma?«, fragte er mit warmer klarer Stimme. »Ich bin Ethan, dein … dein Onkel.«

»Hi«, erwiderte ich.

»War der Flug sehr anstrengend?« Besorgt sah er mich an. Ich nickte stumm.

»Komm, nichts wie nach Hause«, forderte er mich auf und griff nach meinen Taschen.

Plötzlich hörte ich jemanden rufen: »Ethan, Emma, da seid ihr ja.«

Eine schöne, rothaarige Frau kam auf uns zugelaufen. Bevor ich etwas sagen konnte, umarmte sie mich und drückte mich an sich. Automatisch machte ich mich steif. Sie schien es nicht zu bemerken. Sie gab mir einen Kuss auf die Wange und schob mich auf Armeslänge von sich fort, um mich zu betrachten.

»Du bist Brenda wie aus dem Gesicht geschnitten«, rief sie aus. »Ich bin Bree, deine Tante. Aber es reicht, wenn du mich Bree nennst. Tante klingt furchtbar alt«, plauderte sie drauflos, legte mir einen Arm um die Schulter und zog mich hinter Ethan her.

Ethan und Bree lebten mit ihrer Familie in der Nähe von Portree, der Hauptstadt der Isle of Skye.

Es dauerte zum Glück keine halbe Stunde mehr, bis wir dort ankamen. Während der Fahrt tat ich, als ob ich schliefe. Ich hatte keine Lust zu reden. Erst als wir durch Portree fuhren, beschloss ich, dass es Zeit war aufzuwachen und gähnte lauter als nötig. Bree sah sich zu mir um. »Wir sind gleich da.«

Ich stieg aus dem Wagen und musterte im Licht des beginnenden Tages das hübsche Haus. Es war die perfekte Idylle. Vermutlich schlossen sie nachts nicht einmal die Tür ab. Das totale Kontrastprogramm zu meinem bisherigen Leben, dachte ich. Der graue Naturstein der Hauswände war von dicken Rosenranken bedeckt, die bis auf die festen, dicken Dornen noch kahl waren. Schmale Stufen führten zu einer schlichten dunkelgrünen Haustür. Rund um das Haus erstreckte sich der Garten. Ein Wirrwarr von kiesbedeckten Wegen durchzog ihn und man konnte leicht die unzähligen Büsche und Pflanzen erkennen, die im Frühjahr den Garten überwuchern würden.

Das Haus lag außerhalb von Portree. Doch mir war sofort der phänomenale Blick zum Hafen des Städtchens aufgefallen. Portree war der größte Ort der Insel, das hatte ich gegoogelt. Viel mehr hatte das Internet mir nicht verraten. Mir kam er winzig vor. Das konnte ja heiter werden. Hier gab es bestimmt kein Kino, von Theater oder Konzerten ganz zu schweigen.

Rings um das Haus breiteten sich sanft geschwungene Wiesen aus und ich konnte durch den Nebel, der wie ein grauer Schleier auf dem Gras lag, in einiger Entfernung einen Wald erahnen.

Ethan öffnete den Kofferraum und nahm mein Gepäck heraus. Es war nicht viel. Mein ganzes bisheriges Leben passte in zwei Reisetaschen. Traurig eigentlich, dachte ich bei dem Anblick der schaukelnden braunen Taschen in Ethans Händen. Langsam ging ich hinter ihm und Bree, die meine Gitarre trug, zum Haus. Meinen Rucksack umklammerte ich wie eine Ertrinkende.

Wir betraten das Haus und standen in einem kleinen Flur. Dahinter kam ein größerer Raum zum Vorschein, das Wohnzimmer, wie Bree mir erklärte. Ein Duft von Lavendel und Vanille hing in der Luft. An der Stirnseite war ein großer offener Kamin eingelassen. Ich trat näher, um die Fotos zu betrachten, die auf dem Sims aufgereiht standen. Es waren Fotos von Kindern. Das mussten mein Cousin und meine Cousinen sein.

»Ich schlage vor, du schläfst heute unten im kleinen Zimmer«, sagte Bree leise zu mir. »Du und Amelie sollt euch erst kennen lernen, dann kannst du entscheiden, ob du dein eigenes Zimmer möchtest oder bei Amelie wohnen willst.«

Die Antwort hätte ich ihr gleich geben können. Ich brauchte meine Privatsphäre. Aber es würde später Zeit sein, mit ihr darüber zu reden, entschied ich.

Ich musterte das Zimmer, in das sie mich führte - das alte Bett mit der bordeauxroten Bettwäsche und den weißen Stickereien darauf, die Wände mit der gestreiften Tapete in hellen Beige- und dunklen Rottönen. Unter einem Fenster stand eine Kommode und unter einem anderen ein kleiner Schreibtisch. Der Raum gefiel mir. Bree zog die cremefarbenen Vorhänge zu.

»Das Zimmer hat früher deiner Mutter gehört. Wir haben die Möbel restauriert und das Zimmer neu tapeziert.« Sie strich mit den Fingern über die Vorhänge.

»Komm, ich zeig dir das Bad.« Auf dem Weg dorthin öffnete sie einen kleinen Schrank und reichte mir Handtücher und Waschlappen. Dann setzte sie sich auf den Wannenrand und schaute mich an. Das hat mir noch gefehlt, dachte ich und erwiderte tapfer ihren Blick.

»Wir hoffen, dass du dich bei uns einleben wirst«, sagte sie jedoch nur. Ich nickte zögernd und schaute ihr dankbar nach, als sie das Bad verließ. Dann stellte ich mich unter die Dusche und genoss die Wärme des Wassers. Danach kämmte ich mein widerspenstiges, langes, braunes Haar und betrachtete mich im Spiegel. Ich suchte Spuren in meinem Gesicht, die die Ereignisse hinterlassen hatten. Ich war blass, aber das war ich immer. Unter meinen silbergrauen Augen lagen dunkle Schatten. »Was soll`s«, sagte ich zu mir, schlüpfte in meinen Pyjama, der mich tröstlich an Zuhause erinnerte, und schlich durch den Flur in mein Zimmer. Schnell verstaute ich meine ausgewaschenen Jeans sowie meine Sweat- und Poloshirts in der kleinen Kommode. Im Bett starrte ich an die Decke und grübelte, was mit meinem Leben passiert war. Es dauerte nicht lange, und bei den vielen Erinnerungen an meine Mom stiegen mir, wie fast jede Nacht der vergangenen Wochen, die Tränen in die Augen. Ich zog mir die kalte fremde Bettdecke bis zur Nasenspitze und weinte mich in den Schlaf.

Als ich wach wurde, bemerkte ich als Erstes das Zwitschern der Vögel. Die Sonne schickte dünne Strahlen durch das offene Fenster. Ich hörte in mich hinein und der zentnerschwere Brocken in meiner Brust kam mir für einen Moment nicht mehr ganz so schwer vor. Lange dauerte dieses Gefühl nicht an. Das Vogelgezwitscher wurde von den verschiedensten Stimmen aus dem Haus übertönt. Draußen vor der Tür sprang ein Auto an. Schweren Herzens streckte ich die Füße unter der Decke hervor und setzte mich auf. Es dauerte eine Weile, bis ich angezogen war. Dann überlegte ich, was ich tun sollte. Sollte ich in die Küche oder erst ins Bad gehen? Da wurde die Tür aufgestoßen und zwei kleine Mädchen polterten herein. Vor Aufregung stolperten sie beinahe übereinander.

»Emma?«, riefen die beiden wie aus einem Munde. Die zwei glichen einander wie ein Ei dem anderen. Beide hatten langes, rotes Haar und identische feine Gesichtszüge. Ihre Haut war sehr hell und ihre Nasen von mindestens zwanzig Sommersprossen übersät. Das mussten meine beiden kleinen neunjährigen Cousinen sein. Ich würde sie nie auseinander halten können.

Überrascht von ihrem Mut, stammelte die eine kleinlaut: »Möchtest du mit uns Mittag essen?«

Wie lange hatte ich wohl geschlafen, wenn schon Mittagszeit war? Hoffentlich war das nicht zu unhöflich gewesen? Andererseits hätten sie mich ja wecken können. Ich beschloss nicht länger darüber nachzudenken.

»Dad ist mit Amelie und Peter gleich aus der Stadt zurück und Mom meinte, wir sollten dir Bescheid sagen.«

Als ich aufstand, schob sich eine kleine Hand in meine und das andere Mädchen schaute mich an. »Ich bin Hannah«, flüsterte sie. Dann war die Mutigere Amber, dachte ich bei mir.

Bree begrüßte mich mit einem Lächeln: »Na, hast du unsere Nesthäkchen kennen gelernt? Sie wollten dich unbedingt wecken. Ich konnte sie nur mit Mühe zurückhalten. Wir wollten dich ausschlafen lassen.«

Ich dankte ihr mit einem Lächeln.

»Setz dich her, möchtest du Kaffee oder Tee?«, fragte sie und schob mich zu einem Stuhl an dem riesigen Eichenholztisch, der mitten in der Küche stand.

»Kaffee, bitte«, erwiderte ich und beobachtete Bree, während sie das Mittagessen zubereitete. Sie deckte den Tisch, briet Fleisch und Kartoffeln und schnitt Gemüse auf. Der frisch gebrühte Kaffee duftete verlockend und ich trank so gierig, dass ich mir prompt die Zunge verbrannte. Zwischendurch gab Bree den Zwillingen kleine Aufgaben, um sie davon abzuhalten, mich mit Fragen zu löchern.

»Kann ich dir helfen?«, fragte ich zögernd.

»Nein.« Lächelnd schüttelte sie den Kopf. »Bleib sitzen und trink deinen Kaffee. Ich bin gleich fertig.«

Unwillkürlich begann ich Bree mit meiner Mutter zu vergleichen. Häuslich wäre die letzte Bezeichnung gewesen, die mir zu ihr eingefallen wäre. Wir waren oft umgezogen, da sie es nie lange in einer Wohnung aushielt und sie hatte immer viel gearbeitet. Ich verbrachte meine Freizeit meist mit Freunden oder beim Schwimmen. Aber gerade deshalb hatte ich jede Minute, die sie mit mir verbracht hatte, besonders genossen. Und obwohl ich immer spürte, dass sie etwas vor mir verbarg, hatte ich doch jedes meiner Geheimnisse mit ihr geteilt.

»Bree«, begann ich, wobei mir die vertrauliche Anrede schwer über die Lippen kam. Sie drehte sich zu mir um.

»Ja, Schatz?«

»Wegen des Zimmers, wenn es euch nichts ausmacht, würde ich gern dort bleiben.« Ich sah auf die Tischplatte und biss mir verlegen auf die Unterlippe. »Es gefällt mir gut und ich bin gern mal allein.« Ich drehte den leeren Kaffeebecher in den Händen. »Das ist kein Problem, ich hatte befürchtet, das Zimmer könnte dir zu klein sein. Ich bin froh, dass es dir gefällt.«

Damit war das geklärt, ich war erleichtert.

»Darf ich ein paar Bilder aufhängen?«, fragte ich mutiger. »Nichts Großartiges. Ich habe ein paar Zeichnungen mitgebracht, als Erinnerung.« Ich verstummte.

»Sicher, Liebes. Hast du sie gezeichnet?« Sie wartete keine Antwort ab und plauderte weiter. »Peter zeichnet auch. Seine Bilder sind wunderschön, finde ich jedenfalls«, verkündete sie voller Stolz. Die Zwillinge verdrehten die Augen und versuchten, ein Kichern zu unterdrücken. »Bestimmt nimmt er dich mal mit, hoch zu den Klippen, wenn du magst.«

In diesem Moment hörten wir Lärm an der Tür. Amelie, Peter und Ethan kamen nach Hause. Amber nahm meine Hand und zog mich in den Flur, der für fünf Personen eindeutig zu klein war. Die drei zogen ihre Jacken und Schuhe aus und verstauten alles in einem riesigen Schrank.

»Hallo, Emma«, wandte Amelie sich zu mir um und reichte mir ihre Hand. Sie hatte langes, stark gelocktes, dunkelblondes Haar, das von hellen Strähnen durchzogen war. Wie ihre Mutter war sie eine Schönheit. Ihre Haut schimmerte wie Elfenbein und sie sah mich mit großen grünen Augen abschätzend an. Obwohl wir beide gleichaltrig waren, fühlte ich mich im Vergleich zu ihr wie ein Küken.

»Ich bin Peter«, schubste sie mein ein Jahr älterer Cousin zur Seite, worauf sie ihn in den Rücken boxte. Er grinste nur. »Du bist also die verlorene Cousine«, sagte er schelmisch.

»Und du der Künstler«, erwiderte ich.

»Hat Mom schon alle Familiengeheimnisse verraten?« Er machte ein erschrockenes Gesicht. »Ich hoffe, sie hat nur nette Sachen erzählt.«

Ich versuchte, ein geheimnisvolles Gesicht aufzusetzen. Peter lachte und legte seinen Arm um meine Schultern.

»Essen ist fertig«, rief Bree im selben Moment.

Es schmeckte köstlich. Ich hatte seit Stunden nichts gegessen und war sehr hungrig. Die Mahlzeiten im Flugzeug waren abscheulich gewesen.

»Emma, erzähl uns von Washington«, bat Peter.

Ich hob die Schultern. »Was willst du wissen?«

»Was hast du in deiner Freizeit gemacht? Auf welche Schule bist du gegangen? Welche Kurse hast du belegt? Alles eben.«

»Stopp, stopp«, rief Bree dazwischen. »Peter, lass sie sich erst satt essen. Du kannst ihr nachher das Haus und den Garten zeigen und ihr könnt zu den Klippen gehen und dann kann sie dir alles erzählen, was du wissen möchtest.«

Verschwörerisch blinzelte sie mir zu. »Erzähl ihm nicht zu viel, er verrät es seinen Freunden und bald weiß es die ganze Stadt.«

Peter zerknüllte seine Serviette und warf sie nach seiner Mutter. »Pah, ich kann schweigen wie ein Grab.« Alle am Tisch brachen in schallendes Gelächter aus.

»Er ist die Klatschtante der Schule«, weihte Amelie mich ein. »Bei seinem Unschuldsgesicht fühlen sich die Mädchen immer bemüßigt, ihm ihre Geheimnisse zu erzählen.«

Peter funkelte seine Schwester an. Doch Ethan unterbrach das Geplänkel.

»Jetzt möchte ich Emma in unserer Familie begrüßen«, sagte er feierlich und schlug mit einem Dessertlöffel an sein Glas. Ich merkte, wie ich rot anlief. Unglücklich sah ich ihn an.

»Ich mach es kurz, versprochen.«

Also atmete ich tief durch.

»Emma, wir freuen uns, dass du dich entschlossen hast, bei uns zu leben. Auch wenn die Ursache sehr, sehr schmerzlich ist, vor allem für mich. Leider haben unsere Kinder deine Mutter nie kennengelernt. Ich, das heißt wir hoffen, dass du dich bei uns wohl fühlen wirst und wir dir in deiner Situation beistehen können. Also, willkommen in unserer Familie.«

Alle am Tisch klatschten und sahen mich lächelnd an.

»Danke«, mehr wusste ich nicht zu sagen, froh darüber, dass mir nicht gleich die Tränen in die Augen schossen, bei den Gedanken an meine Mom.

Nach dem Essen zeigte Peter mir das Meer. Er hatte sein braunes Haar im Nacken zu einem Zopf gebunden und strahlte eine faszinierende Ruhe aus. Er war nicht im eigentlichen Sinne gut aussehend, geschweige denn schön wie seine Schwester. Aber er wirkte tatsächlich absolut vertrauenerweckend. Jetzt wusste ich, was Amelie gemeint hatte.

Ich hatte ihm von Jenna erzählt und von meiner alten Schule. Er hatte mir zugehört und mich nicht einmal unterbrochen. Ich war froh, dass er mich nicht nach meiner Mom fragte. »Gibt es hier im Ort eine Schwimmhalle?«, fragte ich jetzt. »Ich war zu Hause im Schwimmteam, und würde gern weiter trainieren.«

»Bewirb dich doch hier auch für das Team. Ich glaube, das Probeschwimmen ist in ein paar Wochen. Ich mache mich mal schlau, versprochen.«

»Weshalb habt ihr uns nie besucht?«, fragte er später, als wir am Rande der Klippen standen. Unter uns tosten die Wellen und schlugen krachend an die Felsen. Ich sog die Luft ein. Bis hier oben spürte man die feinen salzigen Wassertröpfchen auf der Haut. Der Ausblick war einmalig.

»Es ist wunderschön«, sagte ich leise.

»Das ist es, schön und gefährlich. Du musst aufpassen, dass du nicht zu nah an den Rand gehst, diese Küsten brechen leicht ab und stürzen ins Meer«, sagte er. »Und wir wollen dich nicht gleich wieder verlieren«, setzte er schelmisch hinzu.

»Ich komme oft her, um zu zeichnen, und es sieht immer anders aus«, sprach er weiter und sah zum Horizont.

»Ich würde gern mal mitkommen und es versuchen«, bat ich ihn.

»Du malst auch?«

»Ein bisschen. Scheint eine Familienkrankheit zu sein.«

Als wir zurück zum Haus liefen, schien die Sonne in den großen Garten. Wir setzten uns auf eine kleine Bank und genossen das erste bisschen Wärme.

»Du hast meine Frage vorhin nicht beantwortet«, sagte Peter nach einer Weile.

»Das kann ich auch nicht, ich weiß es selbst nicht«, antwortete ich.

2. Kapitel

"Emma!« Amelies Stimme drang durch meinen Traum: »Wach auf, du Schlafmütze.« Sie polterte in mein Zimmer.

Ich drehte mich um, griff nach der Decke und vergrub meinen Kopf in den Kissen. Dann rieb ich mir die Augen und rappelte mich auf.

Zwei Wochen war ich mittlerweile hier. Die Zeit hatte ich entweder im Haus oder am Meer verbracht. Jetzt war die Gnadenfrist vorbei und ab morgen sollte ich in Portree zur Schule gehen. Ein Ereignis, das ich gern weiter hinausgezögert hätte. Der einzige Lichtblick war, dass ich viele Kurse gemeinsam mit Amelie haben würde. Schließlich war sie nur einen Monat älter als ich. Sie hatte mir schon verraten, dass der zehnte Jahrgang hier sechsundvierzig Schüler zählte. Das hieß Minikurse und maximale Lehreraufmerksamkeit.

»Los, steh auf. Bist du ein Baby, dass du Mittagsschlaf hältst? Wir müssen los. An der Küste ist etwas passiert. Wir wollen sehen, ob wir helfen können. Dad meint, du sollst mitkommen.«

Sie verschwand aus meinem Zimmer.

Schlaftrunken tapste ich ins Bad. Ich putzte mir die Zähne und wusch mein Gesicht mit kaltem Wasser. Das weckte meine Lebensgeister. Ich trocknete mich ab, kämmte mein Haar und schlüpfte in Jeans und Sweatshirt.

In der Küche empfing mich lautes Stimmengewirr. Alle redeten durcheinander.

Bree schob mir eine Tasse Kaffee zu und ich versuchte, den Grund für das aufgeregte Gespräch zu entschlüsseln. Erst glaubte ich mich verhört zu haben, doch es ging tatsächlich um Wale. Diese riesenhaften Tiere, die ich nur aus dem Fernsehen kannte, sollten hier an der Küste gestrandet sein? Einfach so?

Peter stritt sich heftig mit Ethan. Ich verstand nur die Hälfte. Sie redeten von Sonaren, Echos und Schall. Bree unterbrach die beiden.

»Schluss jetzt mit der Streiterei. Esst auf und dann fahren wir zum Strand. Sie werden jede Hilfe brauchen.«

Während Bree und Amelie den Tisch abräumten, verstauten Peter und ich alle Eimer, die wir im Haus finden konnten, im Auto.

»Nehmt die Spaten mit«, rief Ethan uns zu, während er auf die Zwillinge einredete.

»Der Strand ist heute nichts für euch. Wir müssen erst sehen, was wir tun können. Es ist wichtig, dass ihr zu Hause bleibt. Können wir uns darauf verlassen?«

Amber nickte, aber Hannah blickte ihn trotzig an.

Ethan schüttelte den Kopf und kam zum Wagen.

»Würde mich nicht wundern, wenn sie dort auftauchen«, meinte er resigniert zu Bree, die im Fond saß.

»Wollen wir wetten?«, fragte Peter.

Doch Ethan war nicht zum Wetten zu Mute. Er winkte seinen Töchtern zu und startete den Wagen.

Der Himmel hing voller Wolken und noch bevor wir am Strand angelangt waren, knallten dicke Regentropfen auf die Frontscheibe.

In meinen wildesten Träumen hätte ich mir nicht vorstellen können, was mich erwartete.

Als wir aus dem Auto stiegen, hatten sich schon andere Leute am Strand versammelt. Wir liefen auf sie zu. Schockiert blickte ich auf das Bild, das sich mir bot. Da lag gut ein Dutzend pechschwarzer Wale im nassen Sand.

»Wie passiert denn so was?«, fragte ich Peter, der zu einem der Tiere getreten war und versuchte, es mit leiser Stimme zu beruhigen. Offenbar tat er dies nicht zum ersten Mal. Ich bewunderte seinen Mut.

Das panische Zucken in den Augen des Wales zeigte die Todesangst, die das Tier hatte.

Vorsichtig näherte ich mich dem Wal und legte behutsam eine Hand auf die erstaunlich weiche Haut.

»So viele.« Seine Stimme klang verzweifelt.

»Wir müssen die Tiere feucht halten, sonst werden sie sterben«, sagte ein grauhaariger Mann, der hinter uns getreten war. »Einige sind schon tot.«

»Emma, das ist Dr. Erickson«, stellte Peter mich vor.

»Das ist Emma. Meine Cousine aus den Staaten«, wandte er sich dann dem Mann zu. Der Mann musterte mich mit einem so intensiven Blick, dass ich ihm ausweichen musste.

»Du bist Brendas Tochter«, stellte er dann leise fest.

»Kommen Sie, Dr. Erickson. Wir müssen feststellen, welchen Tieren wir noch helfen können«, unterbrach ihn Peter ungeduldig. Kopfschüttelnd wandte der Mann sich ab und ließ mich mit einem komischen Gefühl im Magen zurück. Ich hatte nicht lange Zeit, über diese Begegnung nachzudenken.

Jedem Tier, das noch lebte, wurden zwei oder drei Helfer zugeteilt. Die Gruppen versuchten mit den mitgebrachten Wassereimern, die Wale feucht zu halten. Innerhalb weniger Minuten war ich bis auf die Haut durchnässt.

»Peter, so werden wir es nicht schaffen. Das bisschen Wasser ist ein Tropfen auf den heißen Stein«, rief ich ihm zu.

Wenn bloß der Regen nicht aufgehört hätte. Jetzt könnten wir ihn brauchen.

»Ich spreche mit Dad«, erwiderte Peter und lief davon.

Amelie und ich kümmerten uns um eins der kleineren Tiere. Es musste ein Kalb sein und ich fragte mich, wo seine Mutter war. Wir liefen bis zur Erschöpfung. Es war ein aussichtsloser Kampf gegen den Wind, der die Körper austrocknete.

»Die Frauen holen Laken.« Peter kam wieder zu uns.

Es kam mir ewig vor, bis sie zurück waren. Wir breiteten die Tücher über die Körper der Wale und benetzten diese mit Wasser. Danach wurde es besser.

»Wir müssen die Tiere ins Meer zurückschaffen«, sagte Amelie. »Wir können sie nicht ewig feucht halten. Wann kommt die Marine?«

»Das kann Stunden dauern. Die halten draußen gerade ein Manöver ab und können heute niemanden mehr schicken«, antwortete ihr einer der Männer und wies mit seiner Hand vage aufs Meer hinaus.

»Wenn die Flut steigt, schaffen es vielleicht einige von ihnen«, mischte sich Dr. Erickson ein. Doch ich hörte an seinem Tonfall, dass er nicht daran glaubte.

Ich lief ihm hinterher, als er zu den Tieren zurückging.

»Sie glauben nicht, dass wir es schaffen, oder?«

Er sah mich an.

»Emma, fünf Tiere sind tot. Die anderen sind sehr schwach. Ich glaube, uns kann nur ein Wunder helfen.«

Er sah an mir vorbei und auf das Meer hinaus.

»Ein Wunder«, wiederholte er, wandte sich ab und stapfte weiter.

Ich lief zurück zu Amelie. Unser kleiner Wal atmete nur noch flach. Ich legte meine Wange an seine kalte Haut und flüsterte ihm zu: »Du musst kämpfen, hörst du? Kämpfe.« Seine Augen zuckten nicht mehr so wild, während ich ihn streichelte und beruhigend auf ihn einsprach: »Es wird alles gut werden.«

Dann schnappte ich mir meinen Eimer und lief zum Wasser.

Die Flut würde bald einsetzen und die Tiere erreichen. Ich fragte mich, wie sie es schaffen sollten, wieder zu schwimmen. Mittlerweile waren sie viel zu schwach.

Erschöpft standen Amelie und ich um eins der Lagerfeuer, die die Männer angezündet hatten, und tranken einen Becher heißen Tee.

»Wir müssen die Tiere drehen, damit sie besser schwimmen können.«

»Peter, wie soll das gehen? Die Tiere sind zu schwer«, antwortete einer der Männer. »Wir haben kein Gerät dafür, das kann nur die Marine und wenn die nicht kommen …«, resigniert zuckte er mit den Achseln.

»Die Lastwagen kommen hier nicht herunter. Sie würden im Sand stecken bleiben«, überlegte Ethan laut.

»Was ist mit den Jeeps?«, fiel ich ihm ins Wort. »Mit den Jeeps könnte es gehen.«

Die Männer sahen mich skeptisch an. Dann nickte einer nach dem anderen bedächtig.

»Wir könnten die Jeeps runterfahren und die Tiere mit den Gurten ins Wasser ziehen. Wir müssen den richtigen Zeitpunkt abwarten. Das Wasser darf nicht zu hoch und nicht zu flach sein«, erklärte Ethan.

»Wir werden uns sehr beeilen müssen«, warf Dr. Erickson ein. »Und es ist gefährlich. Wir wissen nicht, wie sich die Tiere verhalten, wenn sie wieder im Wasser sind.«

»Wie viele Jeeps haben wir?«, unterbrach einer der Männer unwirsch seine Bedenken.

Ethan zählte, während jeder der Männer, der seinen Wagen zur Verfügung stellen wollte, kurz die Hand hob.

»Fünf«, stellte er abschließend fest. »Das reicht. Wir haben sowieso nur Gurte für jeweils ein Tier. Wir fahren abwechselnd.«

Ethan rieb seine Hände über dem warmen Feuer. »Wir sollten die Gurte vorbereiten. Ich schätze, wir können bald loslegen.«

Während die Männer zu den Autos gingen, lief ich zu meinem kleinen Wal. Amelie hatte die Laken ganz feucht gemacht. Ich wickelte mich in eine Wärmedecke und strich ihm beruhigend über den Körper. Dann setzte ich mich in den feuchten Sand, lehnte mich gegen ihn und erzählte vom Meer.

Ich wusste, dass er mich nicht verstand, aber ich hoffte meine Anwesenheit würde seine Einsamkeit vertreiben. Ein Gefühl, das mir in den letzten Wochen nur allzu vertraut geworden war.

Der Lärm der Motoren schreckte mich auf. Vorsichtig lenkten die Männer die Jeeps an den Strand. Der Krach machte die Tiere unruhig. Ich stand auf und sah ihnen entgegen.

Da sah ich ihn zum ersten Mal. Sein zimtfarbenes, zerzaustes Haar funkelte im Licht der letzten Sonnenstrahlen. Ernst betrachtete er die Wale. Ich hatte noch nie einen so gut aussehenden Jungen gesehen. Mein Herz machte sich selbstständig und hämmerte gegen meine Brust. Er trug ein graues, eng anliegendes T-Shirt, das seinen muskulösen Oberkörper mehr als gut zur Geltung brachte, und eine schwarze Jeans. Selbst die hässlichen grünen Gummistiefel sahen an ihm cool aus. Sein für meine Begriffe leicht bekleideter Anblick verursachte mir eine Gänsehaut. Meine Fleecejacke hielt die Kälte kaum ab. Am auffallendsten war sein Gesicht. Es erinnerte mich an die griechischen Skulpturen, die wir im Kunstunterricht durchgenommen hatten. Seine Züge waren fein und gleichzeitig markant und seine Haut hatte trotz des langen Winters einen zarten hellbraunen Ton. Er hatte seine Lippen aufeinander gepresst, als sei er wütend. Seine Augen jedoch betrachteten traurig die Tiere.

Während er sie ansah, redete Dr. Erickson, der neben ihm stand, unablässig auf ihn ein. Ich konnte nicht verstehen, wovon sie sprachen, mehrmals schüttelte der Junge den Kopf. Plötzlich, als spürte er, dass ich ihn beobachtete, wandte er sich mir zu. Er betrachtete mich kurz, zog seine

Augenbrauen unwillig zusammen und drehte sich wieder zu Dr. Erickson.

Umständlich rappelte ich mich auf und strich mir die Haare aus dem Gesicht. Der Tag war nicht geeignet gewesen, unvermutet seinem Traummann zu begegnen. Amelie stand kichernd neben mir.

»Sieht er nicht toll aus?«, flüsterte sie mir zu. »Das ist Calum, Dr. Ericksons Ziehsohn.« Ich ignorierte ihre Bemerkung und drehte mich zu unserem kleinen Kalb um.

»Es geht ihm nicht gut«, stellte ich fest und bemerkte, dass meine Hände zitterten.

»Ich weiß. Ich bezweifle, dass er es schaffen wird.« »Natürlich wird er es schaffen. Wir dürfen ihn nicht aufgeben«, widersprach ich.

Die Männer begannen, die Gurte um eins der Tiere zu schnallen.

Langsam und vorsichtig fuhr der Wagen an. Ich hoffte, dass der Wasserstand reichen würde, um das Tier weit genug ins Wasser zu ziehen. Mit vereinten Kräften zogen und schoben wir den massigen Wal zurück ins Meer. Vorn am Kopf bemerkte ich Calum. Die ganze Zeit flüsterte er dem Wal etwas zu. Fasziniert betrachtete ich sein konzentriertes Gesicht. Glaubte er, dass das Tier ihn verstand? Als mir das Wasser bis an den Rand der Gummistiefel reichte, blieb ich stehen. In kleinen Wellen schwappte das kalte, dunkle Nass in die Stiefel. Längst vertraute Angst kroch in mir hoch.

Wasser.

Schon als Kind hatte ich eine panische Angst vor offenen, dunklen und unergründlich tiefen Gewässern entwickelt. Es war ein Erbe meiner Mutter. Niemals hatte sie mir erlaubt, dass ich im Meer oder in einem See baden ging. Das Baden in hellen, freundlichen Schwimmbädern hatte sie mir dagegen nie abschlagen können. Da war ich buchstäblich ein Fisch im Wasser. Vorsichtig, Schritt für Schritt, wich ich zurück, das aufkommende Zittern mühsam unterdrückend. Vom sicheren Ufer aus sah ich zu, wie die anderen die Gurte lösten und den Wal weiter ins Wasser schoben. Die ganze Zeit blieb Calum bei dem Tier, während ein Helfer nach dem anderen zurück ans Ufer kam. Kurze Zeit später reichte ihm das Wasser bis zur Brust. Endlich war es für den Wal tief genug. Mit einem Mal drehte der seinen Kopf Calum zu. Es schien, als würde er ihm zunicken. Ich wusste, das war blanker Unsinn.

Dann schlug er kräftig mit seiner Schwanzflosse und schwamm los. Er hatte es geschafft. Wir jubelten vor Erleichterung und Amelie und ich fielen uns in die Arme.

»Ich wusste, dass Calum es schaffen würde«, sagte Dr. Erickson neben mir und ging ihm mit einer Decke entgegen. Doch Calum schüttelte den Kopf und zeigte auf die anderen Tiere.

Die Prozedur wiederholte sich mehrmals. Der Vollmond stand mittlerweile am Himmel und warf kaltes, silbriges Licht auf den Strand. Es war windstill, irgendwie friedlich.

Calum war jedes Mal der Letzte, der die Wale ins Wasser entließ. Er schien weder zu frieren noch Angst zu haben. Eine einzige falsche Bewegung der verängstigten Tiere konnte ihn verletzen oder töten.

Endlich war unser kleiner Schutzbefohlener an der Reihe. Ich legte meine Wange an seine kalte Haut und flüsterte ihm zu:

»Es wird alles gut werden.«

Während der Jeep langsam anfuhr, hielt ich den Kopf des Kleinen. Ich wollte so lange wie möglich bei ihm bleiben. Auf der anderen Seite hatte Calum sich postiert und sprach unablässig auf das kleine Tier ein. Seine schmalen, feingliedrigen Hände lagen auf dem Rücken des Tieres und berührten fast meine. Er flüsterte ganz leise, so dass ich nicht verstehen konnte, was er sagte. Ich spürte nur, wie der Wal ruhiger wurde. Das panische Zucken in seinen Augen verschwand.

Wie machte er das? Langsam gingen wir ins Wasser. Als es mir jedoch bis zu den Knien stand, begann das Zittern wie von selbst. Angst kroch ungebremst in mir hoch. Ich konnte die Furcht nicht beherrschen. Calum sah auf und musterte mich. Zwei irritierend dunkelblaue Seen strahlten mich an.

»Es ist gut. Du kannst ihn loslassen«, sagte er sanft.

Ich nickte und versuchte, meinen Blick von ihm zu lösen.

Das Wasser umspülte meine Beine und meine Angst verstärkte sich.

Ich spürte, wie meine Knie nachzugeben drohten. Da griff er nach meinen Händen.

»Was hast du?«

Ruhe breitete sich in mir aus. Ich hielt mich an ihm fest wie eine Ertrinkende. Schauer jagten durch meinen Körper.

»Ich fürchte mich vor dem Wasser«, flüsterte ich, bevor meine Stimme versagte.

Er nickte, als würde er verstehen. »Geh zurück an den Strand. Er wird es schaffen, glaub mir.«

Doch weder seine Hände noch sein Blick ließen mich los.

Dr. Erickson trat neben mich, nahm meinen Arm. Schweren Herzens ließ ich Calum los. Ohne seine Berührung kehrte die Angst unvermittelt viel stärker zurück und ich sackte zusammen. Dr. Erickson hielt mich fest und führte mich ans Ufer.

»Es wird alles gut, Emma. Calum macht das schon«, in seinen Worten schwang volles Vertrauen in Calums Fähigkeiten mit.

Amelie wickelte mich in eine Decke und schimpfte vor sich hin. »Was sollte das? Wolltest du ihn beeindrucken? Als sie mein Lächeln sah, verstummte sie und sah mich ernst an.

»Oh, oh, da hat es jemanden erwischt. Na, willkommen im Club. Den Blick kenne ich.«

Ich spürte, wie die Röte mir den Hals hochkroch und vergrub mein Gesicht in der kratzigen Decke.

Ich konnte mich unmöglich am Ende der Welt in den erstbesten Jungen verlieben, der mir über den Weg lief. Wahrscheinlich sah er gar nicht so gut aus, wie ich im ersten Moment gedacht hatte. Es lag nur an dieser unwirklichen Situation, dass er mir vorkam wie ein Prinz aus dem Märchen.

Die anderen geretteten Wale kreisten in einiger Entfernung im Meer. Es schien, als würden sie warten, bis der letzte der Herde bei ihnen war. Es dauerte diesmal viel länger, bis Calum den Kleinen losließ, aber auch dann machte dieser keine Anstalten loszuschwimmen.

»Er hat zu große Angst«, sagte Peter, der neben mir stand.

»Er braucht doch nur zu schwimmen«, wandte ich ein.

Da begannen die Wale draußen auf dem Meer zu singen, als würden sie den Kleinen damit rufen. Er versuchte zu antworten, aber es wurde nur ein klägliches Fiepen.

Immer noch rührte er sich nicht von der Stelle. Da stieß Calum sich ab und begann zu schwimmen. Mit seinem rechten Arm hielt er das Tier fest und zog es tiefer ins Wasser. Ein eigentümlich blauer Schimmer breitete sich um die beiden auf der Wasseroberfläche aus. Amelie und ich hielten den Atem an. Eins der Tiere löste sich aus der Gruppe und schwamm den beiden entgegen. Unablässig rief es dabei. Als sich Calum bis auf zwei oder drei Meter dem großen Wal genähert hatte, ließ er den Kleinen los und stieß ihn dem anderen Tier entgegen. Er wartete einen Moment und als klar war, dass der Wal weiterschwamm, kam er zurück.

Erleichtert holte ich Luft.

Als Calum ans Ufer zurückkam, wurde er von den Männern umringt. Sie redeten auf ihn ein und klopften ihm auf die Schultern. Dr. Erickson drängelte sich zu ihm durch und legte ihm, trotz seiner Proteste, eine Decke um. Gemeinsam gingen sie zum Auto. Bevor sie einstiegen, wandte Calum sich um und sah mich noch einmal viel zu intensiv an. Ich zog die Decke fester um mich, konnte aber die Gänsehaut, die sich auf meinen Armen bildete, nicht ignorieren.

3. Kapitel

Wir waren von den Ereignissen völlig erschöpft und ich fiel wie ein Stein in mein Bett. Trotzdem verlangte Ethan, dass wir am nächsten Tag zur Schule gingen. Meine Versuche, ihn umzustimmen, nutzten nichts. Ethan bestand als Direktor der örtlichen Highschool darauf, dass ich wieder versuchte, ein normales Leben zu führen, wie er sich ausdrückte.

Mein erster Schultag sah aus wie meine Stimmung. Es regnete in Strömen. Der Himmel sah grau und verhangen aus und weißer, dicker Nebel kroch aus jeder Senke. So ungefähr sah es auch in mir aus. Wir hatten beschlossen, dass Amelie und ich zusammen mit Peter in seinem Auto fahren und Ethan in der Schule treffen würden.

Peter sah mich aufmunternd an, als ich in die Küche kam. »Wird schon werden«, las ich in seinen braunen Augen.

Vor Aufregung brachte ich keinen Happen herunter und trank nur einen Kaffee. Der machte mich noch nervöser.

Bree reichte mir, wie den anderen, eine Tüte mit Sandwichs, einen Apfel und eine Flasche Wasser, und drückte mich kurz. Tapfer setzte ich mich neben Amelie ins Auto.

Als wir in der Schule ankamen, war der Schulhof zum Glück schon menschenleer. Wir mussten eine Weile nach einem freien Parkplatz suchen. Die zweistöckigen Gebäude waren modern in Weiß und Blau gehalten. Ein flacheres Gebäude war unschwer als Turnhalle auszumachen.

Peter ging direkt zu seinem Kurs. Amelie lief mit mir zur Direktion.

»Jetzt komm«, trieb sie mich zur Eile. »So schlimm wird es nicht, das verspreche ich dir.«

Meine Panik war mir wohl deutlich anzumerken. Als wir eintraten, sahen mich zwei Sekretärinnen hinter ihren

Schreibtischen prüfend an. Als sie Amelie erkannten, lächelten sie.

»Hallo Amelie«, sagte die Brünette, »geht ruhig rein, dein Vater wartet drinnen auf euch.«

Ethan saß hinter seinem Schreibtisch und telefonierte. Amelie ging ins Zimmer und ich blieb unschlüssig im Türrahmen stehen, zupfte an der ungewohnten Schuluniform, die Amelie mir geliehen hatte, und wartete. Kaum bemerkte Ethan uns beide, beendete er sein Telefonat, stand auf und kam uns entgegen.

»Da seid ihr Mädels ja endlich. Nun aber schnell, in fünf Minuten beginnt der Unterricht.«

Er betrachtete mich in dem schwarzen Rock, der weißen Bluse und dem ebenfalls schwarzen Blazer mit dem Schulwappen. »Steht dir gut, unsere Uniform.«

Unglücklich sah ich ihn an. Für mich war klar, dass ich mir so schnell wie möglich eine schwarze Jeans besorgen würde. Das ging wohl auch, hatte Amelie mir verraten.

Während Ethan mit uns über den nassen Schulhof ging, erklärte er mir die einzelnen Gebäude.

»Hier links ist die Turnhalle.« Er wies auf das Haus, das ich schon identifiziert hatte. »Dort geradeaus haben die unteren Klassen Unterricht und hier sind die Kurse für die zehnten bis zwölften Klassen.« Schwungvoll zog er die große Tür auf und schob uns hinein. Wir konnten kaum mit ihm Schritt halten, so schnell steuerte er auf einen Raum in der zweiten Etage zu.

Als er mit uns im Schlepptau eintrat, richteten sich alle Augen auf uns. Ich merkte, dass meine Wangen sich röteten. Das hatte mir noch gefehlt.

Ethan war entweder kein Freund von vielen Worten oder er wollte die Vorstellung mir zuliebe nicht ausdehnen. Jedenfalls machte er es kurz.

»Das ist Emma Tate, meine Nichte«, erklärte er den Schülern, die mich neugierig musterten.

»Und das ist Mr. Beckett, der Vertrauenslehrer für unsere Zehntklässler, Emma. Lass dir von Amelie nachher alles zeigen. Viel Glück.«

Damit war er verschwunden.

Ich hätte mir mehr Aufschub gewünscht. Er hätte mir ruhig erst die Schule zeigen können. Doch ich hatte keine Zeit, mich zu ärgern. Alle sahen mich erwartungsvoll an.

»Hallo Emma«, sagte in diesem Moment Mr. Beckett. »Willkommen in unserer Schule. Ich hoffe, du wirst dich bei uns wohl fühlen. Setz dich neben Jamie, da ist ein Platz frei.«

Ich ließ mich neben besagter Jamie auf den Stuhl fallen.

»Hey, ich bin Jamie Barnes«, sagte das Mädchen mit den roten, strubbligen, kurzen Haaren.

Obwohl ich versuchte, dem Unterricht zu folgen, schweiften meine Gedanken wieder und wieder ab. Ich war froh, als die Schulglocke klingelte. Jamie packte ihre Sachen zusammen und schaute mich auffordernd an.

»Was hast du jetzt?«

Endlich sah ich auf meinen Stundenplan. »Sport.«

»Okay, wir können zusammen gehen.«

Erleichtert folgte ich ihr.

Wir liefen durch strömenden Regen zur Sporthalle. Basketball war nicht meine Stärke, aber ich machte es ganz gut. Ich hatte zu Hause schon ein paar Stunden gehabt, so dass ich mich nicht blamierte. Vielleicht würde der Tag nicht so schlimm werden, wie ich befürchtet hatte.

Mittags riss die Wolkendecke auf. Ich saß mit Jamie und Amelie auf einer flachen Mauer auf dem Schulhof. Die Sonne gab sich alle Mühe, lauwarme Strahlen zur Erde zu schicken, ich zog trotzdem meine Jacke fester um mich und versuchte, die neugierigen Blicke zu ignorieren. Entweder war es eine Sensation, dass die Nichte des Direktors jetzt hier zur

Schule ging, oder es geschah so selten etwas Neues, dass jede Abwechslung ausgekostet wurde. Wahrscheinlich traf die zweite Vermutung zu. Bestimmt kannten viele Eltern meine Mutter, ging es mir durch den Kopf.

Jamie plauderte neben mir unablässig über die Lehrer und die Kurse, die sie belegte. Ich hörte nur mit halbem Ohr zu.

Mein Blick glitt über die Schüler und blieb an Calum hängen. Er lehnte nicht weit von uns entfernt an einem Baum und nahm keine Notiz von uns, so dass ich ihn in Ruhe betrachten konnte. Ich hatte mich getäuscht. Heute sah er noch besser aus als gestern. Neben ihm stand ein hübsches Mädchen, das pausenlos auf ihn einredete. Er schien mit seinen Gedanken woanders zu sein. Ich musterte die beiden, doch da schauten mich über die Köpfe der anderen Schüler hinweg seine blauen Augen an. Erschrocken sah ich weg, leider nicht schnell genug. Ich merkte, dass ich von seinem alles durchdringenden Blick Gänsehaut auf den Armen bekam.

Als ich wenig später wieder zu ihm blickte, sah er mich immer noch, allerdings mit gerunzelter Stirn und finsterem Blick an. Seiner Schönheit tat das keinen Abbruch, im Gegenteil.

»Lass uns reingehen«, sagte Jamie in diesem Moment. »Es fängt gleich wieder an zu regnen.«

Ich sah zum Himmel und tatsächlich türmten sich große graue Wolkenberge auf. Es war eben April. Seufzend stand ich auf.

»Du hast mir nicht gesagt, dass er hier auf der Schule ist«, sagte ich flüsternd zu Amelie und deutete verstohlen auf Calum.

»Du hast nicht gefragt.« Sie zuckte mit den Achseln.

»Wer ist das Mädchen?«, fragte ich missmutig.

»Das ist Valerie.«

Die beiden gingen vor uns ins Schulgebäude und ich folgte Calum mit den Augen.

Weitere Einzelheiten gab Amelie zu meinem Leidwesen nicht preis. Schnell lief sie ins Haus, während hinter uns dicke Regentropfen vom Himmel fielen.

In der nächsten Stunde hatte ich Französisch. Weder Amelie noch Jamie belegten mit mir diesen Kurs, so dass ich auf mich allein gestellt war. Als ich ins Klassenzimmer kam, stand dort Ms. Turgot, eine waschechte alte Französin, an der Tafel und lächelte mir entgegen.

»Ah, du musst Emma sein«, begrüßte sie mich mit einem charmanten französischen Akzent.

Ich nickte.

»Schau, neben Marc ist ein Platz frei, setz dich bitte zu ihm.« Sie zeigte auf einen freien Stuhl.

Ich rutschte auf den Platz.

»Hallo«, begrüßte mich ein etwas zu kräftiger Junge mit kurzem, rotem Haar. »Ich bin Marc. Wir hatten heute schon Englisch zusammen.«

Ich zuckte entschuldigend mit den Schultern. So genau hatte ich mich nicht umgeschaut. Zum Glück begann der Unterricht. Marc schob mir hilfsbereit sein Buch zu, da ich meine Bücher erst am Ende des Tages bekommen würde.

»Danke«, murmelte ich.

So ermuntert, rückte er so nah an mich heran, dass unsere Arme sich beinahe berührten. Ich sollte versuchen, in der nächsten Stunde einen anderen Platz zu bekommen, auch auf die Gefahr hin, unhöflich zu wirken.

Ich war froh, als der Schultag um vier zu Ende war. Amelie und ich holten meine Bücher aus dem Verwaltungsgebäude ab und fuhren mit Peter nach Hause. Ich war erledigt. Meine Wangen waren verkrampft von dem ewigen Lächeln, das ich aufgesetzt hatte. Schließlich wollte ich einen guten Eindruck machen. Lange würde ich das Theater aber nicht durchhalten.

»Zeigst du mir die Bibliothek?«, fragte ich Amelie beim Tee.

Bree hatte uns Kekse und Sandwichs hingestellt. Ich würde aufpassen müssen, wie viel ich hier aß. Bei dem leckeren Essen wäre ich ruck zuck dick und rund.

»Klar, kein Problem«, antwortete sie kauend, während sie lustlos in einer Zeitschrift blätterte, »sie ist auf dem Schulgelände.«

Ich stöhnte, damit hatte ich nicht gerechnet.

»Sie ist noch auf, jeden Tag bis sechs. Wir können gern hinfahren. Du kannst dich anmelden und ich muss einige Bücher zurückbringen, da passt es mir gut.«

Die Bibliothek entpuppte sich als Enttäuschung. Da musste ich mir wohl was anderes einfallen lassen, um meinen Lesehunger zu stillen. Sicher gab es im Ort einen Buchladen.

»Amelie, wir sind spät dran.«

Ich stand am Fuße der Treppe und trippelte ungeduldig auf der Stelle. Obwohl die Schule hier erst um neun Uhr begann, waren wir meist erst in der letzten Sekunde in der Klasse.

»Wir warten nur auf dich.«

Ich sah auf die Uhr und beschloss ohne sie mit dem Frühstück zu beginnen.«

»Bin ja da.«

Amelie kam topgestylt die Treppe heruntergesprungen. Ich konnte mir nicht erklären, wie sie das in der kurzen Zeit morgens hinbekam. Aber sie war in unserer Jahrgangsstufe unangefochten das hübscheste Mädchen. Dagegen war ich eine graue Maus.

Resignierend zuckte ich mit den Achseln.

Bree stand am Herd und briet Eier und Speck. Ich ließ mich auf einen der knarrenden Stühle fallen.

»Guten Morgen, ihr zwei«, begrüßte sie uns.

Hastig schlangen wir die heißen Eier in uns hinein.

»Ihr müsst früher aufstehen«, ermahnte Bree uns nicht zum ersten Mal. »Ethan und Peter sind längst los. Ihr könnt Peters Wagen nehmen.«

Wir sprangen auf und liefen zum Auto.

Mit Mr. Barkley, unserem Biologielehrer, war nicht zu spaßen. Er hasste Unpünktlichkeit. Wir fuhren auf den Parkplatz. Durch den Regen war alles nass und glitschig. Ich zog mir meine Kapuze tief ins Gesicht. Den Kopf hielt ich gesenkt, so dass ich gerade die grauen Steinquader zu meinen Füßen sehen konnte. Automatisch versuchte ich, nicht auf die Linien zwischen den Steinen zu treten. Meine Mutter hatte behauptet, dass das Unglück bringe. Da war es auch schon passiert. Ich prallte gegen jemanden und fiel rückwärts der Länge nach hin.

»Mist«, fluchte ich, meine Hose wurde umgehend feucht. Die schmierigen Blätter klebten an meiner Jeans fest.

Eine Hand streckte sich mir entgegen. Ich griff danach, ließ mich hochziehen und schaute in Calums Gesicht. Aus der Nähe sah er noch makelloser aus. Mein Herz schlug mir bis zum Hals, mein Mund wurde trocken. Das Blau seiner Augen brachte mich aus der Fassung. Sein Blick unter den gerunzelten Augenbrauen war, wie nicht anders zu erwarten, unfreundlich.

Ich konnte nichts anderes tun, als ihn wie ein paralysiertes Häschen anzustarren.

»Emma«, rief Amelie und kam zu uns gelaufen.

»Hey, Calum«, wandte sie sich ihm zu. Er erwiderte nichts und sah mich weiter böse an.

Ich merkte, dass ich seine Hand noch festhielt und, um die Peinlichkeit auf die Spitze zu treiben, knallrot anlief.

»Entschuldige«, murmelte ich durcheinander und ließ ihn los. Ich wischte ein paar Blätter von meiner Hose.

Er reichte mir meine Tasche, die mir bei dem Sturz aus der Hand gefallen war, drehte sich um und ging ohne ein weiteres Wort davon.

Amelie schüttelte den Kopf und lachte. »Ausgerechnet ihm musst du vor die Füße fallen.«

Sie kicherte noch, als wir im Biologieraum ankamen. Schnell rutschte jede von uns auf ihren Platz. Mit meiner Konzentration war es für diese Stunde vorbei. Tim, der in Bio neben mir saß, ignorierte ich, bis er sich nach einer Weile beleidigt abwandte.

Was hatte Calum gegen mich? Obwohl ich wusste, dass meine Überlegungen zu nichts führten, grübelte ich weiter vor mich hin. Ich hatte das Thema in Gedanken schon tausendmal durchgekaut und war zu keinem Schluss gekommen. Normalerweise hätte man annehmen können, dass uns die Walaktion miteinander verbunden hätte.

Nachmittags auf dem Heimweg konnte ich es mir nicht verkneifen, mit Amelie über Calum zu reden.

»Amelie, hat Aidan mal was von Calum erzählt?«, fragte ich. Aidan war Amelies Freund. Er war der Kapitän der Fußballmannschaft unserer Highschool. Mein Fall war er nicht. Aber Amelie war verliebt und ich freute mich für sie, auch wenn es in Liebesdingen bei mir nicht gut, besser gesagt gar nicht lief. Ich konnte mich nicht durchringen, mit einem meiner stillen Verehrer, die es in der Schule gab, wenigstens mal auszugehen.

»Aidan ist nicht besonders gesprächig. Frag mal Peter nach ihm. Er ist viel öfter mit Calum zusammen.«

Ich wusste, dass Peter einige Kurse mit Calum gemeinsam belegte. Ich hatte schon versucht, ihn über Calum auszuhorchen, ohne durchschlagenden Erfolg.

»Ich finde, er wirkt viel älter als Peter und seine albernen Freunde«, sagte Amelie da und rümpfte bei dem Gedanken an diese albernen Freunde, zu denen auch Aidan gehörte, ihre hübsche Nase.

Ich zuckte mit den Schultern. »Er soll sehr klug sein.« Diese Information hatte ich Peter entlockt.

Amelie stöhnte übertrieben.

»Er ist zu perfekt. Kein Wunder, dass Valerie ihm nicht von der Seite weicht.«

Das war mir auch aufgefallen und die Erinnerung daran war nicht geeignet, um meine Laune zu heben.

Amelie kam jetzt richtig in Fahrt und breitete den aktuellen Schulklatsch vor mir aus.

Aus reiner Gewohnheit hielt ich in den nächsten Tagen nach Calum Ausschau. Er beschäftigte mich mehr, als mir gut tat. Ein paarmal tauchte er in der Cafeteria auf und setzte sich zu Peter und seinen Freunden an den Tisch. Dann begann mein Herz zu pochen, aber - wie nicht anders zu erwarten - erwiderte er meinen Blick nie.

Resigniert beschloss ich, ihn meinerseits zu ignorieren. Es gelang mir nur mäßig. Meine Chancen, dass er mich beachten würde, standen gleich null. Ich hatte den Eindruck, dass es kein Mädchen gab, das ihn nicht anhimmelte. Er blieb jedoch zu allen gleich höflich.

4. Kapitel

»Amelie, wir müssen los.«

Ich machte es mir im Schneidersitz auf ihrem Bett gemütlich. »Verschwinde«, knurrte sie.

»Ich bleibe hier sitzen, bis du aufstehst«, drohte ich.

Stöhnend rappelte sie sich auf und schaute mich wütend an.

»Wer hat dich Nervensäge ins Haus geholt?«

Mit diesen Worten verließ sie das Zimmer und ging ins Bad.

Ich zuckte lächelnd die Schultern und riss das Fenster auf.

»Oh Gott«, schrie Amelie, als sie zurückkam, »ist das kalt. Bist du total verrückt geworden?«

»Stell dich nicht so an«, erwiderte ich und warf ihr ihre Klamotten zu. »Sei froh, dass ich dich wecke und nicht dein Vater.«

»Auch wieder wahr«, stimmte sie verdrossen zu.

Amelie zog sich an und gab mir einen Kuss auf die Wange. Das war eine ihrer besten Eigenschaften, nie konnte sie lange böse sein. Dann versuchte sie, ihre Lockenmähne zu bändigen. »Das wird nichts«, resignierte sie nach einer Weile und machte sich einen Zopf. Ich beneidete sie um dieses Haar. Dagegen sah mein braunes, langes Haar langweilig aus. Nachdem Amelie sich sorgfältig geschminkt hatte, warf sie mir ihren Lipgloss zu.

Seufzend trug ich ihn auf, wissend, dass Widerspruch zwecklos war. Amelie war vom ersten Tag an empört darüber gewesen, dass ich mich mit meinen siebzehn Jahren kaum schminkte.

»Ein bisschen Farbe würde dir so gut stehen«, nervte sie regelmäßig. »Das bringt deine Augen viel besser zur Geltung.«

»Ich warte lieber auf die Sonne«, erwiderte ich. Darauf hoffte ich wenigstens. Leider schien die Sonne Schottland vergessen zu haben.

Polternd liefen wir die Treppe hinunter in die Küche.

»Es regnet«, stellte ich missmutig fest, als wir aus dem Haus traten und ins Auto stiegen.

»Hab dich nicht so.« Amelie stupste mich in die Seite. »Schließlich bist du nicht aus Zucker.«

»Weshalb verdirbt dir das schlechte Wetter nie die Laune?« Ich stupste sie zurück. »Ein bisschen mehr Sonne. Das kann unmöglich zu viel verlangt sein.«

»Die Sonne kommt schon noch, bis dahin verbessern wir die Welt.« Sie hatte gut reden, sie hatte jeden Tag ihres Lebens hier auf der Insel verbracht. Ich war anderes gewohnt. So viel Regen wie in den letzten Wochen hatte ich mein ganzes Leben nicht erlebt. Okay, Washington war nicht Kalifornien. Aber hier in Portree fühlte ich mich ständig aufgeweicht und matschig.

Am Gemeindesaal wartete Peter schon ungeduldig und drückte jeder von uns einen Stapel Flyer in die Hände.

Die Dolphin-Group veranstaltete eine Infoveranstaltung mit Vorträgen und Workshops zu den Walstrandungen. Wir hatten Infoflyer erstellt und mit anderen Mitschülern geholfen, die Veranstaltung zu organisieren.

Zwei Wochen hatten wir jeden Nachmittag dafür gearbeitet und nun verteilten wir die Zettel und beantworteten geduldig die Fragen der Leute.

Nach drei Stunden kam Amelie zu mir.

»Puh, wenn ich noch länger stehen muss, fallen mir meine Füße ab. Vom vielen Reden hab ich einen fusseligen Mund.«

Sie zog eine Schnute, doch für mich sah ihr Mund makellos aus wie immer. Sogar der Lipgloss war noch drauf, während ich meinen längst abgelutscht hatte.

»Solch kleine Opfer kann man für die Welt schon bringen«, zog ich sie auf.

Sie schnitt eine Grimasse. »Meinst du, die Welt wird es überleben, wenn wir eine Pause machen und einen Cappuccino trinken?«

»Davon wird sie kaum untergehen.«

»Das dachte ich mir.«

Sie hakte sich bei mir ein und zog mich zu dem bunt bemalten Kaffeestand.

»Na Mädels, wie läuft`s?«, fragte Sophie, Dr. Ericksons Frau, die hinter dem Tresen stand und uns unsere Cappuccinos reichte.

Sophie betrieb den einzigen Buchladen in Portree. Sie war eine exotische Person, immer in bunte Tücher und Kleider gehüllt und mit klimpernden Armbändern versehen. Es gab im Ort kaum jemanden, den ich lieber mochte. Zu gern hatte sie sich von Peter verpflichten lassen, heute zu helfen.

Amelie ließ sich aufatmend auf einen der Barhocker sinken.

»Ich dachte nicht, dass so viele kommen«, meinte sie und griff nach einem Brownie. »Es ist die halbe Insel hier.«

»Die letzte Walstrandung hat viele aufgerüttelt. Ich muss oft daran denken, wie viele Tiere wir verloren haben«, antwortete Sophie.

In dem Augenblick traten Dr. Erickson und Calum an den Stand. Eigentlich war Dr. Erickson ein Professor, hatte ich mittlerweile herausgefunden, aber alle hier nannten ihn nur Doktor. Ihn schien das nicht zu stören.

»Würdest du deinen zwei Männern einen leckeren Cappuccino zaubern?«, strahlte er seine Frau liebevoll an.

Er wandte sich Amelie und mir zu.

»Mädels, ich muss sagen, das habt ihr hier alles wunderbar organisiert.«

Ich nickte abwesend und starrte auf den Becher in meiner Hand. Calum plauderte mit Amelie und würdigte mich keines Blickes. Wie immer. Kurz darauf nahmen Calum und Dr. Erickson ihre Becher und schlenderten davon. Ich stieß die Luft aus und Amelie drehte sich zu mir.

»Du solltest ihn dir aus dem Kopf schlagen, Emma. Ich meine, er ist nicht unsere Liga.«

Ich nickte verdrossen. »Du meinst meine Liga. Mit dir redet er wenigstens. Mich ignoriert er konsequent.«

»Komisch eigentlich.« Ein zweiter Brownie verschwand in ihrem Mund. »Er ist zu allen höflich. Distanziert, aber höflich. Zu dir ist er mehr als unhöflich. Ein ‚Hallo' wäre nicht zu viel verlangt.«

Stöhnend vergrub ich mein Gesicht in den Händen.

»Ein ‚Hallo' wäre ein Anfang, meine Fantasie geht so langsam mit mir durch, dass ich mir durchaus andere Sachen vorstellen könnte.«

Amelie prustete laut los, so dass Sophie sich interessiert zu uns umdrehte. Ich stieß Amelie an.

»Was ist so lustig?«, fragte Sophie da.

Zum Glück verschluckte sich Amelie an ihrem dritten Brownie so, dass Sophie keine Antwort mehr erwartete.

Wütend sah ich sie an, während sie sich langsam von ihrem Hustenanfall erholte.

»Untersteh dich, irgendwem davon zu erzählen«, drohte ich.

»Ich weiß nicht, wovon du sprichst.« Unschuldig sah sie mich an. »Da gibt es so viele Jungs an der Schule, die gern mit dir zusammen wären, und du interessierst dich für den Unerreichbaren.«

Böse sah ich sie an, obwohl ich wusste, dass sie recht hatte. Ich sollte ihn mir ein für alle Mal aus dem Kopf schlagen. Er fand mich offensichtlich so uninteressant, dass er nicht die kleinste Aufmerksamkeit an mich verschwendete.

Ich war zu leicht zu beeindrucken gewesen.

»Komm, Amelie, wir sollten noch ein paar Flyer verteilen.« Ich kletterte von dem Barhocker. Beschäftigung war besser als Trübsal blasen. Das konnte ich in der Einsamkeit meines Zimmers viel besser. Da konnte ich mich richtig schön bemitleiden. Ich freute mich regelrecht darauf.

Sophie winkte uns zum Abschied zu.

Die folgenden Tage vergingen im Schneckentempo. Ich fieberte dem Schwimmausscheid entgegen. Das Schwimmteam brauchte Verstärkung und einen Platz wollte ich haben.

Ich liebte das Schwimmen in Schwimmbädern, trotz meiner Aquaphobie, so nannte man das in Fachkreisen. Die Angst meiner Mutter vor dem Wasser hatte sich auf mich übertragen, hatte mir mal jemand erklärt.

Ich hinterfragte diesen Widerspruch nicht mehr. Schwimmen war etwas, was ich gekonnt hatte, bevor ich begonnen hatte zu laufen, etwas, in dem ich wirklich gut war.

Also trainierte ich in den Tagen vor dem Ausscheid in der schuleigenen Schwimmhalle. Ich hoffte, dass ich mich für das Team qualifizieren konnte.

Endlich war der Tag des Ausscheids da. Auf dem Weg zur Schwimmhalle wurde meine Nervosität schlimmer, als ich vermutet hatte. Meine kläglichen Übungsstunden waren nicht im Ansatz mit meinem Training in Washington vergleichbar gewesen. Jetzt fühlte ich mich außer Form und hatte sicher keine Chance. Weshalb hatte ich Schaf nicht öfter trainiert?

»Alle in die Umkleiden und Badesachen an, in zehn Minuten geht es los«, rief Mr. Fallen, der Schwimmtrainer, und schloss die Halle auf. Er war ein drahtiger kleiner Mann mit kurzen, grauen Stoppelhaaren. Die Anwärter auf das Team liefen in die Kabinen.

Ich hatte meinen schwarzen Wettkampfbadeanzug ausgewählt, mit dem ich früher einige Medaillen gewonnen hatte, und hoffte, er würde mir heute Glück bringen.

»Du siehst super aus in dem Teil«, schwärmte Jamie. Sie und Amelie waren zu meiner Unterstützung mitgekommen. Ich wusste nicht, ob ich erfreut oder wütend sein sollte.

»Wir kommen mit und Ende«, hatte Amelie sehr bestimmt gesagt, »und wenn du weiter diskutierst, sagen wir noch mehr Leuten Bescheid.«

Daraufhin hatte ich mich geschlagen gegeben.

Als ich in die Schwimmhalle kam, erstarrte ich. Neben Mr. Fallen stand Calum. Er sah auf, als ich mich zu den anderen stellte, und ich kam mal wieder in den Genuss eines finsteren Blickes. Sofort wurde mir kalt.

»Hallo«, sagte ich leise in die Runde.

»Schön, Emma, dass du fertig bist. Dann kann es losgehen«, sagte Mr. Fallen.

Wir gingen zu den Startblöcken. Verlegen starrte ich auf den Boden.

»Du solltest besser nach vorn schauen, bevor du jemanden umläufst und hinfällst. Das kann auf den Fliesen schmerzhaft sein«, hörte ich Calum leise hinter mir.

Als er so unerwartet mit mir sprach, verspürte ich auf der Stelle ein irrationales Hochgefühl.

Ich kam nicht dazu, etwas zu erwidern, da Mr. Fallen begann, die Regeln für den Ausscheid zu erklären.

»Jeder schwimmt zweihundert Meter Rücken und zweihundert Meter Freistil. Von den vierzehn Besten schwimmen danach jeweils zwei gegeneinander. Ihr wisst, es können nur zehn von euch ins Team. Ich sage euch gleich, dass hier nicht nur die Zeit entscheidet, sondern auch, wie ihr schwimmt. Also gebt euer Bestes. Viel Glück.«

Wir stellten uns an den Startblöcken auf. Einer nach dem anderen sprang ins Wasser und schwamm. Es waren wirklich gute Schwimmer dabei. Als Calum ins Wasser sprang, schaute ich ihm fasziniert zu. Sein Schwimmstil war einzigartig, sein Körper verschmolz mit dem Wasser und obwohl er mit hoher Geschwindigkeit durchs Wasser pflügte, schien dieses unbewegt. Als er auftauchte, strich er sich sein Haar aus dem Gesicht und lächelte mich unerwartet an.

Ich schlang meine Arme um meinen Körper, da mir ein Schauer über den Rücken lief, und blickte weg. Hoffentlich hatte er nicht gesehen, wie ich ihn angestarrt hatte. Er war einfach zu perfekt. Sein Haar war vom Wasser ganz dunkel und eine widerspenstige Locke fiel ihm immer wieder ins Gesicht. Von seinem nackten, blassen und muskulösen Körper perlten die Wassertropfen. Der Anblick brachte mich durcheinander. Ich riss mich zusammen und atmete tief durch. Nicht nur ich schmachtete ihn an, auf den Zuschauerbänken saßen die Mädchen mit offenen Mündern. Ich ärgerte mich über mich selbst. Da sprach er seit Wochen das erste Mal mit mir und sofort war ich hin und weg. Das konnte nicht gesund sein.

»Sehr schön, Calum, sehr schön«, rief Mr. Fallen. »Wen haben wir noch? Ah, Emma. Komm, du bist jetzt dran.«

Nervös stellte ich mich auf den Startblock. Mein Sprung gelang gut und ich glitt schnell im Wasser dahin. Dann begann ich zu kraulen. Wie ich dieses Gefühl liebte. Als ich auftauchte, starrten alle mich an. Ich schüttelte mein nasses Haar und strich es mir aus dem Gesicht.

»Hab ich was falsch gemacht?«, stammelte ich außer Atem.

»Nein, nein«, rief Mr. Fallen. »Ausgezeichnet, das war ausgezeichnet. Emma, ich glaube, noch nie ist ein Mädchen an unserer Schule eine dermaßen gute Zeit geschwommen.«

Verwundert schaute ich ihn an. Mein Blick glitt zu Calum. Ernst und mit gerunzelter Stirn blickte er mich an.

Was war jetzt wieder? Ich war genervt. Er war zornig. Seine Augen wirkten mit einem Mal viel heller.

Dann sah ich Valerie an seiner Seite. In ihrem pinkfarbenen Badeanzug sah sie phänomenal aus. Amelie hatte mir erzählt, dass sie bisher das schnellste Mädchen des Teams gewesen war. Hasserfüllt starrte sie mich an.

Ich kletterte aus dem Becken, griff nach meinem Bademantel und setzte mich zu Amelie und Jamie.

»Valerie sprüht gleich Funken vor Wut«, amüsierte Amelie sich. »Tja, Hochmut kommt vor dem Fall. Sie hielt sich für unschlagbar.«

Als Nächstes begann das Wettschwimmen. Mr. Fallen teilte uns zu zweit auf. Es war klar, dass ich gegen Valerie schwimmen würde. Als ich zum Startblock ging, sah Calum mich noch finsterer an. Wütend starrte ich zurück, bis er seinen Blick abwandte. Zukünftig würde ich den Spieß umdrehen, nahm ich mir vor.

Frustriert sprang ich ins Wasser und kraulte so schnell los, dass Valerie keine Chance hatte. Meine Wut verlieh mir Flügel.

»Okay«, rief Mr. Fallen, nachdem es vorbei war. »Schaut in den nächsten Tagen ans Schwarze Brett, dort stehen die, die es geschafft haben. Training ist Mittwoch- und Freitagabend, neunzehn Uhr.«

Schnell nahm ich meine Sachen und lief in die Umkleidekabine.

Amelie und Jamie gratulierten mir überschwänglich.

»Es ist noch nichts entschieden«, sagte ich abwehrend.

»Ihr hättet sehen müssen, wie sie schwimmt, sie ist sicher im Team«, schwärmte Amelie beim Abendessen.

»Hör auf«, sagte ich verärgert.

Amelie lachte. »Da haben wir einen zweiten Star. Wurde auch Zeit, dass jemand dieser eingebildeten Valerie den Rang abläuft.«

»Musstest du gegen Calum schwimmen?«, fragte Peter neugierig.

»Äh, nein, wieso?«

»Würde mich interessieren, ob du schneller bist als er. Er ist gut.«

»Wie er Emma anschaut, würde er sie glatt gewinnen lassen. Valerie ist geplatzt vor Wut.«

Ich starrte Amelie an und stocherte gedankenverloren in meinem Essen. Hoffentlich bemerkte niemand, dass meine Wangen sich röteten. Was meinte Amelie damit? Ich bemerkte nur unwillige, zornige Blicke. Er konnte mich definitiv nicht leiden und ich hatte nach wie vor keinen blassen Schimmer, warum.

»Onkel Ethan, ich würde gern wieder Gitarrenunterricht nehmen«, versuchte ich das Thema zu wechseln. »Ich hatte früher einige Stunden. Kennst du jemanden, bei dem ich weiter Unterricht nehmen könnte? Das Geld ist sicher kein Problem.«

Ethan hatte mir nach dem Tod meiner Mutter eröffnet, dass ich eine unverschämt hohe Summe Geldes geerbt hatte.

»Hm, ich weiß nicht. Bree, fällt dir jemand ein?«, Ethan wandte sich zu Bree um, die am Herd stand.

»Frag mal Dr. Erickson. Bestimmt fällt ihm jemand ein.«

Lächelnd kam sie zum Tisch und stellte eine große Platte mit aufgeschnittenem Obst zwischen uns.

»Wie lange hast du schon gespielt?«

»Zwei Jahre, und es hat mir viel Spaß gemacht. Ich bin kein Naturtalent, würde aber gern dranbleiben.«

»Denkst du, du schaffst das neben der Schule und dem Schwimmen?«, fragte Ethan und schob sich eine Apfelspalte in den Mund.

»Oh, den Stoff packe ich gut.« Das war untertrieben, ich hatte in allen Fächern Bestnoten. Außer Lernen hatte ich hier auf der Insel bisher nicht viel zu tun. »Ich kann es ja versuchen und schließlich steht noch nicht fest, ob ich im Schwimmteam bin.«

Ethan nickte. »Ich hör mich um, versprochen.«

Ein paar Tage später hing der Zettel für die neue Schwimmauswahl am Schwarzen Brett. Ich stand davor und las aufmerksam die Namen. Die meisten sagten mir nichts. Ich stand drauf, Calum und zu meinem Leidwesen auch Valerie. Davon würde ich mir meine gute Laune nicht verderben lassen, nahm ich mir vor. Ich würde ihn zweimal in der Woche sehen. Mein Bauch füllte sich mit Schmetterlingen.

»Du hast es geschafft?«

Ich hatte ihn nicht kommen hören. Seine Nähe verursachte ein Kribbeln in meinem Nacken. Alle guten Vorsätze, ihn zu ignorieren, gingen über Bord. Der Klang seiner Stimme stimmte mal wieder ganz und gar nicht. Ich musste zu ihm aufblicken, als ich mich umdrehte, um ihn anzuschauen. Und richtig, seine Augen waren ganz hell und trotzdem schaffte er es, mich finster anzusehen.

»Was dagegen?«

Er blickte mich stumm und viel zu intensiv an und ich merkte, dass meine Beine sich in Pudding verwandelten, dann drehte er sich um und ging. Ich ließ mich gegen die Wand plumpsen.

Was bildete er sich eigentlich ein, dachte ich wütend, nachdem ich mein Gleichgewicht wiedergefunden hatte. Wahrscheinlich war er sauer, weil ich besser schwamm als seine Valerie. Blöder Idiot. Aufgebracht ging ich zu meinem nächsten Kurs.

5. Kapitel

Am folgenden Dienstagnachmittag machte ich mich nach der Schule auf den Weg in die Stadt. Es war warm und ich freute mich, Sophie wiederzusehen. Das Haus war oft zu laut, um in Ruhe zu lesen oder nachzudenken.

Ich brauchte dringend etwas Neues zum Lesen. Mir war nach etwas Romantischem und ich wusste, dass ich bei Sophie fündig werden würde. Glücklicherweise hatte ich den Buchladen kurz nach meiner Ankunft entdeckt, sonst hätte ich ein Riesenproblem gehabt. Sophies Laden war eine Goldgrube.

Als ich den Laden unter dem leisen Klingeln des Glöckchens betrat, verzauberte er mich wie beim ersten Mal. Das war kein Geschäft, das war ein kleines Wunder. Das Licht war schummrig und außer mir war niemand zu sehen.

Ich schloss die mit feinen weißen Ornamenten verzierte Glastür. Es roch nach altem Papier und eindeutig nach frisch aufgebrühtem, schwarzem Tee. Ich schnupperte - Vanilletee meine Lieblingssorte. Da klimperte es und Sophie trat hinter einem Vorhang aus hunderten bunten Glasperlenschnüren hervor.

»Emma«, rief sie und es war deutlich die Freude in ihrer Stimme hören. »Wie schön, dass du gekommen bist.« Sie zog mich tiefer in den Laden hinein. »Sieh dich schon mal um. Ich habe gerade Tee gemacht, er muss nur kurz ziehen. Ihr Kinder habt schrecklich lange Schule heutzutage, da brauchst du eine Stärkung.«

Sie schüttelte ihren Kopf und verschwand hinter dem klimpernden Vorhang. Ich lächelte und die Anstrengung des Tages fiel von mir ab.

Die Regale zeigten keinerlei Systematik. Die Bücher waren weder nach Autoren noch nach Sachgebieten sortiert. Uralte Lederrücken schauten zwischen funkelnagelneuen

Büchern hervor. Neugierig zog ich eins der alten Bücher heraus. Robinson Crusoe stand direkt neben einem französischen Kochbuch. Es war eins meiner Lieblingsbücher gewesen, als ich klein war. Ich blätterte darin herum und bestaunte die alten Zeichnungen. Dann stellte ich es an dieselbe Stelle zurück, obwohl das eigentlich keine Rolle spielte.

Überall an den Regalen waren Leselampen angebracht, die die Gänge in ein warmes Licht tauchten. Immer mehr Schätze kamen zum Vorschein. Ich entdeckte Moby Dick neben Der Fürst von Machiavelli. Eine neuere Ausgabe von Stolz und Vorurteil stand neben Caesars Gallischem Krieg in Latein. Virginia Woolfs Mrs. Dalloway, ein Lieblingsbuch meiner Mutter, lag begraben unter einem Stapel von National Geographics. Ich zog es hervor und wischte über den Einband. Es versetzte mir einen Stich, wenn ich an meine Mom dachte. War ihr Tod erst gute zehn Wochen her?

Versonnen schlenderte ich weiter. Ein ganzes Regal war für unzählige Shakespeare-Werke reserviert. Es war das einzige Regal, das eine gewisse Systematik erkennen ließ.

Calum liebte Shakespeare, das wenigstens wusste ich. Er hatte alles, was er im Laden finden konnte, hier zusammengetragen, hatte Sophie mir erzählt.

Ich strich über die Bücher, die er sorgfältig sortiert hatte.

»Ich verstehe nicht, weshalb Männer dermaßen penibel sind«, sagte Sophie hinter mir. Sie schüttelte unwillig ihre Mähne. »Meinem Mann ist unklar, wie ich hier etwas finde. Aber er muss ja nicht herkommen. Er tobt sich zu Hause aus. Dort hat jedes Buch seinen Platz, und bevor der nicht feststeht, kommt das Buch nicht ins Regal.«

Sie lächelte mich an und ahmte, während sie sprach, Dr. Ericksons Tonfall nach.

»Calum lasse ich sein Vergnügen. Wenn er meint, dass es etwas zu sortieren gibt, soll er das meinetwegen tun.«

»Ich mag es, wie es ist«, sagte ich. »Man stößt auf Bücher, die man sonst nie gefunden hätte.«

Sophie strahlte mich an.

»Komm, der Tee ist fertig.«

Sie schob mich durch die Reihen zurück und platzierte mich auf einem alten, knarrenden, braunen Ledersessel. Auf einem flachen Tischchen standen der dampfende Tee und kleine Kekse.

Ich zog meine Jacke aus und ließ sie mit meiner Tasche auf den Boden fallen, der von einem dicken Teppich bedeckt war. Dann rührte ich Zucker und Milch in meine Tasse. Mittlerweile hatte ich mich so an die Teetrinkerei gewöhnt, dass ich meinen heiß geliebten Latte Macchiato von Starbucks nicht mehr vermisste.

»Und«, begann Sophie, »wie geht es dir?«

»Ich vermisse meine Mutter sehr und manchmal auch die Großstadt«, begann ich stockend.

Sie nickte verständnisvoll.

»Als ich herkam, war alles fremd und furchtbar provinziell«, sagte sie. »Ich habe dir noch nicht erzählt, dass wir uns in Paris kennen gelernt und uns sofort ineinander verliebt haben.«

Ich sah, wie ein wehmütiger Ausdruck über ihr Gesicht flog.

»Ich war immer ziemlich impulsiv.«

Das glaubte ich auf Anhieb.

»Ich bin mit ihm gegangen, als er die Nachricht bekam, dass sein Vater im Sterben liegt. Meine Eltern haben getobt, doch sie konnten nichts ausrichten.«

Wie sie vor mir saß, in einen hellgrünen Kaftan gehüllt, mit den unvermeidlich klimpernden Armreifen, konnte ich sie mir gut vorstellen, wie sie im Paris der sechziger Jahre dem Charme eines jungen schottischen Abenteurers erlegen war, und er dem ihren.

»Als wir hier ankamen, war es für mich ein Schock. Keine Theater, keine Bälle, keine Bibliotheken. Aber ich war verliebt. Und mit den Jahren habe ich mich eingelebt. Wir fuhren oft nach Edinburgh. Mein Mann hatte das Bedürfnis, mir zu zeigen, dass es hier auch anderes gab als Weiden, Schafe und die Berge. Obwohl ich bald fünfzig Jahre hier lebe, bin ich für viele immer noch eine Exotin. Aber jetzt ist die Insel mein Zuhause.«

Kein Mensch würde glauben, dass Sophie in zwei Jahren siebzig Jahre alt werden würde.

Sie sah mich an: »Ich wünsche mir, dass sie es auch für dich werden wird.«

»Du weißt, dass ich froh bin, dass Ethan und Bree mich zu sich genommen haben«, erwiderte ich. »Ich wusste nicht, wie es ist, in einer großen Familie zu leben, und ich hatte Angst davor.«

»Und wie findest du es jetzt?«

Ich zuckte mit den Schultern. »Chaotisch, laut und wider Erwarten schön.«

Ich schwieg und spürte Sophies verständnisvolle Blicke auf mir ruhen.

»Jetzt hoffe ich inständig, dass es richtig warm wird. Das ewig schlechte Wetter ist deprimierend.«

»Ja«, sagte sie, »da hilft nur eins: lesen, lesen, lesen.«

Sie sprang auf und die trübe Stimmung, die sich breitgemacht hatte, verflog.

»Du brauchst etwas fürs Herz.«

Ich nickte, nicht sicher, was sie damit meinte.

»Nicht den Kitsch, den die vielen Touristinnen lesen, die im Sommer kommen.«

Ihre Hände flatterten durch die Luft. Ich hielt den Mund und folgte ihr durch die Reihen. Liebevoll strich sie über die vielen Buchrücken und ich fragte mich, was sie suchte.

Sie zog ein Buch heraus und hielt es mir hin. Anna Karenina las ich, von Lev Tolstoi, davon hatte ich noch nie gehört. Ich vertiefte mich in den Klappentext. Es klang anspruchsvoll.

»Ich sage dir gleich«, hörte ich da Sophie, die weitergegangen war, »du wirst weinen. Es ist ein wunderschönes und furchtbar trauriges Buch.«

Sie war vor dem Shakespeare-Regal stehen geblieben. »Romeo und Julia kennst du«, sagte sie zu sich selbst. »Versuch mal Othello, dann hast du erst einmal genug. Du musst mir beim nächsten Mal erzählen, wie die Bücher dir gefallen haben.«

Ich lächelte. Als ob ich das nicht immer tat. Da sie mir die Bücher lieh, war das das mindeste, was ich tun konnte. Sie hatte sich gesträubt, auch nur einen Euro von mir zu nehmen. Dafür half ich ihr immer öfter im Laden.

Ich suchte meine Sachen zusammen und bedankte mich. Draußen dämmerte es.

»Du musst dich nicht bedanken, mein Kind, ich freue mich, wenn du mich besuchen kommst.«

Sie gab mir einen Kuss auf die Wange und ich drehte mich zur Tür, die in diesem Moment von außen geöffnet wurde. Prompt taumelte ich gegen die Person, die den Laden betrat. Es war Calum. Er schüttelte den Kopf über so viel Ungeschicklichkeit und ließ sofort los, als er mich erkannte.

Der kurze Moment hatte ausgereicht; die Stellen an meinen Armen, an denen er mich berührt hatte, brannten wie Feuer.

»Calum«, rief da Sophie, »schade, dass du nicht früher gekommen bist. Emma hat mich zum Tee besucht.«

Ohne mich umzudrehen, verließ ich fluchtartig den Laden. Ich lief die Hauptstraße entlang nach Hause. Das Türglöckchen klingelte ewig in meinen Ohren.

Endlich rang sich die Sonne durch, es richtig Frühling werden zu lassen.

»Wir fahren nächstes Wochenende gemeinsam zum Schwimmen nach Loch Fada. Du kommst mit, Emma«, bestimmte Amelie und überrumpelte mich mit einer ihrer spontanen Ideen.

»Äh, ich weiß nicht. Ist es nicht ein bisschen zu kalt zum Baden?«, fragte ich beklommen. »Die Sonne scheint gerade ein paar Tage.«

»Du Frostbeule, zehn, zwölf Grad wird der See haben«, erwiderte sie ungeduldig.

Ich schauderte bei dem Gedanken.

»Was bist du - ein Eisbär?«

»Du gehst sowieso nicht ins Wasser, also kannst du dich wenigstens in die Sonne legen. Vielleicht hat sie Erbarmen und zaubert dir ein bisschen Farbe ins Gesicht. Du siehst nämlich schon wie ein Eisbär aus«, zog sie mich auf.

»Okay, vielleicht fahre ich mit«, stimmte ich zögerlich zu, froh, dass sie meine Wassermacke mit Humor nahm. »Wer kommt noch?«

»Ich frage erst mal rum und Peter wird auch ein paar Freunde mitbringen. Das wird toll.«

Gleich beim Abendessen brachte Amelie den Ausflug zur Sprache.

»Emma und ich wollen am Samstag mit ein paar Leuten zum See. Das ist okay, oder?«

»Das wird dir gefallen, Emma«, sagte Bree. »So siehst du endlich etwas von der Insel. Wann wollt ihr los?«

»Ich denke, wir brechen gegen zwölf Uhr auf.«

»Okay. Wir gehen mit Hannah und Amber zu den Evans und treffen uns abends in der Pizzeria. Da kann ich mir das Kochen sparen«, sagte Bree gut gelaunt.

»Emma, am See ist es super, es wird dir Spaß machen«, wiederholte sie aufmunternd, als sie mein mürrisches Gesicht sah.

Ich nickte nur.

Den ganzen Samstagvormittag packte Amelie zusammen, was ihrer Meinung nach für ein Picknick notwendig war. Sie kochte mehrere Thermoskannen Tee und durchforstete die Speisekammer nach essbaren Sachen.

»Amelie, willst du eine ganze Kompanie verpflegen?«

Sie schüttelte unwirsch ihren Kopf und kramte weiter herum, so dass ich mich lieber in mein Zimmer verzog, um zu überlegen, welchen Bikini oder Badeanzug ich anziehen sollte. Ich entschied mich für einen dunkelblauen Sportbikini, außerdem packte ich ein großes Badehandtuch und meinen Bademantel ein. Draußen waren gerade einundzwanzig Grad, was hier warm war, für Mitte Mai. Ich fragte mich, ob ich mich bei diesen Temperaturen überhaupt ausziehen würde. Bei dem Gedanken fröstelte ich. Allerdings wollte ich keine Spielverderberin sein. Mittags war meine Laune auf dem Nullpunkt angelangt, doch Peter und Amelie schienen das nicht zu bemerken, als wir pünktlich um zwölf Uhr losfuhren. Wir machten einen kleinen Umweg, um Jamie abzuholen.

»Die anderen treffen wir am See«, hatte Amelie geheimnisvoll gesagt, aber nicht verraten, wer mitkommen würde.

»Peter, verrätst du mir, wer noch mitfährt?«, fragte ich und drehte mich nach hinten zu ihm und Jamie um.

»Ich hab ein paar Leuten Bescheid gesagt und Amelie hat einige gefragt. Ich schätze, Aidan kommt in jedem Fall. Wer sonst kommt, weiß ich nicht.«

Na toll, dachte ich, hoffentlich würde es nicht zu langweilig werden. Zur Not hatte ich meinen Othello eingepackt. Es war immer gut, ein Buch dabeizuhaben, hinter dem man sich verstecken oder vergraben konnte, je nachdem, was einen erwartete.

Nach einer halben Stunde Fahrt waren wir am Ziel. Ich hatte bisher nur wenig von der Insel zu sehen bekommen. Das hier hatte ich nicht erwartet. Die Oberfläche des Sees funkelte in allen Regenbogenfarben in der Sonne. Ringsherum ragten die grünen, sanft ansteigenden Hügel in den Himmel, der hellblau strahlte.

»Es ist wunderschön, oder?«, sagte Amelie und trat neben mich.

»Wir haben so ein Glück mit dem Wetter«, unterbrach uns Jamie. »Los, lasst uns auspacken und nichts wie rein ins Wasser.«

Es gab keinen richtigen Strand und um ins Wasser zu gehen, musste man über mehrere kleine Felsen hineinklettern. Die Wiese war übersät mit kleinen gelben Blumen. Ein Hauch von Frühling.

»Wo sind die anderen?« Suchend blickte ich zur Straße zurück.

»Oh, die kommen sicher gleich«, rief Amelie.

Wir holten unsere Decken und Picknickkörbe und stellten alles nahe am Ufer ab. Amelie und Jamie zogen gerade ihre Sachen aus, als zwei weitere Autos eintrafen. Ich schaute mich um und hielt meine Hand an die Stirn, da ich von der Sonne geblendet wurde.

Aus dem ersten Wagen stiegen zwei Jungs, die beim Schwimmausscheid gewesen waren, und zwei Mädchen, die ich nicht kannte. Aus dem zweiten stiegen Marc, Aidan, Valerie und Calum.

Als ich Calum sah, rutsche mir das Herz in die Hose. Toll, jetzt würde er gleich mitkriegen, dass ich nicht nur ungeschickt, sondern auch ein Angsthase war. Wahrscheinlich würde dieser Angeber sich totlachen. Jetzt war mir klar, weshalb Amelie nicht mit der Sprache rausgerückt war. Ich sah mich wütend nach ihr um und erntete ein Grinsen. Alle begrüßten sich mit einem großen ‚Hallo'. Valerie wich nicht von Calums Seite.

Kaum waren die Sachen ausgepackt, liefen alle mit Geschrei in den See. Ich blieb zurück. Ich und Calum. Wir standen auf den kleinen Felsen und schauten aufs Wasser. Unschlüssig überlegte ich, was ich tun sollte. Zum ersten Mal kam ich mir blöd vor mit dieser unsinnigen Angst vor dem Wasser. Weshalb ging er nicht mit hinein? In dem Moment trat er ganz nah hinter mich. Die Luft zwischen uns begann zu vibrieren. Ob er es auch spürte?

»Weshalb hast du Angst vor dem Wasser?« Er erinnerte sich also. Warum ließ er sich gerade jetzt herab und sprach mit mir, dachte ich missmutig. Und er klang nicht im Mindesten unfreundlich.

Ich schüttelte den Kopf und seufzte. Mehr als mich auslachen konnte er nicht.

»Ich kann es nicht erklären. Ich habe Angst vor der Tiefe, der Dunkelheit, vor Ungeheuern, such dir was aus.« Sollte er denken, was er wollte.

»Das solltest du auch, Angst haben, vor Ungeheuern, meine ich.«

Jetzt machte er sich wirklich über mich lustig.

Ich drehte mich um und schaute ihn an. Seine ernsten blauen Augen brachten mich wie üblich aus dem Gleichgewicht.

»Deine blöden Kommentare kannst du dir sparen«, sagte ich und versuchte, meine Stimme hochmütig klingen zu lassen, was mir nicht gelang.

Ich würde ihm zeigen, dass ich keine von den dummen Trinen war, die ihn anhimmelten, weil er sich herabließ, ein paar Worte mit ihnen zu wechseln.

Sofort änderte sich der Ausdruck in seinem Gesicht. Er zog seine Augenbrauen hoch und schaute mich erstaunt an.

Dann drehte er sich um und schlenderte zurück zu den Decken.

Unschlüssig schaute ich ihm nach. Jetzt konnte ich mich unmöglich neben ihn setzen. Ich hatte wohl etwas überreagiert? Ich biss mir auf die Lippen.

Vorsichtig tastete ich mich die kleine Klippe hinunter. Mit den Füßen ins Wasser zu gehen, würde nicht schlimm sein. Meine größte Sorge war zu erfrieren. Ich setzte mich auf den Stein und planschte mit den Füßen im Wasser. Das war okay, dachte ich, und ließ mich langsam hinuntergleiten. Nach einem kurzen Moment spürte ich Sand unter meinen Füßen. Erleichtert richtete ich mich auf. Das Wasser reichte mir bis zu den Knien. Es war nicht so kalt, wie ich erwartet hatte.

Plötzlich war da etwas anderes. Es griff nach meinen Waden. Ich erstarrte, begann zu zittern. Es umschlang mich, es war weich, lang und eklig. Ich wollte schreien, aber ich brachte keinen Laut hervor. Das Zittern wurde stärker. Alle meine Ängste wurden Wirklichkeit. Calum riss mich aus meiner Erstarrung.

»Emma, was ist los? Komm raus da. Nimm meine Hand.«

Ich konnte mich nicht rühren.

»Em, komm schon. Du brauchst dich nur umzudrehen. Ich ziehe dich raus.« Seine Stimme beruhigte mich.

Langsam wandte ich mich um und schaute in sein besorgtes Gesicht. Ich reichte ihm meine Hand und er zog mich aus dem Wasser, als wäre ich eine Feder. Mit beiden Händen hielt er mich an den Oberarmen ein Stück von sich weg und schaute mir prüfend ins Gesicht.

»Was ist passiert?«

»Da hat was nach mir gegriffen«, stammelte ich.

»Das waren Algen, hier an den Felsen sind sie überall. Weshalb gehst du ins Wasser? Gerade noch hast du gesagt, dass du Angst hast.« Unwillig schüttelte er seinen Kopf über meine Dummheit.

Ich atmete zu schnell.

»Komm, gehen wir in die Sonne, du bist ganz durcheinander.« Das klang versöhnlicher.

Er legte seinen Arm schützend um meine Schulter und zog mich an sich. Die Berührung erschreckte mich noch mehr. Es war, als würden elektrische Impulse durch meinen Körper rasen. Er musste es ebenfalls gespürt haben, denn sofort zog er den Arm fort.

»Hier.« Er reichte mir meinen Bademantel und ich wickelte mich darin ein, froh über die Wärme, die mich sofort umgab.

Aus einer der Thermoskannen schenkte er mir warmen Tee ein.

Ich traute mich nicht ihn anzuschauen und ließ mich auf die Decken fallen. Meinen Kopf legte ich auf meine Knie.

»Woher kommt diese Panik?«, fragte er. Seine Stimme klang neugierig.

War ich ihm eine Erklärung schuldig? Ich zögerte. Ich gab dieses Geheimnis nicht gern preis.

»Das ist nicht einfach zu erklären.«

Ich sah ihn an, seine blauen Augen entfalteten ihre ganze Kraft. Ich umfasste meine Teetasse fester und löste mich von seinem Blick.

»Versuch es einfach.« Seine Stimme war seidenweich. Er setzte sich nah neben mich auf die Decke. Meine Haut begann zu prickeln.

»Ich hab nicht grundsätzlich Angst, ich schwimme für mein Leben gern. Wasser hat eine magische Anziehungskraft auf mich«, begann ich mit zittriger Stimme.

»Den Eindruck hatte ich auch.« Jetzt lächelte er.

»Weshalb tust du das?«, fragte ich unvermittelt.

»Was meinst du?«

Ich schüttelte den Kopf, es war zu peinlich. Vielleicht hatte er mich die ganzen Wochen nicht absichtlich ignoriert.

»Meine Mutter ließ mich nie ins Wasser. Wir waren oft wandern, aber sie ließ mich nie in die Nähe eines Ufers. Ich durfte nicht einmal mit den Füßen ins Wasser gehen. Als ich älter wurde und ins Sommercamp fuhr, musste ich ihr hoch und heilig versprechen, nicht in einen See oder ins Meer zu gehen.« Ich schwieg kurz.

»Das war schwierig, wie du dir denken kannst, aber ich hielt mein Versprechen. Ihre Angst hat sich mit der Zeit auf mich übertragen.«

Die Erinnerungen trieben mir Tränen in die Augen. Langsam liefen sie mir über die Wangen.

»Warum weinst du?«

»Sie ist gestorben. Es ist noch nicht lange her.«

»Du vermisst sie sehr«, stellte er fest.

Ich versuchte mich zu fangen.

»Ich weiß, dass diese Angst vor dem Wasser irrational ist, aber ich kann nichts dagegen machen. Eigentlich wollte ich nicht mitkommen. Aber …«

»Aber?«

»Na ja, Amelie hat so eine Überzeugungskraft, da kann man nichts ausrichten. Wenn sie sich was in den Kopf gesetzt hat … Man hat keine Chance, ihr etwas abzuschlagen.«

Wir schwiegen eine Weile.

»Bist du glücklich hier?«

Skeptisch sah ich ihn an.

»Weshalb fragst du das?«

»Ich weiß nicht.« Er lächelte mich an und ich kapitulierte auf der Stelle. Alle meine Vorsätze, ihn zu ignorieren oder mindestens unhöflich zu sein, waren dahin.

»Anfangs war es schwierig, doch mittlerweile fühle ich mich wohl. Amelie ist meine beste Freundin, auch wenn sie manchmal anstrengend ist. Glücklich ... ich weiß nicht recht«, antwortete ich wahrheitsgemäß.

Wieder schwiegen wir beide und sahen hinaus auf den See.

»Ich habe gehofft, dass du mitkommst«, flüsterte er auf einmal so leise, dass ich mir nicht sicher war, ob er das tatsächlich gesagt hatte. Wir sahen uns an und ich versank in seinem Blick.

»Komm, während die anderen baden, sollten wir Feuerholz sammeln«, sagte Calum zögernd und unterbrach unser stilles Zwiegespräch.

Wir liefen in das Wäldchen, das am Ufer des Sees lag und diesen Namen kaum verdiente. Dort sammelten wir so viel trockenes Holz, wie wir tragen konnten. Sorgsam achtete Calum darauf, mich nicht zu berühren.

Nachdem die anderen sich im Wasser ausgetobt hatten, machten wir ein Lagerfeuer, warfen Kartoffeln in die Glut und brieten Würstchen. Zum Schluss gab es die unvermeidlichen und viel zu süßen Marshmallows.

Amelie sah mich ein paarmal aufmerksam an. Ich würde ihr heute Abend ausführlich berichten müssen, worüber ich mit Calum gesprochen hatte. Unser Gespräch war ihr nicht entgangen.

Nach dem Essen holten Aidan und Calum ihre Gitarren aus dem Auto und sangen schottische Lieder und Countrysongs, von denen ich nur wenige kannte. Ich wünschte, Calum würde nicht aufhören zu singen. Ich lag auf der Decke, ließ mich von der Sonne wärmen.

»Werd' schon wach«, rief Amelie an meinem Ohr und schüttelte ihre nassen Haare über meinem nackten Bauch aus.

»Hör auf!«, schrie ich. »Brr, das ist eiskalt.«

Amelie lachte. Ich richtete mich auf und griff nach meinem Handtuch. Calum saß ein Stück entfernt und sah mich an. Seine Lippen formten ein Lächeln.

»Komm, wir müssen los, sonst sind wir nicht pünktlich zurück«, rief Amelie mir zu und lief zum Auto, um sich umzuziehen.

Ich schlüpfte in meine Jeans und mein T-Shirt, rollte unsere Decken ein und packte die Reste in die Körbe.

Wir verabschiedeten uns voneinander und ich musste mir eingestehen, dass ich eifersüchtig war, als ich sah, wie Valerie zu Calum auf die Rückbank des anderen Wagens rutschte.

Den ganzen Rückweg war ich in Gedanken versunken, versuchte mich an seine Worte, seine Blicke und seine Gesten zu erinnern.

Amelie riss mich wie üblich aus meinen Tagträumen. »Was ist los mit dir?«

»Nichts, was soll los sein?«, antwortete ich unwirsch.

»Worüber hast du dich mit Calum unterhalten? Er hat dich die ganze Zeit angeschaut.«

Aidan, der diesmal neben ihr saß, beugte sich zu ihr. »Neidisch?«

Ich stupste ihn an und sah aus dem Fenster. Ausnahmsweise ließ Amelie das Thema fallen, aber ich sah, wie sie mich im Rückspiegel lächelnd und wissend ansah. Verlegen biss ich mir auf die Unterlippe.

Ethan, Bree und die Zwillinge warteten in der Pizzeria auf uns, als wir zurückkamen. Das Lokal war gut gefüllt und es roch himmlisch. Erschöpft und hungrig fiel ich auf einen Stuhl.

»Na, wie war es?«, fragte Ethan, während er die Karte studierte. Nicht, dass die Auswahl sonderlich groß war, viele Möglichkeiten, auswärts zu essen, gab es hier nicht.

»Super«, antworteten wir wie aus einem Munde.

Bree strahlte uns an. »Ich wusste, dass der See dir gefallen würde.«

»Na, es war weniger der See«, murmelte Amelie hinter ihrer Karte. Ich gab ihr unter dem Tisch einen Tritt. Sie grinste mich verschwörerisch an.

Ich bestellte Cola und eine Champignon-Pizza.

Gut gelaunt aßen wir und bestellten noch eine große Portion Tiramisu als Nachtisch. Wir unterhielten uns über alles Mögliche und ich fühlte mich das erste Mal seit Wochen richtig glücklich.

6. Kapitel

»Bree, meinst du, ich könnte heute Nachmittag zu den Ericksons gehen? Ich würde mir gern ein Porträt meiner Mutter ansehen, von dem Sophie neulich erzählt hat.«

Ich versuchte, meine Frage so harmlos wie möglich zu formulieren. Calum war gestern nicht beim Schwimmtraining gewesen und in der Schule hatte ich ihn die ganze Woche nicht gesehen. Ich wurde von Tag zu Tag unruhiger. Das Kribbeln in meinem Bauch machte mich verrückt. Immer dachte ich an letzten Samstag, seine Worte, seine Berührungen. Wie würde er sich verhalten, wenn ich ihn wiedersah?

»Ja sicher, Dr. Erickson und Sophie werden sich freuen. Ich rufe nachher an und sage Bescheid.« Bree strahlte und sofort bekam ich ein schlechtes Gewissen. Sie konnte ja nicht wissen, dass ich hauptsächlich wegen Calum ins Pfarrhaus wollte.

In der Schule war ich in Erwartung des Nachmittags unkonzentriert und versagte prompt bei einem unangekündigten Mathetest.

Als wir nach Hause kamen, lag in der Küche ein Zettel von Bree: »Die Ericksons erwarten dich um fünf zum Tee. Viel Spaß.«

Jetzt war es kurz nach halb vier, es lagen noch anderthalb Stunden vor mir, die sich endlos hinziehen würden. Ich beschloss, meine Hausaufgaben zu erledigen. Dann würde ich die Zeit wenigstens sinnvoll verbringen. Nachdem ich damit fertig war, nahm ich meine Zeichenmappe heraus, um einige Bilder auszusuchen, die ich den Ericksons zeigen wollte. Ich wollte zwei oder drei Bilder einrahmen lassen, um sie in meinem Zimmer aufzuhängen. Bisher war ich dazu nicht gekommen. Es war nicht leicht, eine Entscheidung zu treffen.

Ich nahm ein Porträt meiner Mutter, drei Landschaften, die ich noch zu Hause gemalt hatte, und meine erste Zeichnung hier vom Meer.

Ich zog mir eine frische Jeans und einen hellblauen Pulli mit V-Ausschnitt an, kämmte mein Haar und trug Lipgloss auf. Mit dem Resultat im Spiegel war ich zufrieden. Die Schatten unter meinen Augen waren in den letzten Wochen verschwunden und die Frühlingssonne hatte eine leichte Bräune auf mein Gesicht gezaubert.

Um halb fünf machte ich mich auf den Weg, so dass ich einige Minuten vor fünf am Pfarrhaus ankam. Der Name ‚Pfarrhaus' war irreführend, hier hatte seit mehr als einhundertfünfzig Jahren kein Pfarrer mehr gelebt. Das Haus gehörte der Familie Erickson schon Ewigkeiten. Ich holte tief Luft und zog an der altmodischen Klingel. Ein glockenheller Ton erklang. Während ich wartete, zupfte ich an meiner feinen silberfarbenen Kette, die ich um den Hals trug. Die Tür öffnete sich und Calum stand vor mir. In seinen Jeans und dem elfenbeinfarbenen, eng anliegenden Pullover sah er wieder einmal viel zu gut aus. Prompt fühlte ich mich unscheinbarer als sonst.

Ihn amüsierte mein verunsicherter Blick, er lächelte mich an und sagte: »Ich glaube, du möchtest reinkommen und mit uns Tee trinken.«

Ich war noch mit seinem »mit uns« beschäftigt, da löste er sanft meine Hand, die sich an der Kette regelrecht festhielt, und zog mich in die geräumige Eingangshalle.

»Zerreiß sie nicht.«

Ich schüttelte seine Hand ab und antwortete trotziger als nötig: »Ich kann selbst auf mich aufpassen.«

Erstaunt sah er mich an und ich wurde im selben Moment puterrot.

»Entschuldige«, stammelte ich. »Normalerweise bin ich nicht unhöflich.«

Er sah mich an. »Hm, ich werde versuchen, deine ungehörigen Bemerkungen zukünftig zu überhören.«

Machte er sich über mich lustig?

»Ich fand es schön am See«, fuhr er fort.

Ich nickte und blickte auf meine Füße.

»Möchtest du nun reinkommen?«, fragte er noch einmal. Ich trat ein.

Das Haus war von innen fast beeindruckender als von außen. Wo andere Menschen normalerweise Tapeten oder Bilder an den Wänden hatten, gab es hier Bücherregale. Es roch wunderbar nach altem Papier und Leder.

»Wo hast du dich die ganze Woche versteckt?«, stellte ich die Frage, die mir am dringendsten schien, solange wir allein waren.

»Etwas Privates«, antwortete er kurz und trat in die Küche.

Dr. Erickson begrüßte mich und Sophie schob mich auf einen Sessel im Wohnzimmer. Auch hier gab es an jeder Wand ein Bücherregal. Außerdem stapelten sich Bücher über Bücher auf dem Fußboden. Noch nie hatte ich, außer in einer Bibliothek, so viele Bücher gesehen.

Der Tisch war mit feinem Porzellangeschirr gedeckt. Es gab kleine Sandwichs und selbstgebackene Scones.

»Calum, würdest du bitte den Tee einschenken?«, bat Sophie. Er nickte und goss Tee in die Tassen. Ein köstlicher Geruch stieg mir in die Nase. Calum beobachtete mich und lächelte; verlegen und erleichtert lächelte ich zurück. Offensichtlich hatte er beschlossen, nicht beleidigt oder böse zu sein. Das Wichtigste aber war, dass er allem Anschein nach vorhatte, den Nachmittag mit uns gemeinsam zu verbringen.

Also tranken wir Tee, aßen das Gebäck und unterhielten uns. Wir erzählten von der Schule und lachten über unsere

Lehrer. Dr. Erickson berichtete von seinen Wanderungen über die Insel und bat mich, ihn einmal zu begleiten.

»Jetzt zeig uns endlich deine Zeichnungen«, forderte er mich auf. Die hatte ich fast vergessen, die Zeit war gerast und draußen begann es zu dämmern. Ich nahm meine Mappe und reichte ihm ein Bild nach dem anderen. Lange betrachtete er das Porträt meiner Mutter. Vorsichtig zeichnete er mit seinen Fingern die Linien ihres Gesichts nach.

»Sie war eine wunderschöne Frau«, sagte er andächtig. Ich sah aus den Augenwinkeln, wie Calum mich musterte.

Dann nahm er Dr. Erickson das Bild aus der Hand.

»Das ist schön«, sagte er ernst.

Auch die anderen Bilder wurden ausgiebig von den dreien begutachtet.

»Ich würde sie mir gern einrahmen lassen«, sagte ich, während ich die Bilder einpackte. »Wo kann man das machen lassen?«

»Oh, das können wir dir machen. Calum ist sehr geschickt in solchen Dingen.«

Ich sah Calum an. Ich hatte nichts dagegen, mehr Zeit mit ihm zu verbringen.

»Komm, ich zeige dir ein paar Rahmen«, sagte er. »Wir sammeln alle, die wir finden können.«

Sophie lächelte mir zu. »Ich werde Bree Bescheid sagen, dass du bei uns zu Abend isst und es später wird. Calum kann dich nachher nach Hause begleiten.«

Bei der Aussicht, später mit ihm allein zu sein, begann mein Herz aufgeregt zu pochen. Ich befürchtete, dass jeder im Raum das hören konnte.

Dr. Erickson und Calum gingen mit mir in den riesigen Garten, der hinter dem Haus lag. Hier blühten eine Unmenge Blumen, von denen ich die meisten noch nie gesehen hatte.

Die beiden führten mich durch den Garten, der im Licht der untergehenden Sonne zauberhaft aussah, zu einem alten, windschiefen Häuschen am Rande der Gemüsebeete. Das Haus war von Efeu überwuchert. Knarrend öffnete Calum die große Holztür und wir traten ein. Mir schlug der Geruch von frischem Holz, Farben und Terpentin entgegen. Die Sonne schickte ihre letzten Strahlen in den Raum und kleine Staubpartikel schwebten im verblassenden Licht des Tages durch die Luft. Staunend sah ich mich um. Es war wie ein Raum aus einem alten Film. An den unverputzten Backsteinwänden hingen Reiseandenken. Da gab es verschiedene Masken, Bilder und ein uraltes Holzkreuz. An einer Wand hingen ein altes Zaumzeug und mindestens zwanzig rostige Hufeisen.

»Meine Glücksbringer«, lächelte Dr. Erickson, als er meinen verwunderten Blick bemerkte. »Sie sind alle aus verschiedenen Ländern.«

Langsam, um nichts umzustoßen, schlängelte ich mich zwischen Tischen mit Werkzeug und unfertigen Rahmen zu den Staffeleien am Ende des Raumes. Darauf standen verschiedene Leinwände mit mehr oder weniger fertigen Bildern. Die Landschaften darauf waren wunderschön, jedes Bild für sich ein Kunstwerk. Ob ich je so würde malen können? Dagegen wirkten meine Zeichnungen dilettantisch.

Während ich die Bilder bewunderte, ging Calum zu einem Stapel alter Bilderrahmen, die an der Wand gegenüber lehnten. Er begutachtete einen nach dem anderen, bevor er drei Rahmen auswählte.

»Die müssten zu deinen Bildern passen, glaube ich.«

Er trug sie zu einer riesigen Werkbank und nahm mir meine Mappe aus dem Arm.

»Was meinst du?«, fragte er mich und hielt das Bild meiner Mutter in einen hellbraunen, mit feinen Schnitzereien verzierten Bilderrahmen. Die schöne Arbeit brachte das

Porträt erst richtig zur Geltung. Ich nickte und beobachtete ihn, wie er geschickt die Rückwand des Rahmens löste und die Glasscheibe vorsichtig herausnahm.

»Würdest du die putzen?«, bat er mich und reichte sie mir. »Da steht Glasreiniger und einen Lappen findest du im Regal.«

Während ich gründlich die Scheibe reinigte, untersuchte Calum den Bilderrahmen nach kleinen Beschädigungen. Vorsichtig tupfte er passende Farbe und Klarlack auf die Stellen.

Als ich fertig war, setzte ich mich neben ihn auf die Werkbank und betrachtete sein konzentriertes Gesicht, während er arbeitete.

»Ich sehe nach Sophie, ihr kommt allein zurecht?«, fragte Dr. Erickson. Ich hatte seine Anwesenheit schon vergessen.

Schweigend arbeitete Calum, während ich ihn betrachtete. Sein Gesicht strahlte Kraft und Anmut aus. Am liebsten hätte ich seine Wange berührt. Nicht zum ersten Mal fielen mir seine langen schlanken Finger auf. Ich schluckte bei der Vorstellung, dass er mich damit berührte. Es war idiotisch, weshalb sollte er an mir mehr Interesse haben als an den anderen Mädchen, die er, laut Amelie, bisher verschmäht hatte?

Mit einem Mal lächelte er.

»Was ist?«, fragte ich.

Er schüttelte den Kopf. Ich bekam keine Antwort. Bestimmt hatte er bemerkt, wie ich ihn angestarrt hatte.

In dem Moment legte er das Porträt in den Rahmen, setzte die Rückwand ein und verschloss die Halterungen. Dann drehte er das Bild um und hob es ins Licht.

Es war perfekt.

Er legte es mir in den Schoß und nahm als Nächstes die Zeichnung heraus, die ich auf den Klippen gemacht hatte. Das Meer hatte an diesem Tag eine ungewöhnliche blaue

Farbe gehabt und es war mir beinahe gelungen, diese Farbe zu mischen. Während Calum die Zeichnung schweigend betrachtete, fiel mir auf, dass seine Augen heute dieselbe Farbe hatten.

Peter und ich waren an dem Tag bis zum Sonnenuntergang auf den Klippen gewesen. Die ruhige, aber bedrohliche Stimmung, die das Meer um diese Zeit ausstrahlte, war auf dem Bild deutlich zu erkennen.

»Möchtest du mir erzählen, was deiner Mutter passiert ist?«, unterbrach Calum meine Gedanken.

Ich schluckte. In den Wochen nach dem Tod meiner Mutter hatte ich versucht, nicht über sie zu reden oder an sie zu denken. Ich dachte, es wäre so leichter, damit zurechtzukommen.

Calum drängte mich nicht. Er wartete ab, wie ich mich entschied. Ich sah ihm in die Augen und wusste, dass ich ihm vertrauen konnte. Ich holte tief Luft und begann stockend von dem Unfall zu erzählen und wie ich sie das letzte Mal gesehen hatte. Calum hatte den Bilderrahmen zur Seite gelegt und lehnte dicht neben mir.

Nachdem ich geendet hatte, schwieg er und sah mich an. Tränen stiegen mir in die Augen und liefen meine Wangen hinunter. Calum wischte sie fort.

»Es tut mir so leid«, flüsterte er, legte einen Arm um mich und zog mich an seine Brust. Ich lehnte mich an ihn. Er roch nach Sonne und Meer.

»Weshalb tust du das?« Ich wagte nicht ihn anzusehen, hoffte aber, dass er mich nicht loslassen würde.

»Was meinst du?«, fragte er und strich mir über das Haar.

»Du hast mich wochenlang ignoriert«, erinnerte ich ihn. »Und jetzt bist du ganz anders.«

»Ich weiß nicht.« Seine Stimme klang belegt. »Schon als ich dich das erste Mal sah, wie du zerzaust neben dem Wal gesessen hast, hatte ich das Gefühl, dass du gar nicht gut für mich bist.«

Empört richtete ich mich auf.

»Du kanntest mich nicht einmal.«

Er lächelte und meine Wut verpuffte auf der Stelle.

»Ich sagte, es war ein Gefühl. Du standest im Wasser und hast dich an den Wal geklammert, da wusste ich, dass ich mich in Acht nehmen muss.«

»Und? Jetzt hast du es dir überlegt?«

»Genau«, antwortete er, ließ mich los und wandte sich den Rahmen zu.

Ungläubig sah ich ihn an, doch er war nicht bereit, seinen Sinneswandel weiter zu erklären.

»Weshalb lebst du nicht bei deinen Eltern?«, fragte ich, als ich mich gefangen hatte.

Er schüttelte den Kopf und sagte kurz angebunden: »Ich habe meine Eltern nie kennen gelernt.« Sein Ton duldete keine weiteren Fragen zu dem Thema.

»Das Bild finde ich am schönsten«, sagte er und ich blickte auf die Zeichnung vor ihm.

»Ich frage mich …« Er zögerte.

»Hmm?«

»Ob du es mir schenken würdest?«

Ich sah ihn an. Meinte er das ernst?

»Ich würde es gern in mein Zimmer hängen.« Seine Stimme klang nervös.

»Klar, wenn es dir gefällt«, antwortete ich, meinerseits verlegen über sein unerwartetes Lob.

Er nahm einen weißen Rahmen, betrachtete ihn kurz und legte ihn zur Seite. Dann bahnte er sich einen Weg zu dem Stapel Bilderrahmen und kramte eine Weile darin herum. Schließlich zog er einen schlichten hellgrauen Holzrahmen hervor und betrachtete ihn zufrieden. Das Bild erfuhr dieselbe Sorgfalt wie das Porträt meiner Mutter.

Ich saß daneben, schwieg und hing meinen Gedanken nach.

»Es ist spät«, sagte er, als er fertig war. »Die anderen Bilder rahme ich dir ein anderes Mal, wenn du möchtest?«

»Wenn ich dir zuschauen darf?«

»Gern.«

Er umfasste meine Taille und hob mich von der Werkbank. Mein Körper kribbelte von seiner Berührung. Er ließ mich auf den Boden gleiten und seine unmittelbare Nähe brachte mich wie immer durcheinander. Ich musste mich beherrschen, um meinen Kopf nicht an seine muskulöse Brust zu lehnen, die mir so nah war. Da trat er beiseite und griff nach den Bildern.

»Zeit fürs Abendessen.«

Schweigend liefen wir ins Haus. Der Abstand, den er hielt, musste beabsichtigt sein. Sophie und Dr. Erickson bewunderten die beiden gerahmten Bilder.

»Ich wollte dir noch das Porträt deiner Mutter zeigen, dass ich gemalt habe«, sagte Dr. Erickson.

Calum und ich folgten ihm in den Nebenraum, der sich als eine Art Bibliothek entpuppte, obwohl diese Bezeichnung auf das ganze Haus zutraf. An den Wänden standen Bücherregale, die bis zu der dunkelblauen Decke reichten, und auf den Tischchen, die im Raum verteilt standen, lagen ebenfalls stapelweise Bücher. Gemütliche Sessel, die mit kariertem Stoff überzogen waren, und Leselampen vervollständigten die Einrichtung.

Während Dr. Erickson in seinen Zeichenmappen kramte, trat Calum neben mich.

»Seine Familie sammelt seit Ewigkeiten alte Bücher. Du findest hier Schätze, für die mancher Sammler ein Vermögen ausgeben würde. Er hat unzählige Erstausgaben.«

Jetzt staunte ich noch mehr.

»Ah, hier ist es«, rief Dr. Erickson und zog ein vergilbtes Blatt aus einer der Mappen.

Er hielt es unter eine Lampe und wir traten neben ihn. Es war eine Bleistiftzeichnung.

»Sie muss ungefähr so alt gewesen sein wie du heute. Sie kam oft zum Malen zu uns. Ich zeigte ihr verschiedene Techniken. Sie war talentiert.«

Verdutzt sah ich ihn an. Meine Mutter hatte gezeichnet. Calum sah mich an und drückte mich sanft in einen der Lesesessel.

»Sie hat mir das nie erzählt.« Ich sah Dr. Erickson an.

»Das sieht ihr ähnlich, sie wollte damals alles hinter sich lassen. Ich glaube nicht, dass das richtig war. Aber sie war stur. Wenn sie eine Entscheidung getroffen hatte, ließ sie sich nicht davon abbringen.«

Ich wusste genau, was er meinte.

Er drehte sich zu seinen Mappen. »Ich habe noch das letzte Bild, das sie bei uns gemalt hat. Es ist im Grunde fertig, sie wollte noch ein paar Kleinigkeiten verbessern. Sie war in diesen Dingen sehr perfektionistisch.«

Er zog ein Blatt heraus und ich starrte auf ein Bild, das zu echt aussah, als dass es gezeichnet sein konnte. Es zeigte den Garten der Ericksons in voller Pracht. Jede einzelne Blume war liebevoll gemalt. Die alte, mit Efeu überzogene Werkstatt wirkte so natürlich, dass man glauben konnte, gleich würde jemand durch das Bild laufen und die Tür aufziehen.

»Du kannst es haben, es gehört jetzt dir.«

Ich schluckte.

Calum setzte sich auf die Lehne des Sessels und nahm meine Hand.

»Abendessen«, drang da Sophies Stimme durch die Tür. Erleichtert verließ ich den Raum, der so voller Erinnerungen an meine Mutter war.

»Ich sollte mich langsam auf den Weg machen«, sagte ich nach dem Abendessen zögernd.

»Es ist spät geworden«, erwiderte Sophie.

»Calum, bring Emma bitte nach Hause, wir können sie nicht mehr allein gehen lassen.«

»Was soll hier schon passieren?«, entgegnete ich halbherzig und hoffte, dass Calum mich begleiten würde.

Er reagierte nicht auf meinen Einwand und nahm das gerahmte Bild vom Tisch.

»Gehen wir?«

»Es war schön«, bedankte ich mich bei den Ericksons.

»Komm uns bald wieder besuchen.« Lächelnd verabschiedeten sich die beiden von mir.

Still liefen wir nebeneinander her.

»Du fragst dich, welche Geheimnisse deine Mutter noch vor dir hatte, oder?«, brach Calum das Schweigen.

»Es gibt offensichtlich Dinge, die ich nicht von ihr wusste.«

»Kennst du deinen Vater?«

Ich schüttelte den Kopf. »Nein, sie hat mir nie von ihm erzählt und irgendwann habe ich nicht mehr gefragt. Sie wurde immer traurig, wenn ich damit anfing.«

Er schien zu verstehen und nickte. Ich betrachtete ihn von der Seite.

»Wo hast du gelebt, bevor du zu den Ericksons kamst?«

Schmunzelnd sah er mich an.

Ich wollte nicht weiter drängen, also biss ich mir auf die Lippen und hing meinen Gedanken nach, die Calum nicht unterbrach.

»Möchtest du noch mit reinkommen?«, fragte ich ihn, als wir am Haus ankamen. Er schüttelte den Kopf und reichte mir mein Bild.

»Es war schön, dass du da warst. Ich warte mit den anderen Bildern, bis du wiederkommst.«

Er schaute mir in die Augen. Mit dem vertrauten flauen Gefühl im Magen drehte ich mich um und ging ins Haus.

7. Kapitel

»Emma?«

Ethan war nach Hause gekommen, als es bereits dämmerte. Ich hatte Hausaufgaben gemacht und eine Mail an Jenna geschrieben, in der ich ihr ausführlich von Calum berichtete. Sie war an jeder Kleinigkeit interessiert und mein Herz schlug schon schneller, während ich ihr von jedem Blick und jedem Wort schrieb.

Ich lief die Treppe hinunter und stolperte auf der letzten Stufe, als ich sah, wer neben Ethan stand. Calum lächelte mich an. Ethan schien meine Verwirrung nicht zu bemerken und hängte seinen Mantel in den Schrank, während er weitersprach.

»Ich war heute bei Dr. Erickson, du weißt, um ihn zu fragen, ob er jemanden kennt, bei dem du Gitarrenunterricht nehmen könntest. Leider gibt es im Ort niemanden, doch Calum war so freundlich sich anzubieten. Er spielt gut, aber das weißt du ja. Wenn du Lust hast, könnte er einmal in der Woche mit dir üben. Was meinst du?«

Jetzt schaute er mich an.

»Äh.« Ich räusperte mich. Einen gescheiten Satz sollte ich rauskriegen.

»Gern«, ich zuckte mit den Schultern und vergrub meine Hände in den Hosentaschen. »Wir können es versuchen.«

Calum lächelte mir zu und mein Herz vollführte kleine Sprünge. Wie machte er das nur?

»Okay.« Ethan schien nichts von meiner Nervosität zu spüren.

»Geht doch in dein Zimmer und schaut euch an, was du bisher gespielt hast.«

Damit drehte er sich um und ging in die Küche.

Verlegen standen Calum und ich uns gegenüber, das heißt ich war verlegen und er lächelte selbstsicher.

»Wollen wir?«, fragte er. »Falls du nicht möchtest, dass ich dir Unterricht gebe … ich kann wieder gehen.« Er schwieg und wartete auf eine Antwort von mir und ich versuchte, meine Gedanken zu ordnen.

»Allerdings würde ich gern bleiben«, setzte er nach ein paar Sekunden hinzu.

Ich sah ihn an.

»Nein, geh nicht«, murmelte ich und ging voraus in mein Zimmer.

Neugierig musterte er jede Einzelheit.

Verlegen schwieg ich.

Dass mein Zimmer nicht sonderlich groß war, hatte mich bisher nicht gestört. Mit Calum schien es zu schrumpfen, seine Präsenz füllte das Zimmer komplett aus. Zum Glück war es einigermaßen aufgeräumt. Interessiert betrachtete Calum das Bild, das über meinem Bett hing.

»Es ist wirklich schön.«

»Ich weiß nicht, ob ich mich bei dir bedankt habe?«

Er schüttelte den Kopf.

»Ich hab das gern getan. Ich würde auch die anderen Bilder rahmen, wenn du magst. Sie liegen noch in der Werkstatt, du wolltest wiederkommen.«

Das er daran gedacht hatte. Ich war nicht sicher gewesen, ob sein Vorschlag ernst gemeint war. Am liebsten wäre ich am nächsten Tag sofort wieder zum Pfarrhaus gegangen. In der Schule war er merkwürdig distanziert. Ab und zu ein Blick oder ein Lächeln - mehr nicht. Das verunsicherte mich, mehr als ich zugeben wollte.

»Ich kann noch mal vorbeikommen«, sagte ich zögernd.

»Gut, ich werde auf dich warten.«

Er packte seine Gitarre aus und forderte mich auf, ihm zu zeigen, was ich bisher gespielt hatte. Ich zeigte ihm meine Notenblätter.

»Ich würde gern einige der Songs versuchen, die du und Aidan am See gespielt habt«, sagte ich.

»Okay, kein Problem. Montags wäre gut.«

Montag - das war keine gute Wahl. Normalerweise tat ich montags vorsichtshalber gar nichts.

Ich hasste Montage, seit ich denken konnte. Wenn was Schlimmes in meinem Leben passiert war, dann garantiert an einem Montag. Meinen ersten Milchzahn hatte ich an einem Montag verloren und die Zahnfee hatte mich vergessen. Ich war sicher gewesen, an jedem anderen Wochentag wäre sie gekommen. Meine Einschulung war an einem Montag gewesen und ich hatte anstatt einer lilafarbenen Schultüte eine grüne bekommen. Ich hatte mir mit elf mein Bein an einem Montag im Sportunterricht gebrochen. Selbst der Unfall meiner Mutter war an einem Montag gewesen. Vielleicht war das eine gute Gelegenheit, meinen Montagen ein besseres Image zu verpassen, dachte ich und war mir nicht bewusst, dass ich bei dem Gedanken lächelte.

»Was hast du?« Fragend sah Calum mich an.

Ich schüttelte den Kopf. »Ein Geheimnis.«

»Verrätst du es mir?«

Wieder schüttelte ich den Kopf.

Selbstsicher schaute er mir in die Augen.

»Irgendwann schon.«

»Vergiss es«, erwiderte ich.

»Wäre es in Ordnung, wenn wir uns woanders treffen würden? Der Raum ist ziemlich klein und …«. Er sah mich mit seinen blauen Augen an und ich war sicher, auch er spürte die Spannung, die den Raum beherrschte.

»Ich kenne einen schönen Platz. Dort können wir, wenn es warm genug ist, ungestört üben«, erklärte er weiter.

Ich nickte. Er packte seine Sachen ein und schaute mich auffordernd an. Ich rappelte mich hoch und brachte ihn zur Tür. Ich lehnte im Türrahmen und sah ihm nach, wie er den

Weg zum Pfarrhaus einschlug. Nach ein paar Metern drehte er sich um und winkte mir zu. Mit einem Lächeln winkte ich zurück.

Aufgekratzt rannte ich in Amelies Zimmer, um ihr zu berichten, was geschehen war.

»Wer hätte das gedacht?« Sie schüttelte ihre Mähne. »Sollte ich mich so getäuscht haben? Offensichtlich findet er dich interessanter als Valerie. Klug von ihm.«

Ich umarmte sie stürmisch.

»Ich werde mit ihm allein sein. Stell dir das vor.«

»Pass bloß auf dich auf«, ermahnte Amelie mich. »Sein Sinneswandel ist komisch. Ich will nicht, dass er dir wehtut.«

Ich ignorierte ihre Einwände.

Das Wochenende zog sich unbarmherzig in die Länge. Sonntagabend war ich so erschöpft, dass ich am Esstisch einschlief.

»Hey, was ist los mit dir, Emma?« Peter stupste mich an.

»Ich bin fix und fertig. Entschuldigt bitte, ich geh ins Bett.«

»Du wirst hoffentlich nicht krank werden?«, fragte Bree besorgt.

»Nein, nein, alles in Ordnung. Ich bin nur müde.«

Ich schleppte mich in mein Zimmer und ohne die allabendliche Waschprozedur schlief ich ein.

Der Unterricht am Montag verging im Schneckentempo und ich wurde immer hibbeliger. Als Amelie und ich zurückfuhren, kreisten meine Gedanken nur um Calum und unser Treffen. Was, wenn er nicht kam? Heute in der Schule hatten wir uns in der Cafeteria gesehen. Er hatte mir zugelächelt, aber wir hatten nicht miteinander gesprochen. Wohin würde er mit mir gehen? Was sollte ich anziehen?

Ich entschied mich für eine Jeans und ein lilafarbenes Shirt. Dann lief ich in die Küche. Ich brauchte einen Tee, Kaffee würde mich noch nervöser machen.

Amelie kam herein und nahm mir den Wasserkocher aus der Hand.

»Setz dich«, befahl sie und ich gehorchte ohne Widerspruch. »Du zerschlägst noch Moms gute Tassen, nervös wie du bist. Ich mache dir einen Tee und du atmest ruhig ein und aus. Das kann ich nicht mit ansehen. Schon im Auto vorhin warst du ganz durcheinander. Das kann unmöglich dein erstes Date sein.« Sie schüttelte tantenhaft den Kopf.

Gegen meinen Willen musste ich lachen und entspannte mich.

»Das ist kein Date«, antwortete ich.

Ich trank den Tee, den Amelie mir hinstellte. Während ich die Tasse ausspülte, sah ich aus dem Fenster. Mein Herz machte einen kleinen Sprung, als ich Calum den Weg zum Haus kommen sah. Er war zu früh.

»Oh, oh«, meinte Amelie neben mir, »da kann es noch jemand nicht abwarten.« Sie grinste schelmisch. »Viel Spaß euch beiden.« Damit verzog sie sich ins Wohnzimmer und ließ mich mit klopfendem Herzen zurück.

Nachdem es geklingelt hatte, wartete ich ein paar Sekunden, um mich zu sammeln, lief zur Tür und öffnete ihm.

»Hi, ich hätte jetzt schon Zeit, wenn es dir nichts ausmacht …«

Hörte ich da Unsicherheit in seiner Stimme?

»Kein Problem. Ich bin fertig. Ich hole nur meine Gitarre.«

»Wo gehen wir hin?«, fragte ich neugierig, als wir Seite an Seite in Richtung Wald liefen.

»Lass dich überraschen«, antwortete er. Schweigend liefen wir nebeneinander her.

»Wie war dein Wochenende?«, fragte er.

»Oh. Es zog sich. Ich war froh, als endlich Montag war«, plapperte ich drauflos.

»Hast du dich auf die Schule gefreut?« Er schaute mich von der Seite an.

Was sollte ich darauf erwidern? Dass ich es nicht ausgehalten hatte, ihn wiederzusehen? Ich zuckte mit den Schultern. Zum Glück fragte er nicht weiter. Ich konnte ihm unmöglich eine Antwort geben, schließlich wollte ich ihn nicht verschrecken.

Im Wald wurde es kühler. Ich fröstelte und bekam eine Gänsehaut.

»Du hättest dir eine Jacke mitnehmen sollen«, erklärte Calum missbilligend.

»Du hättest mir sagen können, dass wir in den Wald gehen«, antwortete ich schnippisch.

»Hm.« Ernst musterte er mich.

Dann zog er aus seiner Gitarrentasche einen dünnen Wollpullover. Ich schlüpfte hinein und mir wurde angenehm warm.

Hatte ich ihn verstimmt? Bereute er, dass er angeboten hatte, mit mir zu üben? Abschätzend blickte ich ihn von der Seite an, konnte seinen Gesichtsausdruck nicht deuten. Auf jeden Fall wirkte er angespannt. Das konnte heiter werden.

»Jetzt mach es nicht so spannend. Sag, ist es noch weit?«, fragte ich, um das Schweigen zu brechen.

»Da vorn ist eine kleine Lichtung mit einem winzigen Teich. Es ist ganz ruhig und schön dort. Ich komme öfter her und bin nie gestört worden. Die Leute aus dem Ort gehen nicht in den Wald. Sie sind abergläubisch«, antwortete er.

Verständnislos schüttelte ich den Kopf. »Was soll es hier im Wald geben? Trolle, Elfen, Werwölfe?«

»Ja, so etwas Ähnliches denken sie wohl. Es gibt in Schottland viele alte Mythen und du solltest dich nicht darüber lustig machen. Meist steckt etwas Wahres in diesen

Geschichten. Auch wenn du nicht an diese Dinge glaubst … manchmal kann es gefährlich sein, in den Wald zu gehen.«

Da hatte ich wohl etwas Falsches gesagt. Seine Lippen bildeten einen harten Strich.

Ich kam nicht dazu zu antworten. Wir hatten die Lichtung erreicht. Stille umhüllte mich wie ein seidenweiches Tuch. Der Wind, der leise in den hellgrünen Blättern der Birken und in den Tannen raschelte, fuhr sanft über das Wasser, das in kleinen Wellen ans Ufer schlug.

Schweigend beobachtete Calum mein Gesicht, während ich alles betrachtete.

»Hab ich zu viel versprochen?«

Ich schüttelte den Kopf. »Man könnte glauben, dass winzige Feen zwischen den Bäumen hervorgeflattert kommen. Es sieht aus wie in einem Märchen, ein verwunschener Ort.«

Schweigend betrachteten wir das Wasser.

»Als ich klein war, ist meine Mutter oft mit mir zum Wandern gefahren. An schönen Wochenenden, wenn sie nicht arbeiten musste, fuhren wir gemeinsam in einen der Nationalparks«, erinnerte ich mich. »Stundenlang liefen wir durch die Wälder. Wir grillten Würstchen und warfen Kartoffeln in die Glut. Ich verbrannte mir oft die Finger, weil ich zu gierig war, um zu warten, bis die Kartoffeln abgekühlt waren.«

Den Geruch des brutzelnden Fleisches und der mehligen, verkohlten Kartoffeln konnte ich jetzt, wo ich daran zurückdachte, beinahe riechen.

Calum schwieg.

»Wenn es dunkel wurde, hat sie mir von Elfen, Nixen, Faunen oder Wassermännern erzählt. Legenden von Kriegen, Liebe, Eifersucht und Tod. Ich liebte es und konnte nie genug davon bekommen. Sie hatte einen unendlichen Vorrat an Geschichten im Kopf.«

Ich lächelte bei den Erinnerungen vor mich hin und sah Calum an. Sein Blick war ernst.

»Entschuldige«, stotterte ich verlegen, »es fiel mir erst wieder ein.«

»Erzähl weiter«, forderte er in einem Ton, der keinen Widerspruch duldete.

»Wenn sie erzählte, klang ihre Stimme viel wärmer als sonst. Ich glaubte, die Elfen im Feuer tanzen zu sehen. Immer wieder musste sie dieselben Geschichten erzählen. Oft hatte sie danach Tränen in den Augen, die sie heimlich wegwischte. Ich habe es damals nicht verstanden, jetzt glaube ich, dass sie Heimweh hatte. Zum Einschlafen habe ich mich im Zelt an sie gekuschelt, da ihre Traurigkeit mir Angst machte. Als ich älter wurde, wurden die Ausflüge weniger und damit ihre Märchen. Ich habe lange nicht daran gedacht. Dieser Ort hier ... so hat sie mir Schottland immer beschrieben.«

Calum nickte und ohne ein weiteres Wort setzte er sich ins Gras und begann seine Gitarre und seine Noten auszupacken. Zu meiner Erleichterung war sein Blick weich.

»Komm, setz dich zu mir. Ich hab ein paar Noten mitgebracht. Lass uns schauen, welches Stück wir spielen wollen.«

Langsam ließ ich mich neben ihm ins Gras sinken.

Er spielte ein paar Lieder an, damit ich entscheiden konnte, welches ich lernen wollte. Es hätte mir auch nichts ausgemacht, ihm die ganze Zeit nur zuzuhören.

Gemeinsam suchten wir zwei Countrysongs aus, die ich gut fand. Geduldig zeigte er mir, welche Griffe ich brauchte, und dann spielten wir die Stücke zusammen.

»Pause«, sagte er nach einer Weile und holte aus seinem Rucksack zwei Flaschen Cola und zwei Schokoriegel.

»Du hast an ein Picknick gedacht.«

»Picknick ist etwas übertrieben, aber du kannst es beim nächsten Mal besser machen«, erwiderte er und lächelte dabei.

Ich biss in meinen Schokoriegel und dachte an das nächste Mal. Meine Kehle war trocken und hastig trank ich meine Cola. Seufzend ließ ich mich ins Gras fallen.

»Nein, ich glaube nicht, dass es hier etwas Gefährliches geben kann«, sagte ich. »Es ist zu schön hier, zu friedlich.«

Calum, der neben mir gelegen hatte, rollte sich auf die Seite und sah mich eindringlich an.

»Darauf darfst du auf keinen Fall vertrauen, Emma. Auch wenn etwas schön aussieht, kann es trotzdem gefährlich sein. Die schönsten Dinge in der Natur sind die giftigsten.«

Erstaunt sah ich ihn an. Weshalb regte er sich auf? Verwundert schüttelte ich den Kopf. Seine Miene hatte sich verfinstert und verärgert rückte er ein Stück von mir ab.

Ich atmete langsam aus.

»Erzähl mir etwas von dir«, bat ich ihn und hoffte auf ein Lächeln.

»Über mich gibt es nichts Interessantes zu erzählen«, antwortete er ausweichend und setzte sich auf.

»Okay, dann werde ich dich fragen.« Ich würde nicht locker lassen.

»Ich werde nicht auf alles antworten«, warnte er mich. Aber er lächelte, stellte ich erleichtert fest.

»Welche ist deine Lieblingsjahreszeit?« Ich grinste.

Erstaunt blickte er mich an, antwortete dann doch ernsthaft. »Herbst.«

Ich zog missbilligend die Augenbrauen nach oben.

»Die Farben …«, begann er und ich verstand, was er meinte.

»Lieblingsfarbe?«

»Rot.«

»Viel zu grell«, wandte ich ein. Er runzelte die Stirn, so dass ich gleich weiterfragte.

»Lieblingsfilm?«

»Das ist schwierig … Herr der Ringe?«

Ich nickte zustimmend.

»Lieblingsspiel?«

»Basketball.«

»Lieblingsdessert?«

Er schmunzelte. »Tiramisu.«

Ich befragte ihn weiter. Es war schön, ihn so entspannt zu erleben.

»Stopp, stopp, das reicht für heute«, rief er nach einer viel zu kurzen Zeit.

Ich zog einen Schmollmund.

»Ich hab noch ein paar Fragen.«

»Das kann ich mir denken, aber lass uns die Stücke noch einmal spielen. Ich hab einen ganz trockenen Mund und wir haben keine Cola mehr. Beim nächsten Mal müssen wir eindeutig mehr Proviant einstecken.«

Bei dem Gedanken, öfter mit ihm allein zu sein, beschleunigte sich mein Puls.

»Das war richtig gut für den Anfang«, sagte Calum nach einer Weile. »Aber ich glaube, wir sollten für heute Schluss machen, deine Familie fragt sich bestimmt, was ich mit dir angestellt habe.« Er lächelte verschmitzt.

Erst da bemerkte ich, dass es deutlich dunkler war als vorhin. Das glitzernde Licht auf dem See war verschwunden und die Bäume wirkten bedrohlich.

Bedauernd sah ich ihn an.

»Ich habe keine Ahnung, wie spät es ist.«

Ich hätte noch Stunden mit ihm im Wald verbringen können. Schnell sah ich weg, damit er mir meinen Wunsch nicht von den Augen ablesen konnte.

»Hattest du so viel Zeit?«

»Es hat mir großen Spaß gemacht«, antwortete er lächelnd auf meine Frage und ich merkte, wie meine Wangen zu glühen begannen.

»Deshalb mag ich Rot«, sagte er unvermittelt.

Das Glühen verstärkte sich und ich musste seinem Blick ausweichen.

»Machen wir nächste Woche weiter?« Seine Stimme klang lockend.

»Gern.«

Ich traute mich kaum aufzusehen und kramte meine Noten zusammen. Wir knieten im Gras, unsere Köpfe nur wenige Zentimeter voneinander entfernt.

Gemeinsam versuchten wir, unsere Blätter zu ordnen, und unbeabsichtigt berührte ich seine Hand. Da war es wieder. Ein elektrischer Impuls raste durch meinen Körper. Schnell zog ich meine Hand zurück und sah ihn an.

Er stand auf und ich fuhr erschrocken zurück.

»Wir sollten uns beeilen«, befahl er unwirsch.

Ich biss mir auf die Lippen. Still liefen wir nebeneinander her.

»Calum?«, fragte ich vorsichtig. So konnten wir unmöglich auseinandergehen. »Was ist los?«

»Nichts, es ist nicht deine Schuld.« Er zögerte, bevor er weitersprach: »Ich frage mich nur, ob es richtig ist, was wir tun.«

Ich verstand nicht, was er meinte. Wir hatten völlig harmlos Gitarre miteinander geübt. Na ja, das war nicht ganz richtig. Da bahnte sich etwas zwischen uns an, was ich nur schlecht in Worte fassen konnte. Ich traute mich nicht, etwas zu sagen, und er schwieg beharrlich.

Am Haus verabschiedete er sich schnell und kühl von mir. Er drehte sich nicht noch einmal um, als er den gewohnten Weg zum Pfarrhaus zurücklief.

Ich ging in mein Zimmer und ließ mich auf mein Bett fallen. Es war so ein wunderschöner Nachmittag gewesen. Was war passiert, weshalb reagierte ich so auf seine Nähe? Es war unnormal, dass er solche Reaktionen bei mir auslöste. Außerdem merkte er es jedes Mal. Es war ausgesprochen peinlich. Noch viel schlimmer war, dass er jetzt sauer auf mich war. Ich hatte ihn mit Sicherheit verjagt.

Da bemerkte ich, dass ich immer noch seinen Pullover trug, machte mir Musik an und schlang die Arme fest um meinen Körper, sog seinen vertrauten Duft ein und gab mich meinen Tagträumen hin, bis Amelie in mein Zimmer gestürmt kam.

»Wie war es? Erzähle. Hat er versucht, dich zu küssen?« Fragend zog sie ihre Augenbrauen hoch.

Abwehrend antwortete ich: »Wie soll es gewesen sein? Wir haben Gitarre geübt.«

Küssen, was dachte sie? Da würde ich womöglich in Ohnmacht fallen, so, wie ich auf seine kleinste Berührung reagierte.

Sie rollte mit den Augen. »Ihr wart ausgesprochen lange weg. Na, du wirst es mir noch erzählen. Ist das sein Pullover, den du da trägst?«

Triumphierend schaute sie mich an und sah all ihre wilden Vermutungen bestätigt. »Komm, das Abendessen ist fertig. Wir warten auf dich.«

8. Kapitel

Den Rest der Woche musste ich mich zusammenreißen, um mich im Unterricht zu konzentrieren. Am liebsten hätte ich die ganze Zeit an Calum gedacht. Diese Woche schrieben wir leider Klausuren in Mathe, Englisch und Geschichte, so dass ich jeden Nachmittag über meinen Büchern hing. Ich musste mich zwingen, alle Aufgaben zu erledigen. Zum Glück hatte ich viele Themen schon in den Staaten gehabt, so dass ich gut mitkam.

Die Höhepunkte der Woche waren die Trainingsstunden mit dem Schwimmteam. Leider konnte ich Calum nur aus der Ferne betrachten, zu mehr als einem kurzen ‚Hallo' und einem Lächeln kamen wir nicht. Ständig war Valerie in seiner Nähe. Es war nicht mit anzusehen, wie sie ihn anhimmelte. Für meinen Geschmack war er viel zu höflich zu ihr und hielt sich viel zu offensichtlich von mir fern. Ich fragte mich, wieso, versuchte aber, entspannt zu wirken. Das Letzte, was ich gebrauchen konnte, war, dass er mich für eifersüchtig und überanhänglich hielt. Also hielt ich mich während des Trainings von ihm fern. Er machte seinerseits auch keine Anstalten, Zeit mit mir zu verbringen, was mich letztlich wütend werden ließ. Weshalb war er völlig anders, wenn wir allein waren?

Mr. Fallen nahm uns hart ran. Bald sollten die ersten Wettkämpfe stattfinden. Ich war mittlerweile wieder gut in Form. Freitagabend, kurz vor Ende des Trainings, forderte Mr. Fallen mich und Calum auf, gegeneinander anzutreten. Das hatte mir gerade noch gefehlt. Die anderen johlten los und begannen Wetten abzuschließen.

Die meisten setzten auf Calum. Wütend biss ich mir auf die Lippen. Natürlich war ich nicht schneller als er, daher war mir nicht klar, was das bringen sollte.

Wir gingen zu den Startblöcken. Ich sah ihn nicht an. Gleichzeitig tauchten wir ins Wasser ein. Ohne nachzudenken, kraulte ich los, fünfzig Meter, Wende und zurück und noch einmal fünfzig Meter. Ich schlug an und stieß prustend aus dem Wasser nach oben. Ich drehte mich um und sah im selben Moment Calum, der erst jetzt anschlug. Verblüfft schaute ich ihn an. Am Beckenrand schlug sich Mr. Fallen lachend auf seine Oberschenkel.

»Tja, Calum, da hast du deine Meisterin gefunden. Emma war ein bisschen schneller als du.«

Calum lächelte ihn unbeeindruckt an. Am Beckenrand redeten alle aufgeregt durcheinander. Valerie sah mich noch finsterer an als sonst.

Nebeneinander schwammen wir zur Badeleiter.

»Du hast mich gewinnen lassen«, sagte ich vorwurfsvoll. Erstaunt blickte er mich an.

»Weshalb sollte ich das tun?«

Er lächelte sein unwiderstehliches Lächeln und ich kam mir blöd vor. Warum eigentlich? Ich schnappte mein Handtuch und lief zu den Umkleideräumen.

Ein furchtbar langes Wochenende lag vor mir. Mein einziger Gedanke drehte sich darum, ob Calum Montag wiederkommen würde. Ich hatte weder Lust auf die massenhaften Hausaufgaben, die wir aufhatten, noch auf die Wanderung, die Ethan vorschlug.

Amelie murrte.

»Dad, du weißt, heute Abend gehen wir alle in den Pub. Da spielt endlich eine gute Band. Ich will nicht den ganzen Tag über Hügel kraxeln, und zum Tanzen heute Abend zu müde sein. Können wir die Wanderung nicht verschieben? Bitte.«

»Okay. Das hatte ich vergessen. Geht ihr gemeinsam in den Pub?«

Tanzen? Ich glaubte, mich verhört zu haben. Davon hatte Amelie mir nichts erzählt.

»Klar«, sagte sie. »Aidan holt uns um neunzehn Uhr ab.«

»Aidan?« Ethan zog seine Augenbrauen hoch, verkniff sich aber einen Kommentar zur Begleitung seiner Tochter.

Unschuldig sah Amelie mich an und ich schoss mit meinen Augen Blitze über den Tisch.

Als wir in unsere Zimmer gingen, fuhr ich sie an: »Was soll das - Tanzen? Das kannst du vergessen. Da gehe ich lieber wandern. Ich komm nicht mit. Du wirst den ganzen Abend mit Aidan in einer Ecke sitzen und ich langweile mich zu Tode.«

»Ach, komm«, erwiderte sie in bittendem Tonfall. »Dad lässt mich nicht allein mit Aidan gehen, aber wir drei zusammen … Es wird toll, da sind eine Menge Leute.«

»Du hättest mich vorher fragen können«, murrte ich und verschwand in mein Zimmer, während Amelie in ihres lief. Immer wieder ließ ich mich von ihr einwickeln, es war zum Verrücktwerden.

Es dämmerte, als wir abends zu Fuß zum Pub gingen. Aidan hatte seinen Arm, sobald wir außer Sichtweite des Hauses waren, um Amelie gelegt und nun kicherten die beiden herum. Ich verdrehte die Augen.

Weshalb hatte ich mich überreden lassen? Ich überlegte, ob ich mich noch loseisen konnte, und entschloss mich dagegen. Ich wollte Amelie nicht den Abend verderben und konnte selbst eine Abwechslung vertragen.

Der Pub war voll und die Tanzfläche nicht sonderlich groß. Aidan entdeckte ein paar bekannte Gesichter an einem Tisch am Ende des Raumes. Sie winkten uns zu sich und rutschten zusammen, damit wir mit an den Tisch passten. Die meisten kannte ich aus der Schule. Vielleicht würde es doch nett werden.

»Was willst du trinken?«, fragte Aidan, als die Kellnerin zu uns an den Tisch kam.

»Eine Cola, bitte.«

»Kein Bier?« Fragend sah er mich an.

»Nein, lieber nicht.« Ich schüttelte den Kopf, registrierte aber, dass Amelie sich ein Bier bestellte. Das würde Ethan nicht gefallen.

Die Musik war gut, und als Marc, der neben mir saß, mich bat mit ihm zu tanzen, hoffte ich, dass der Abend nicht so öde werden würde wie befürchtet. Seit sein Interesse an mir nachgelassen hatte, fand ich ihn sogar nett. Marc war nicht gerade der perfekte Tanzpartner, aber er gab sich Mühe, mir nicht auf die Füße zu treten. Ich war erleichtert, als Tim ihn beim nächsten Lied ablöste. Mit ihm machte es Spaß zu tanzen. Ich kam kaum dazu, mich hinzusetzen und zu trinken, immer wieder zog mich jemand auf die Tanzfläche.

Irgendwann eiste ich mich los, ging zum Tresen und trank eine Cola, unschlüssig, was ich tun sollte. Amelie sah nicht danach aus, als ob sie schon nach Hause wollte. Ich war jedoch mittlerweile müde. Es musste Mitternacht sein.

»Ich frage mich, ob du auch mit mir tanzen würdest?«, flüsterte Calums Stimme ganz nah hinter mir. Mein Atem ging schneller. »Allerdings muss ich dich warnen, es wäre nicht klug von dir.«

»Es wäre vermutlich sogar unklug, aber ich könnte es darauf ankommen lassen«, antwortete ich, ohne mich umzudrehen. Das Kribbeln in meinem Nacken verstärkte sich. Ich glaubte seinen Atem zu spüren.

»Sehr, sehr unklug.« Ich konnte das Lächeln auf seinen Lippen förmlich sehen.

Jetzt drehte ich mich zu ihm um. Sein Blick war undurchdringlich, und ich wusste plötzlich, dass er mit seiner Warnung recht hatte.

Er zog mich in seine Arme und mein Puls beschleunigte sich.

»Lass uns tanzen.« Ohne eine weitere Erwiderung abzuwarten, zog er mich auf die Tanzfläche. Die war viel zu voll. Er konnte mich nicht loslassen, selbst wenn er gewollt hätte. Also tanzten wir jeden Tanz, der kam, eng aneinandergeschmiegt. Ich spürte seine Hände auf meinem Rücken, seine Lippen in meinem Haar, und alle Anspannung, die ich in den letzten Wochen in seiner Nähe empfunden hatte, fiel von mir ab. Es war ganz natürlich, mit ihm zusammen zu sein. Ich wünschte, es würde nicht enden.

Leider war die Band anderer Meinung und die Musik brach für mich völlig abrupt ab. Ich sah mich um. Wir waren allein im Pub. Nur ein paar Leute standen am Tresen und die Band packte ihre Sachen zusammen.

»Wo sind alle hin?«

Calum lachte. »Es ist zwei Uhr.«

»Oh, Gott!«, entfuhr es mir. Wie hatte ich die Zeit vergessen können? »Wo ist Amelie? Wir sollten spätestens um eins zu Hause sein.«

»Sie ist vor einer Stunde mit Aidan gegangen. Ich vermute, sie wollte uns nicht stören oder nicht gestört werden. Wie man's nimmt«, antwortete er verschmitzt.

»Wir müssen los.« Hektisch suchte ich nach meiner Jacke, konnte sie nirgends finden. Draußen war es kühl. Calum legte den Arm um meine Taille und zog mich an sich. Sofort wurde mir warm. Schweigend liefen wir über die Wiesen. Vor unserer Haustür nahm er mich in seine Arme und drückte seine Lippen in mein Haar. Alle meine Tagträume schienen Wirklichkeit geworden zu sein. Ich sah zu ihm auf und hoffte auf einen richtigen Kuss, doch er strich mir nur leicht mit einem Finger über die Lippen und schob mich durch die Tür ins Haus. Unsere Finger berührten sich und es widerstrebte mir, ihn loszulassen.

»Bis Montag«, flüsterte er. Dann war er fort. Ich lehnte mich von innen gegen die Tür und schloss die Augen.

Bree kam aus der Halle in den Flur. Sie sah verschlafen aus.

»Emma«, rief sie. »Wir haben uns Sorgen gemacht.«

»Calum hat mich nach Haus gebracht. Entschuldige, dass ich mich verspätet habe.«

»War es schön?«, fragte sie nur.

»Schöner.«

»Geh jetzt ins Bett und schlaf dich aus.« Sie strich mir über das Haar und ich lief in mein Zimmer. Schnell zog ich meine Schlafsachen an, putzte meine Zähne und kroch unter die Decke. Da hörte ich ein leises Klopfen an der Tür.

Amelie schlich in mein Zimmer.

»Ich kann nicht schlafen«, flüsterte sie. »Kann ich zu dir kommen?«

»Na klar, komm her.«

Sie kuschelte sich mit unter meine Bettdecke.

»Es war toll heute, oder? Bist du mir noch böse?« Sie wartete die Antwort nicht ab. »Warst du schon mal richtig verliebt, Emma?«

»Nein, bisher nicht«, antwortete ich zögernd. »Aber ich glaube … ich weiß, wie es sein könnte.« Ich starrte an die Decke und dachte an Calum.

Amelie drehte sich lächelnd um. »Ich bin froh, dass du bei uns bist«, murmelte sie.

Dann war sie eingeschlafen.

Ich war auch froh … sehr sogar.

Als ich am nächsten Morgen aufwachte, schickte die Sonne schon warmes Licht ins Zimmer und die Vorhänge bauschten sich im Wind, der hineinwehte. Vorsichtig, um Amelie nicht zu wecken, zog ich meine Decke, die sie mir im Laufe der Nacht geraubt hatte, zu mir und kuschelte mich darunter. Ich war längst beim vergangenen Abend. Ich lächelte bei der Erinnerung daran, wie Calum plötzlich hinter mir gestanden hatte und mich mit diesen merkwürdigen Bemerkungen gebeten hatte, mit ihm zu tanzen …

Weiter kam ich nicht, denn Amelie begann sich zu räkeln und drehte sich zu mir um.

»Du und Calum also«, begann sie, ohne zu zögern. »Versteh mich nicht falsch, Emma, ich frage mich nur, weshalb er ausgerechnet mit dir zusammen sein will. Vor allem, nachdem er anfangs unmöglich zu dir war.«

Ich zuckte die Achseln und lächelte sie an. Ich verstand genau, was sie meinte. Auch für mich war es ein Rätsel.

»Wie er dich ansieht«, sagte sie und rieb sich den Schlaf aus den Augen.

Bevor wir diesen Teil des Abends vertiefen konnten, schoss sie die nächste neugierige Frage auf mich ab.

»Hat er dich endlich geküsst?«

»Nein«, gestand ich bedauernd.

»Also, das ist auch so was Komisches.« Amelie runzelte ihre Stirn. »Die meisten Jungs, die ich kenne, können es in der Regel nicht abwarten. Entweder, er ist der perfekte Gentleman, oder …«, bemerkte sie altklug.

In dem Moment stürmten Hannah und Amber in mein Zimmer und enterten unter lautem Geschrei mein Bett.

Peter blieb im Türrahmen stehen, schüttelte den Kopf bei dem Gewusel und sagte: »Frühstück ist fertig.«

Ich war sicher, dass keiner von den dreien ihn gehört hatte, denn im selben Moment zog mir Amelie mein Kissen weg und begann mit ihren Schwestern eine Kissenschlacht.

Ich zog es vor, nachdem ich einmal meine Decke über alle drei geworfen hatte, ins Bad zu verschwinden, um mir die Zähne zu putzen.

Nach dem Frühstück beschlossen Peter und Ethan, zum Fischen zu fahren. Sie baten mich mitzukommen, doch heute war kein Tag, an dem ich stundenlang untätig herumsitzen konnte.

Vielleicht war es gut, mal allein zu sein, beschloss ich und bat Ethan, mich unterwegs abzusetzen, damit ich in Ruhe malen konnte. Ich war in einer äußerst kreativen Stimmung. Heute würde mir jedes Bild gelingen, da war ich sicher.

Ich packte meine Malsachen und meine Staffelei zusammen und suchte meinen iPod. Ich prüfte den Akku und die Playlist. Dann steckte ich ihn in meine Hosentasche und hoffte, dass der Akku noch ein bisschen halten würde. Peter und Ethan warteten in der Küche auf mich.

Bree hatte mir ein kleines Päckchen mit Sandwichs, Äpfeln und einer Flasche Wasser gepackt.

»Nun aber raus mit euch und viel Spaß. Und achtet auf das Wetter, es soll nicht den ganzen Tag schön bleiben«, rief sie uns hinterher.

Ich sah zum Himmel und konnte nur ein makelloses Blau entdecken. Typisch, dass sie sich Sorgen machte. Ich schüttelte den Kopf und stieg zu Ethan ins Auto.

Die Bergkette, an der Ethan und Peter mich absetzten, stieg sanft an. Peter hatte mir den Ort empfohlen. Oben auf dem Grat hatte man eine wundervolle Aussicht.

Anfangs begegnete ich einigen anderen Wanderern, doch je länger ich lief, desto einsamer wurde es. Durch das regelmäßige Schwimmtraining war ich gut in Form und trotz meiner Malutensilien, die ich mitschleppte, kam ich gut voran. Mit jedem Schritt wurde die Aussicht schöner. Bald tauchte die Festlandküste in der Ferne auf. Hier oben, etwas von der Klippe entfernt, stellte ich meine Staffelei auf und begann zu malen. Es war phänomenal. Das blaue Meer, in dem sich die grünen Bergenhänge spiegelten war wunderschön. Ob ich es schaffen würde, diesen Anblick einzufangen?

Ich war so in meine Arbeit vertieft und gefangen von der Schönheit um mich herum, dass ich nicht bemerkte, wie der Wind zunahm. Erst als mir wirklich kalt wurde und ich den Pinsel nur noch mit Mühe halten konnte, hielt ich inne und schaute zum Himmel.

Er sah nicht gut aus. Bree hatte doch recht gehabt. Dunkelgraue Wolken türmten sich über den Bergen. Das Meer brach sich unter mir tosend an den Klippen. Ich sollte zurückgehen.

In Windeseile packte ich zusammen, zog meine Jacke fester um mich und lief zurück in die Richtung, aus der ich gekommen war. Der Wind warf mich fast um und der Weg zog sich unerbittlich in die Länge. Am Morgen war ich einfach gelaufen, jetzt musste ich mir eingestehen, dass ich nicht wusste, wie lange ich für den Aufstieg gebraucht hatte. Zu allem Überfluss begann sich der Weg zu gabeln. Mir blieb nicht lange Zeit, um zu überlegen, welche Richtung ich nun einschlagen sollte, und so lief ich weiter bergab. Nach einer Weile stellte ich fest, dass der Weg wieder anstieg, zu allem Überfluss wurde es immer nebliger. Ich ärgerte mich über mich selbst. Weshalb hatte ich das verdammte Handy nicht mitgenommen? Weil der Empfang hier in Schottland meist miserabel war, beantwortete ich mir die Frage selbst. Zurückgehen war die einzige Möglichkeit. Ich war ganz außer Atem, als ich wieder an der Kreuzung ankam. Ich entschloss mich, meine Sachen hier zu lassen, sie weiter mitzuschleppen hatte ich keine Kraft. Ich versteckte alles unter einem Busch, in der Hoffnung, diesen später wiederzufinden. Das Essen und die Wasserflasche verstaute ich in meinem Rucksack. Der Weg führte nahe an den Klippen entlang. Ich wusste, dass es unklug war, ihm bei diesem Nebel weiter zu folgen. Doch der Wind nahm weiter zu.

Ich zögerte, entschied mich dann, weiter bergab zu gehen. Ab und zu legte ich einen Stein als Markierung an die Stellen, an denen ich vorbeikam. Für den Fall, dass ich zurückgehen musste. Durch die Konzentration, mit der ich mich vorantastete, vergaß ich beinahe die Kälte um mich herum. Jeder Schritt benötigte meine volle Aufmerksamkeit. Überall gab es Trampelpfade, doch ich wusste nicht, ob diese von Tieren oder Menschen stammten, geschweige denn, ob sie irgendwo hinführten. Einige Male setzte ich mich ins feuchte Gras, um auszuruhen. Doch jedes Mal zwang ich mich wieder aufzustehen und weiterzulaufen. Mittlerweile hatte ich total die Orientierung verloren. Ich hoffte inständig, nicht auf einer Klippe zu landen, von der ich nicht mehr wegkommen würde.

Vorsichtig machte ich einen Schritt nach dem anderen bergab. Ich sah auf die Uhr - halb sechs. Ich konnte nur hoffen, dass Peter und Ethan mich suchen und auch finden würden.

Fix und fertig kam ich irgendwann an einer kleinen Baumschonung an. Zwischen den Stämmen war es einigermaßen windgeschützt. Ich wusste nicht weiter. Würde mich hier jemand finden? Mit zitternden Fingern öffnete ich die Wasserflasche und trank. Dann aß ich das letzte Sandwich. Es war pappig, aber das spielte keine große Rolle. Mein Magenknurren übertönte den Wind.

Dann begann ich zu warten.

Ich war trotz der Kälte eingeschlafen. Ich erwachte, weil jemand meinen Namen rief. Verwirrt sah ich mich um. Gleich darauf fiel mir ein, was passiert war. Vorsichtig stand ich auf, doch meine Beine wollten nicht richtig gehorchen.

»Ich bin hier«, flüsterte ich und versuchte es gleich noch einmal etwas lauter. Da stand Calum plötzlich neben mir. Seine Augen glitzerten mich an. Erleichtert zog er mich an sich.

»Du hast es mir furchtbar schwer gemacht, Emma. Wir suchen dich seit Stunden.«

Kopfschüttelnd sah er mich an. Seine Stimme klang besorgt.

Ich versuchte zu antworten, aber das Zittern hörte nicht auf.

»Tut mir leid, ich hab mich verlaufen«, brachte ich mühsam heraus und genoss die Wärme, die er ausstrahlte.

»Komm«, sagte er. »Du musst unbedingt ins Warme.«

Ich versuchte zu laufen, doch meine Beine fühlten sich an wie Watte.

Als Calum merkte, dass ich nicht imstande war, mich zu bewegen, nahm er mich mit sanftem Schwung auf den Arm. Ich wollte protestieren. Doch es fühlte sich zu gut an. Trotzdem klapperten meine Zähne unablässig.

»So geht das nicht«, meinte er nach einer Weile mehr zu sich selbst. Er ließ mich widerstrebend sinken und zog seine Jacke aus. Dann half er mir trotz meiner schwachen Proteste hinein.

»Aber dir muss auch kalt sein, Calum. Du brauchst deine Jacke selbst.«

Calum lachte leise in mein Ohr. »Emma, wenn es sein müsste, könnte ich halb nackt durch den Sturm laufen und würde nicht frieren. Du kannst mir glauben, das bisschen Wind macht mir nicht das Geringste aus.«

Bei dieser Vorstellung schlug mein Herz automatisch schneller. Er musste die verräterischen Hinweise meines Körpers bemerkt haben, denn wieder lachte er leise und drückte mich fester an sich.

»Angeber«, murrte ich verdrießlich, um meine Verlegenheit zu überspielen.

In seiner warmen Jacke und auf seinen Armen ging es mir von Minute zu Minute besser.

Es dauerte eine Weile, bis wir das Auto erreicht hatten. Peter lief uns entgegen.

»Calum, du hast sie gefunden. Schnell ins Auto mit euch.«

Er war erschrocken, als er meine blau gefrorenen Hände und meine lila Lippen bemerkte.

Calum schob mich auf den Rücksitz und setzte sich neben mich. Erschöpft lehnte ich meinen Kopf gegen seine Brust. Peter regelte die Heizung hoch, rief Bree an und redete dann aufgeregt vor sich hin.

Ich war froh, Calums Arm um mich zu spüren. Mir war immer noch eiskalt. Ich schob meine Hände unter seinen Pullover. Als ich merkte, wie er zusammenzuckte, wollte ich sie wieder fortziehen, doch er hielt mich nur fester.

»Du hast dich offensichtlich in einen Eiszapfen verwandelt.« Lachend schüttelte er seinen Kopf. »Wie bist du bloß dorthin gekommen?«

Viel zu schnell waren wir am Haus. Nur ungern entzog ich mich seiner Umarmung. Ich stieg aus, und während wir zum Haus gingen, trug er mich mehr, als dass ich lief.

Bree stand mit rot geweinten Augen in der Tür.

Sofort entwickelte sie einen Feuereifer, um mich aufzutauen. Sie schickte mich in die heiße Badewanne. Dann brachte sie mir meine Jogginghose, meinen dicksten Pullover und warme Socken.

Für Calum und Peter hatte sie eine große Kanne heißen Tee gekocht und ich hörte, wie sie die beiden bat, Holz zu holen und den Kamin anzufeuern.

Erleichtert und froh, zu Hause zu sein, ließ ich mich in die Wanne gleiten. Bei der Vorstellung, dass ich die Nacht hätte im Freien verbringen müssen, überlief mich selbst hier im heißen Wasser ein kalter Schauer. Die Wärme tat so gut. Plötzlich hörte ich Ethans Stimme im Flur. Amelie kam mit Jacke und Schuhen ins Bad gelaufen, beugte sich über die

Wanne und umarmte mich stürmisch. »Emma, du weißt gar nicht, was wir uns für Sorgen gemacht haben. Ich hatte solche Angst, dass du von den Klippen gestürzt bist.«

Ungläubig schüttelte sie den Kopf. »Dass Calum dich da gefunden hat - er ist unglaublich. Komm raus, wir warten im Wohnzimmer auf dich.«

Widerstrebend verließ ich die warme Wanne, zog die dicken Sachen an, die Bree mir gebracht hatte, und föhnte mir mein nasses Haar. Dann band ich mir einen Pferdeschwanz und ging ins Wohnzimmer. Schon im Flur hörte ich aufgeregte Stimmen. Plötzlich war mir das alles furchtbar unangenehm. Nicht auszudenken, wenn mir tatsächlich etwas passiert wäre.

Verlegen betrat ich den Raum. Am liebsten wäre ich im Erdboden versunken. Aber niemand schaute vorwurfsvoll, aus jedem Blick sprach nur Besorgnis. Bree stand auf und zog mich zum Kamin. Sie platzierte mich auf dem Sofa direkt neben Calum. Er drückte mir eine Tasse heißen Tee in die Hand. Das Feuer zu meiner rechten und Calums Wärme zu meiner linken Seite sorgte dafür, dass mir binnen kürzester Zeit die Wangen glühten. Gern hätte ich mir etwas Leichteres angezogen, aber ich wollte meinen Platz neben Calum unter keinen Umständen aufgeben.

»Emma, wo bist du hingelaufen?«, fragte Dr. Erickson, der mit Ethan heimgekommen war.

»Ich bin heute Vormittag dem Pfad gefolgt, es war wunderschön, so dass ich nicht auf den Weg, geschweige denn auf die Zeit geachtet habe.«

Entschuldigend zuckte ich mit den Schultern. »Als es dann kälter und windiger wurde, bin ich denselben Weg zurückgelaufen, na ja, jedenfalls dachte ich, es ist derselbe Weg. Aber da hatte ich mich wohl getäuscht.«

Tröstend legte Calum den Arm um mich. Ich lehnte mich an ihn und bemerkte gleichzeitig Dr. Ericksons angespanntes Gesicht.

»Ein Glück, dass Calum dich gefunden hat«, sagte er langsam. »Wir wollten schon aufgeben und die Polizei verständigen. Es grenzt an ein Wunder, dass er dich da überhaupt gesucht hat. Du warst so weit vom eigentlichen Pfad abgekommen …«

Alle sahen Calum an, doch er schien es nicht zu bemerken.

»Niemand kennt die Insel so gut wie er, es ist unheimlich, wie er bei unseren Wanderungen ohne jede Hilfe den richtigen Weg findet. Das Wetter kann in den Bergen rasend schnell umschlagen. Es war nicht richtig von uns, dich allein hochgehen zu lassen. Allerdings hätte ich nie gedacht, dass du so weit hinaufläufst.« Peter schüttelte den Kopf. »Zukünftig gehst du nur noch mit mir zusammen.«

»Oder mit mir«, flüsterte Calum mir unbemerkt von den anderen ins Ohr.

Es klingelte an der Eingangstür und ich fragte mich, wer noch alles nach mir gesucht hatte. Es war Sophie, die mit einem großen Kessel Suppe vor der Tür stand. Erst jetzt merkte ich, wie ausgehungert ich war.

Mit Mühe und Not passten wir alle an den großen Tisch in der Küche. Calum wich mir nicht von der Seite.

Bree und Amelie deckten schnell ein, während Sophie die Suppe warm machte und frisches Brot aufschnitt. Als ich aufstehen wollte, um mich nützlich zu machen, drückte Calum mich auf den Stuhl zurück.

»Du bewegst dich heute nicht von meiner Seite«, bemerkte er verschmitzt. »Wer weiß, was dir sonst noch alles zustößt.« Er schüttelte den Kopf und versuchte ein Lachen zu unterdrücken.

Empört sah ich, wie er eindeutige Blicke mit Peter wechselte. Peter hatte sich nicht so gut im Griff und fing leise an zu kichern.

Ich verschränkte beleidigt meine Arme vor der Brust.

Das Essen schmeckte wunderbar, und nachdem Bree zum Nachtisch noch eine Schokoladentorte hervorzauberte, war der Abend perfekt. Zum Glück hatten alle beschlossen, nicht mehr über mein Abenteuer zu reden, so dass die Unterhaltung am Tisch deutlich kurzweiliger war als zuvor im Wohnzimmer.

»Jetzt brauche ich einen Whisky«, stöhnte Ethan nach dem Essen und sah Dr. Erickson auffordernd an. Der gab Sophie einen Kuss auf die Wange und folgte Ethan ins Wohnzimmer. Peter schlich den beiden hinterher und wir Frauen beseitigten das Chaos in der Küche. Calum räumte den Tisch mit mir ab. Er schien wirklich beschlossen zu haben, mich nicht aus den Augen zu lassen.

»Du kannst ruhig zu den Männern gehen«, sagte ich.

»Keine Chance, ich bleibe, wo du bist. Du könntest versehentlich in die Spüle fallen.«

»Sehr witzig.«

Er lächelte und wusste genau, dass ich ihm, wenn er mich so ansah, nicht lange böse sein konnte.

Unseren Espresso tranken wir wieder im Wohnzimmer am Kamin. Doch ich war immer weniger in der Lage, den Gesprächen zu folgen. Wieder und wieder fielen mir die Augen zu.

Besorgt sah Calum mich an und legte seinen Arm um mich. Ich kuschelte mich an seine Brust und schlief ein.

Ich merkte nicht einmal, wie er mich ins Bett trug und zudeckte. Erst als seine Lippen meine Stirn berührten, wachte ich auf. Seine blauen Augen waren mir ganz nah.

»Bis morgen«, sagte er leise und sah mich eindringlich an. »Und keine Dummheiten mehr.« Wieder zeigte sich auf seinen Lippen dieses unwiderstehliche Lächeln.

9. Kapitel

Der nächste Tag kündigte sich schmerzhaft an. Mein Hals und mein Kopf taten mir schrecklich weh. Bree rief ihren Hausarzt an und er versprach, mittags vorbeizukommen. Dann brachte sie mir Aspirin.

»Das wird schon wieder, Emma«, versuchte sie mich zu trösten. »Es hätte viel schlimmer kommen können. Nicht auszudenken, wenn du abgestürzt wärst oder dir etwas gebrochen hättest.« Kopfschüttelnd verließ sie das Zimmer.

Ich vergrub das Gesicht in meinem Kissen und versuchte wieder einzuschlafen. Plötzlich schoss mir ein schrecklicher Gedanke durch den Kopf. Bree würde mir nie erlauben, krank mit Calum Gitarre zu üben. Der Gedanke, ihn heute Nachmittag nicht zu sehen und nicht mit ihm allein zu sein, erschien mir schmerzhafter als das Hämmern in meinem Kopf. Ich sollte aufstehen und an die frische Luft gehen, dann würden die Kopfschmerzen verschwinden. Vorsichtig setzte ich mich auf. Obwohl ich versuchte, mich langsam zu bewegen, wurde mir schwarz vor Augen. Stöhnend legte ich mich wieder zurück. Aufstehen war wohl keine gute Idee. Ich biss mir auf die Lippen. Ich musste es noch mal versuchen. Langsamer, wenn das überhaupt möglich war, richtete ich mich auf und zog mich an dem Bettpfosten nach oben. Ich stand, aber meine Beine waren nicht da, wo sie sein sollten. Ich merkte, wie sie mir den Dienst versagten, und ohne etwas dagegen tun zu können, fiel ich auf den Boden. Der Aufprall auf den harten Dielen war schmerzhaft. Als ich wieder zu mir kam, lag ich immer noch auf der Erde, unter meinem Kopf war allerdings ein Kopfkissen. Amelie und Bree knieten neben mir und sahen mich erschrocken an.

»Emma, alles in Ordnung?«, fragte Amelie. Ich versuchte zu nicken, aber der Schmerz drohte meinen Kopf zu sprengen.

»Meinst du, du kannst aufstehen und dich zurück ins Bett legen?«

Ich leckte über meine Lippen, die ganz trocken waren. Bree reichte mir ein Glas Wasser und ich trank gierig.

»Was ist passiert?«, fragte ich.

»Du bist umgekippt. Wir haben ein dumpfes Geräusch gehört und wollten nach dir sehen«, beantwortete Bree meine Frage.

Mit vereinten Kräften brachten die beiden mich ins Bett. Heute würde ich keine Bewegung mehr machen, so viel stand fest.

»Ich werde Dr. Brent bitten, sofort nach dir zu schauen. Vielleicht ist es etwas Ernsteres.«

Bree verließ das Zimmer.

»Ich muss zur Schule«, Amelie sah mich an. »Nicht bewegen, hörst du? Normalerweise würde ich dich um einen schulfreien Tag beneiden, aber …«, sie zögerte, »du siehst echt nicht gut aus.«

»Würdest du Calum bitte sagen, dass ich krank bin und wir heute nicht üben können? Er soll sich unterstehen, hierher zu kommen und einen Krankenbesuch zu machen. Versprich mir, dass du ihm das ausredest, falls er es vorhaben sollte. Er soll mich auf keinen Fall so sehen.«

Amelie nickte. »Ich verstehe genau, was du meinst. Keine Sorge, ich lasse mir was einfallen.«

Kaum war sie aus dem Zimmer, fielen mir die Augen zu und ich schlief ein. Erst als Bree vorsichtig an meiner Schulter rüttelte, wachte ich auf.

»Emma, wach bitte auf. Dr. Brent ist da und möchte dich untersuchen.«

Mühsam öffnete ich die Augen. Dr. Brent war höchstens Mitte dreißig, aber er machte einen äußerst kompetenten Eindruck. Er untersuchte mich gründlich. Dann runzelte er die Stirn und sah mich an.

»Du hast dir von deinem Ausflug eine Lungenentzündung als Andenken mitgebracht. Damit ist nicht zu spaßen, hörst du? Ich verschreibe dir Antibiotika und strengste Bettruhe. Du darfst das Haus nicht verlassen.«

Ich nickte ergeben. Strafe muss sein, dachte ich bei mir. »Wie lange?«, fragte ich ihn, während er sein Stethoskop in seiner Tasche verstaute.

»Das kommt darauf an, in welcher körperlichen Verfassung jemand ist. Ich schätze, du wirst das Schlimmste in zwei Wochen überstanden haben.«

Zwei Wochen, eine Ewigkeit. Den ersten Wettkampf konnte ich mir damit aus dem Kopf schlagen. Mr. Fallen würde nicht begeistert sein.

»Wichtig ist, dass du richtig gesund wirst. Aber bei Bree bist du in den besten Händen.« Er lächelte mir aufmunternd zu und verließ das Zimmer.

Bree entwickelte auf der Stelle eine Energie, um mich gesund zu pflegen, dass ich schon vom Zuschauen wieder müde wurde. Erst brachte sie mir einen Teller aufgeschnittenes Obst, dann ein Glas frisch gepressten Orangensaft. Permanent schüttelte sie mein Kissen auf und zupfte an meiner Bettdecke herum. Später kam sie mit einer Schüssel heißer Brühe. Erschöpft stellte ich mich schlafend, um ihrer Fürsorge zu entgehen, und hoffte, dass Amelie bald nach Hause kommen würde. Wie immer allerdings, wenn man ungeduldig darauf wartet, dass etwas passiert, schlich die Zeit im Schneckentempo.

Als ich das nächste Mal erwachte, war es im Zimmer dunkel. Ich tastete nach meiner Nachttischlampe. Draußen hörte ich Stimmen. Nacht konnte es noch nicht sein. Vorsichtig bewegte ich meinen Kopf. Die Schmerzen waren nicht mehr so stark wie am Morgen. Ich setzte mich auf und angelte nach meinem Bademantel. Ich musste dringend auf die Toilette. Ganz langsam, um nicht wieder umzukippen, ging ich ins Badezimmer. Ich wusch mein Gesicht und putzte meine Zähne. Aus dem Spiegel sah mich eine Fremde an. Das konnte wohl kaum ich sein. Wenn ich sonst blass war, dann war ich jetzt weiß wie eine Wand. Unter meinen Augen lagen dunkle Schatten und meine Lippen waren von der Kälte blutrot und aufgesprungen. Ich suchte im Badschrank nach einer Wundsalbe, als Amelie hereinkam.

»Hab ich mich nicht verhört. Wie fühlst du dich?« Abschätzend sah sie mich an, verkniff sich aber netterweise jede Bemerkung über mein Aussehen.

»Ich bin mir nicht sicher, ich glaube, es ist besser als heute früh. Ich brauche unbedingt eine Salbe für meine Lippen.« Wieder hatte ich das Gefühl, keine Beine mehr zu haben, und ließ mich schnell auf den Wannenrand sinken.

Amelie sah mich erschrocken an und half mir auf.

»Komm, ich bringe dich ins Bett und dann frage ich Mom danach.«

Minuten später kam sie mit einer Wundsalbe zurück und setzte sich zu mir. Sie sah mir dabei zu, wie ich die Creme vorsichtig auftrug.

»Wir sollten dir ein Glöckchen ans Bett stellen, dann kannst du klingeln, wenn du etwas brauchst.« Sie grinste mich an.

Ich ignorierte die Bemerkung.

»Möchtest du nicht wissen, was Calum gesagt hat?«

Ich versuchte, ein unbeteiligtes Gesicht zu machen, was mir nicht gelang. Amelie konnte sowieso nichts für sich behalten. Ich würde jedes Detail erfahren.

»Also, er war sehr besorgt. Natürlich wollte er dich heute Nachmittag besuchen kommen. Ich brauchte meine ganze Überzeugungskraft, um ihn davon abzuhalten.« Abschätzend sah sie mich an. »Du verheimlichst mir doch nichts, oder, Emma? Sag schon, seid ihr zusammen und niemand soll davon wissen? Komm, ich verrate es auch nicht.«

»Amelie, glaub mir, wenn es so wäre, du würdest es als Erste erfahren.«

»Versprochen?« Sie nahm meine Hand in ihre.

»Großes Indianerehrenwort.« Gleichzeitig fingen wir an zu lachen.

Bree kam Minuten später ins Zimmer. Sie brachte mir die Antibiotika und eine Kleinigkeit zu essen. Zu meiner eigenen Überraschung merkte ich, dass ich Hunger hatte. Das war ein gutes Zeichen, vielleicht würde ich keine zwei Wochen brauchen.

Amelie blieb auf meinem Bett sitzen.

»Was soll ich ihm sagen, wenn er fragt, wann er dich besuchen darf?«

»Ich denke, in ein oder zwei Tagen sehe ich wieder aus wie ein Mensch, oder?« Unsicher sah ich sie an.

»Ich glaube nicht, dass Calum dein Anblick etwas ausmachen würde. Er will nur sicher sein, dass es dir gut geht. Er ist da anders als die anderen Jungs. Ich werde ihm sagen, dass er Donnerstagnachmittag kommen kann. Bis dahin haben wir dich halbwegs hingekriegt. Bei Moms Fürsorge bleibt niemand länger als nötig im Bett. Es sei denn, man hat Lust zu ersticken.« Sie schnitt eine Grimasse und verließ das Zimmer.

Ich kicherte in meine Bettdecke. Wie recht sie hatte.

Ich kuschelte mich ein und löschte das Licht. Noch Dienstag, Mittwoch und Donnerstag, dann würde ich ihn wiedersehen. Das waren gut und gerne noch über sechzig Stunden. Also noch dreimal schlafen.

Um die Warterei zu verkürzen, bat ich Amelie, für mich Bücher bei Sophie auszuleihen. Als jedoch der Stapel vor mir lag, konnte ich mich nicht entscheiden, was ich lesen sollte. Sinn und Sinnlichkeit hatte ich schon mehrfach gelesen. Ich versuchte mich an Die Unbesiegten von Faulkner, es gelang mir jedoch nicht, darin einzutauchen. Die Schmetterlinge in meinem Bauch hatten geschafft, was noch nie jemandem gelungen war: Ich konnte mich nur mit viel Mühe auf die Zeilen vor mir konzentrieren. Ständig schweiften meine Gedanken ab und ich versuchte, mich an jedes Wort von Calum zu erinnern. Immer wieder musste ich von vorn anfangen, da ich nach ein paar Zeilen nicht mehr wusste, was ich gelesen hatte. Vielleicht war das Buch auch einfach nichts für mich.

Verzweifelt ging ich den Stapel noch mal durch. Der Herr der Ringe war dabei, das Buch hatte ich ebenfalls schon verschlungen. Zum Schluss fand ich etwas. Von Wer die Nachtigall stört, hatte ich zwar gehört, es aber noch nicht gelesen.

Ich zog meinen Bademantel an und ging ins Wohnzimmer. Bree hatte den Kamin angemacht. Ich setzte mich auf das Sofa, deckte mich mit einer Wolldecke zu und begann zu lesen.

Es war ein gutes Buch und es schaffte endlich, mich abzulenken. Ich las den ganzen Nachmittag und den nächsten Vormittag.

Am Donnerstagmorgen war ich allein im Haus. Es ging mir wesentlich besser als am Montag. Ich lag im Bett und starrte an die Decke. Ob Calum gleich mit Amelie und Peter nach der Schule kommen würde, fragte ich mich. Ich wurde immer unruhiger. Wenigstens sah ich nicht mehr so furchtbar aus. Meine Lippen waren einigermaßen verheilt und die Schürfwunden an meinen Händen waren dank Brees Pflege fast nicht mehr zu sehen. Trotzdem merkte ich, wie mir beim Atmen die Lunge schmerzte, und auch die Kopfschmerzen waren nicht ganz verschwunden.

Mittags stand ich auf und aß einen Teller Cornflakes. Dann begann ich mein Zimmer aufzuräumen, nicht zu sehr, ich war schließlich krank. Ich öffnete weit das Fenster, um den Geruch von Krankheit und Medikamenten zu vertreiben. Zum Schluss kümmerte ich mich um mich selbst. Unter der heißen Dusche verschwanden die Kopfschmerzen fast völlig. Ich bürstete mein frisch gewaschenes Haar und föhnte es trocken. Dann verarztete ich die Reste meiner Wunden mit der Salbe. Als ich in den Spiegel schaute, war ich mit dem Resultat zufrieden. Perfekt war es nicht, aber das würde ich sowieso nie sein. Ich zog einen frischen Jogginganzug und dicke Socken an und machte es mir vor dem Kamin gemütlich.

Die Zeit dehnte sich unbarmherzig. Es kam mir vor wie Stunden, bis Amelie nach Hause kam. Ich hörte sie rufen. Verschlafen rieb ich mir die Augen. Da stand sie schon vor mir.

»Musst du mich so erschrecken? Ich habe befürchtet, du bist wieder umgeklappt und hast dir diesmal den Kopf angestoßen«, sagte sie vorwurfsvoll.

Verwirrt blickte ich sie an. Da sah ich Calum, der hinter ihr stand und amüsiert lächelte.

»Ich hab dir deinen Besuch gleich mitgebracht«, maulte Amelie beleidigt. »Sonst hättest du mir den ganzen Nachmittag in den Ohren gelegen.«

Wütend sah ich sie an, während meine Wangen sich röteten.

Sie schien meine Verlegenheit nicht zu bemerken, drehte sich um und verließ mit wehendem Haar das Zimmer.

Calum setzte sich neben mich und tat höflicherweise so, als ob er Amelies letzte Worte nicht gehört hätte.

»Geht es dir besser?«, fragte er und seine Stimme klang besorgt.

Unter seinem Blick schmolz ich dahin und nickte. Vorsichtig strich er mit einem Finger über meine aufgesprungenen Lippen. »Tut es sehr weh?«

»Nicht mehr.« Ich hielt ganz still.

Amelie kam herein und unterbrach unsere Zweisamkeit.

»Wollt ihr in die Küche kommen? Mom hat Kuchen gebacken.«

Calum schaute mich fragend an. Ich wäre lieber mit ihm hier allein geblieben. Widerstrebend stand ich auf und wir gingen in die Küche.

Peter und die Zwillinge hatten sich auch eingefunden und wie immer redeten alle durcheinander, so dass wir kaum ein Wort miteinander wechseln konnten.

Als ich ihn nach zwei Stunden zur Tür brachte, nahm er mich viel zu kurz in die Arme und küsste mich aufs Haar.

»Kann ich dich am Wochenende wieder besuchen? Vielleicht können wir dann ein bisschen in den Garten gehen. Ich hätte nichts dagegen, mit dir allein zu sein.«

»Morgen kannst du wohl nicht?« Ich konnte die Sehnsucht, die meine Stimme verriet, nicht unterdrücken.

Lächelnd sah er mich an. Es kam mir vor wie eine Ewigkeit.

»Wir sollten es nicht übertreiben. Du musst doch wieder ganz gesund werden.«

»Okay, dann Samstag«, versuchte ich, vernünftig zu sein.

Nochmals strich er zum Abschied mit seinem Finger über meine Lippen.

Wie versprochen stand Calum Samstagnachmittag vor der Tür. Ich hatte ihn vom Fenster aus den Pfad zum Haus hochlaufen sehen. Mit einem vielleicht zu strahlenden Lächeln öffnete ich ihm die Tür.

»Wie fühlst du dich heute?« Seine Augen leuchteten himmelblau.

»So gut, dass Bree erlaubt hat, dass ich in den Garten gehen darf.«

Ich zog ihn mit mir in den hinteren Teil des Gartens, denn ich hatte wenig Lust, ihn mit der ganzen Familie zu teilen.

Das Wetter war wunderschön, nicht zu kalt und nicht zu warm. Ein leichter Wind wehte vom Meer herüber und trug den Duft des salzigen Wassers und des warmen Sandes zu uns.

Wir setzten uns auf die Bank, auf der ich schon am Vormittag gelesen hatte. Fürsorglich wickelte er die warme Wolldecke um mich und griff nach dem Buch, das ich hier liegengelassen hatte.

»Wer die Nachtigall stört. Gefällt es dir?«

»Ich finde es gut. Kennst du es?« fragte ich.

»Hm. Es ist eine Weile her, dass ich es gelesen habe. Ich fand es ziemlich gut.«

»Was genau?«

»Dieser Atticus ist ein mutiger Mann. Er wehrt sich, weil er das Unrecht nicht dulden will, obwohl so viele anders darüber denken. Ich glaube, er wusste von Anfang an, dass er nicht gewinnen konnte. Dass er keine Chance hatte.«

Calum sah versonnen in die Ferne. Möwen kreisten über dem Meer und obwohl sie nur als kleine Punkte auszumachen waren, drang ihr Kreischen in der klaren Luft bis zu uns.

»Glaubst du, er hat es nicht wenigstens gehofft?«

»Gehofft vielleicht schon, aber ich glaube, er wollte es versuchen, um seinen Kindern zu zeigen, dass man für seine Überzeugung kämpfen muss, auch wenn es so gut wie ausgeschlossen ist, etwas zu verändern.«

»Es war trotzdem ein Anfang, meinst du nicht?«

»Ja vielleicht, aber auch heute könnte so etwas noch überall passieren. Es gibt immer Menschen, die über andere richten, nur weil diese anders und fremd sind.«

Bildete ich mir das nur ein oder klang seine Stimme bei diesen Worten verbittert?

»Lass uns ein bisschen laufen«, bat ich ihn.

»Fühlst du dich dafür kräftig genug?« Skeptisch blickte er mich an.

»Ich glaub schon. Und zur Not kannst du mich ja zurücktragen«, erwiderte ich spöttisch.

»Das würde ich sogar gern tun.«

Prompt röteten sich meine Wangen und verlegen wich ich seinem Blick aus.

Nach unserem Spaziergang, den ich ausgesprochen gut überstand, gingen wir zu Bree in die Küche. Nach der letzten Woche, in der ich mich hauptsächlich von Brühe ernährt hatte, verspürte ich auf einmal riesigen Appetit.

Ich stürzte mich ausgehungert auf den Schokoladenkuchen, den sie gebacken hatte, und trank dazu eine große Tasse heißer Schokolade.

»Iss langsam.« Calum schüttelte den Kopf. »Dir wird übel werden«, warnte er mich.

Peter gesellte sich zu uns und ich musste einsehen, dass ich Calum den Rest des Nachmittags mit ihm würde teilen müssen. Nach dem Abendessen brachte ich ihn zur Tür.

Jedes Mal, wenn ich mich von ihm verabschieden musste, fiel es mir schwerer, ihn gehen zu lassen.

Er gab mir einen Kuss auf die Wange.

»Schlaf gut«, flüsterte er in mein Ohr.

Es dauerte noch zwei Wochen, bis ich mich gesund genug fühlte, um wieder zur Schule zu gehen. Am meisten freute ich mich auf die Stunden mit Calum auf der kleinen Lichtung und darauf, mit ihm allein zu sein.

10. Kapitel

Calum begleitete mich nach unserem Gitarrenunterricht immer zum Haus zurück. Das ganze Wochenende, nein, ab Montagabend sehnte ich diese Stunden herbei. Wir spielten gemeinsam Gitarre und manchmal nahm ich meine Zeichensachen mit, die Peter zum Glück wiedergefunden hatte, und malte den See oder ihn.

Ständig fragte er mich, was ich über dies oder jenes dachte, was ich las, welche Musik ich gern hörte, was mir besondere Freude machte. Sein Interesse war unerschöpflich. Am meisten schien ihn zu interessieren, was ich vorhatte, wenn ich die Schule beendet hatte. Diese Frage konnte ich ihm allerdings nicht beantworten, da ich mir darüber im Moment keine Gedanken machte. Mein Bedarf an Veränderungen war für lange Zeit gedeckt. Ich wollte nicht darüber nachdenken, wieder woanders zu leben und andere Menschen kennenzulernen. Mich interessierte viel mehr, was er vorhatte, da er ein Jahr früher als ich die Schule beenden würde. Würde er fortgehen? Die Insel ohne ihn war schwer vorstellbar. Aber von sich gab er kaum etwas preis, so geschickt ich ihn auszufragen versuchte. Er schüttelte immer nur lächelnd den Kopf.

Doch etwas hatte sich verändert. Calum war viel distanzierter als vor meiner Krankheit. Er war nicht abweisend, aber ich spürte genau, dass er körperliche Nähe nicht mehr zulassen wollte. Ich traute mich nicht, ihn darauf anzusprechen. Aber es verunsicherte mich zusehends. Ich versuchte, es mir nicht anmerken zu lassen, war aber nicht sicher, ob mir das gelang. Was sollte ich davon halten?

Manchmal wenn wir im Gras saßen, wurde die Versuchung, meine Hand nach seiner auszustrecken, fast übermächtig. Doch ich traute mich nicht. Einmal hatte ich es versucht, aber er hatte seine Hand fortgezogen. Das war nicht auszuhalten, ich musste mit ihm darüber reden. Aber wie sollte ich anfangen? Ich wusste ja nicht, was ich falsch gemacht hatte. Hatte ich mir nur eingebildet, dass er mich genauso mochte wie ich ihn?

Das wechselhafte Wetter auf der Insel machte wohl auch die Menschen wankelmütig.

»Calum«, begann ich, als wir nach Hause liefen. »Was ist los mit dir? Weshalb bist du so … so distanziert?« Ich stockte und merkte, dass mir die Stimme vor Aufregung versagte.

»Ich hatte dir gesagt, dass es unklug wäre«, erinnerte er mich mit rauer Stimme. Er wusste, worauf ich hinauswollte. Dann beschleunigte er seine Schritte, so dass ich Mühe hatte, mit ihm mitzuhalten.

»Ich nahm an, das bezog sich aufs Tanzen«, erwiderte ich trotzig.

»Dachtest du, ich hatte Angst, dir auf die Füße zu treten?« Seine Stimme klang belustigt. Ich hörte trotzdem die Anspannung darin.

Ehrlich gesagt, hatte ich in dem Moment nicht gedacht, sondern war unter seinem Blick dahingeschmolzen. Aber das konnte ich schlecht zugeben.

»Es ist besser so, glaub mir. Ich bin gern mit dir zusammen, unsere gemeinsame Zeit bedeutet mir viel.« Calum war stehen geblieben und sah mich an. Sanft streichelte er mit seinen feingliedrigen Fingern meine Wange. Meine Haut pulsierte unter dieser lang vermissten Berührung.

»Mehr geht leider nicht, verzeih mir. Ich weiß, dass ich dir Hoffnungen gemacht habe. Das war nicht richtig von mir. Es tut mir leid. Aber es ist besser so für dich.«

»Du willst mich nicht«, sagte ich leise mehr zu mir selbst und sah auf meine Schuhspitzen. Er schob zärtlich eine Haarsträhne hinter mein Ohr und schüttelte abwehrend seinen Kopf.

»Das ist nicht wahr und ich bin sicher, dass du das weißt.«

Jetzt war ich verwirrter als vorher, denn eins war klar: Er wollte nicht mit mir zusammen sein. Jedenfalls nicht so wie ich mit ihm. Verzweifelt versuchte ich meine Tränen zu unterdrücken. Weshalb machte er alles so kompliziert? Er lief mir wieder mit langen Schritten voraus. Jetzt waren es nur noch wenige hundert Meter bis zum Haus. Plötzlich drehte er sich um und zog mich in seine Arme.

»Ich würde es auch wollen, mehr als alles andere, glaub mir.«

Ich drückte mein Gesicht gegen seine Brust und schlang meine Arme um seine Taille, atmete seinen Duft nach Sonne, Salz und Sand ein und wollte ihn am liebsten nie wieder loslassen. Eng umschlungen standen wir da, während seine Hand meinen Rücken streichelte. Mein Herz raste. So wie er mich festhielt, spürte ich, dass er meine Nähe genauso wollte wie ich seine. Ich wandte ihm mein Gesicht zu und blickte in seine unergründlich strahlend blauen Augen. Seine Lippen waren nur wenige Zentimeter von meinen entfernt.

»Lass sie auf der Stelle los«, hörte ich plötzlich Ethan schreien. »Verschwinde und lass dich hier nie wieder blicken. Halte dich von meiner Familie fern. Ich werde nicht erlauben, dass deinesgleichen noch mal so viel Unglück anrichtet.«

Ethan musste auf uns gewartet haben, er schäumte vor Wut. So hatte ich ihn noch nie erlebt.

Er rannte uns entgegen und schleuderte Calum seine Worte hasserfüllt ins Gesicht. Ich war erschrocken und verstand rein gar nichts. Der Zauber verflog auf der Stelle.

Ethan zog mich weg, weg von Calum, der bei diesen Worten blass geworden war.

»Verschwinde«, rief Ethan nochmals und schob mich in Richtung Haus. Ich schaute Calum verwirrt an. Sein flehender Blick wollte mir etwas sagen. Doch dann drehte er sich um und ging fort.

Ethan zog mich mit sich.

Ich schüttelte ihn ab und schrie ihn an: »Was sollte das? Bist du von allen guten Geistern verlassen? Dazu hast du kein Recht. Er hat nichts getan. Amelie darf sich auch mit Aidan treffen.«

Es war, als wäre die Wut in Ethan sofort erloschen, nachdem wir das Haus betreten hatten.

»Es ist besser so, glaub mir. Ich kann es dir nicht erklären. Du musst mir vertrauen. Er ist nicht gut für dich«, unterbrach er mich.

Dann drehte er sich um und ging zu Bree, die wie erstarrt in der Küchentür stand. Peter, Amelie und die Zwillinge waren aus ihren Zimmern gekommen und sahen ihren Vater fassungslos an. Offensichtlich hatten auch sie ihn so noch nie erlebt.

»Ethan«, Bree redete beschwichtigend auf ihn ein, »was ist los, was ist passiert? Emma, hat er dir etwas getan, sag schon?«

Ich zuckte nur hilflos mit den Schultern. Er würde mir nie etwas antun, dachte ich. Ethan hatte alles kaputt gemacht. Ich verstand das Ganze genauso wenig wie die anderen.

»Ethan, du musst uns eine Erklärung geben«, sagte Bree jetzt lauter. »So geht das nicht, Emma sollte wissen, weshalb du ihr die Freundschaft mit Calum verbietest. Er ist ein netter Junge. Er macht sie glücklich und das ist es doch, was du wolltest. Dass sie glücklich ist.« Sie schüttelte ihn am Arm.

Geistesabwesend sah er sie an. Es war zum Fürchten. Sein Gesicht war ganz grau.

»Ich kann es nicht erklären. Ich will, dass ihr euch von ihm fernhaltet. Alle.«

Er drehte sich um und ging ins Schlafzimmer.

»Was war los?«, fragte Amelie mich und alle warteten auf eine Antwort. Ich hatte keine. Ich zuckte mit den Schultern, lief in mein Zimmer und warf mich aufs Bett. Es war so ungerecht. Ich würde das Zimmer erst wieder verlassen, wenn Ethan sich entschuldigte, nahm ich mir vor. Ich wurde immer zorniger. Er konnte mir Calum nicht wegnehmen. Ich brauchte ihn.

Bree kam ins Zimmer und setzte sich auf den Rand meines Bettes. Ich drehte mich zur Wand. Doch sie ließ sich nicht vertreiben.

»Ich weiß, dass es für dich nicht leicht war, dich hier einzuleben«, sagte sie und ich hörte die Unsicherheit in ihrer Stimme. Nervös knetete sie ihre Hände. »Aber glaub mir, Ethan will nur das Beste für dich. Er spricht nicht darüber, aber er hat deine Mutter immer vermisst. Sie standen sich als Kinder sehr nah. Ich weiß nicht, warum sie fortgegangen ist. Ich hatte mich so gefreut, als Brenda mit dir schwanger war. Amelie und du, ihr solltet beide zusammen hier aufwachsen. Wir studierten noch in Edinburgh und kamen nur in den Semesterferien hierher. An Weihnachten vor deiner Geburt haben wir deine Mutter das letzte Mal gesehen. Irgendetwas Schlimmes ist damals vorgefallen.«

Ich drehte mich um und sah Bree an. Es war, als würde sie in weite Ferne schauen.

»Ich habe lange nicht mehr daran gedacht.« Verwundert schüttelte sie den Kopf. »Aber eins weiß ich, Ethan würde nie etwas tun, das dir wehtut, ohne dafür einen guten Grund zu haben.«

Als ich nichts sagte, verließ sie mein Zimmer.

»Emma, schläfst du?«, hörte ich Brees leise Stimme mitten in der Nacht vor meiner Tür. Ich rappelte mich hoch.

Sie zog mich in die Küche. »Ethan will mit dir reden«, erklärte sie.

Er saß am Tisch und drehte eine Teetasse in den Händen.

»Emma«, sagte er zögernd. »Ich möchte mich bei dir entschuldigen, ich habe in deinen Augen sicherlich völlig überreagiert. Ich war so aufgelöst, nachdem Dr. Erickson mir alles erzählt hatte. Ich hätte nie erlaubt, dass ihr zwei eure Zeit allein miteinander verbringt, wenn ich von vornherein gewusst hätte … Ich hätte das verhindern müssen …« Er sah auf und blickte in mein Gesicht.

»Du sprichst in Rätseln«, sagte ich abweisend.

»Ich weiß … es ist furchtbar schwer für mich. Es ist so wenig glaubhaft, ich befürchte, du kannst es nicht verstehen. Ich verstehe es selbst nicht.« Er seufzte. »Setz dich her zu mir. Ich muss dir von deiner Mutter erzählen.«

Zögernd setzte ich mich an den Tisch.

»Du weißt, dass deine Mutter und ich hier in diesem Haus aufgewachsen sind. Wir waren sehr glücklich hier.« Sein Blick glitt in seine Vergangenheit und er lächelte versonnen. »Brenda war das schönste Mädchen der Stadt. Sie hätte jeden haben können. Und dann kam dieser Junge zu den Ericksons. Er hatte einen ganz seltsamen Namen, Ares. Er war ungewöhnlich gut aussehend. Sie verliebte sich in ihn. Wir sahen uns zu dieser Zeit nur selten, da ich mit Bree und Peter in Edinburgh lebte, aber … jedes Mal, wenn ich sie sah, strahlte sie und wurde von Tag zu Tag schöner.« Seine Stimme erstarb. »Und dann war er fort. Einfach so, ohne ein Wort des Abschieds. Daran ist sie zerbrochen. Doch dich wollte sie unbedingt. Ihn sahen wir nie wieder und Brenda war nie mehr dieselbe. Nach deiner Geburt ging sie in die Staaten und kam nicht mehr zurück. Unsere Eltern waren todunglücklich, aber irgendwie verstanden sie sie. Besser als ich wohl.«

Schweigend lauschte ich seinen Worten.

»Es gab nie wieder jemanden, der ihr wirklich etwas bedeutete«, sagte ich leise.

»Ja … das sieht ihr ähnlich. Sie hat ihn einfach zu stark geliebt.«

»Was hat das mit Calum zu tun? Ich verstehe dich immer noch nicht«, fragte ich ihn.

Erst schwieg er, dann sah ich ihm förmlich an, wie er eine Entscheidung traf.

»Emma, er wird dich unglücklich machen. Es ist mir bitterernst. Mehr kann ich dir nicht sagen. Halt dich von ihm fern oder ich schicke dich zurück in die Staaten. Ich erwarte von dir, dass du mir gehorchst.«

Ethan wirkte sehr entschlossen.

Ich saß da und konnte mich nicht rühren.

»Dort wärst du wenigstens vor ihm sicher.«

Mit diesen Worten ging er hinaus und ließ Bree und mich verunsicherter zurück als zuvor.

Was sollte ich davon halten? Völlig durcheinander ging ich in mein Zimmer und legte mich ins Bett. An Schlaf war nicht zu denken. Aber je länger ich über alles nachdachte, umso verwirrter wurde ich. Meine Mutter und ihre verlorene Liebe. Calum, der nicht mit mir zusammen sein wollte oder konnte. Ethan, der mir verbot, mich weiter mit Calum zu treffen.

Morgen würde ich Calum zur Rede stellen. Ich musste Antworten bekommen.

Ethan war aus dem Haus, als ich am nächsten Morgen in die Küche kam. Stumm aß ich meine Cornflakes und ging mit Amelie zum Wagen.

»Was hat dir Dad heute Nacht erzählt?«, fragte sie, kaum dass wir saßen. Wahrheitsgemäß gab ich unser Gespräch wieder. Doch auch Amelie erkannte keinen Zusammenhang.

Kaum waren wir auf dem Schulgelände angekommen, suchte ich nach Calum, konnte ihn aber nicht entdecken.

Sollte er heute nicht kommen, würde ich zum Pfarrhaus gehen.

Es verwunderte mich nicht wirklich, dass er nicht kam.

»Amelie, ich muss zu Calum. Kannst du dir etwas einfallen lassen, wo ich bin?«, fragte ich nach der Schule, als wir gemeinsam zum Auto gingen. Sie schaute mich aufmunternd an. Ich wollte nicht, dass sie ihren Vater anlügen musste, aber ich hatte keine Wahl.

»Klar doch«, erwiderte sie ohne die Spur eines schlechten Gewissens und fuhr los.

Ich lief zum Pfarrhaus, zog meine dünne Jacke enger um mich und klopfte. Dann trat ich einen Schritt zurück. Es dauerte eine Weile und ich überlegte schon zu gehen, da hörte ich Schritte. Mein Herz fing an zu pochen und rutschte mir in die Hose. Am liebsten wäre ich genau jetzt weggelaufen. In diesem Moment öffnete sich die Tür und Sophie stand vor mir.

»Emma«, rief sie aus. »Komm rein.« Sie zog mich ins Haus und blickte mich ernst an. »Du möchtest zu Calum?«

Ich nickte.

»Versteh mich nicht falsch, Emma. Aber ich weiß nicht, ob das so eine gute Idee ist.«

Was war jetzt mit ihr los? Hatte sich die ganze Welt gegen mich verschworen?

»Ich muss mit ihm reden, Sophie. Ich möchte nur verstehen, was los ist. Oder kannst du es mir erklären? Ethan war gestern plötzlich völlig außer sich. Er sagte, er habe mit Dr. Erickson gesprochen, und dann hat er mir verboten, Calum zu treffen.«

»Ach, Kind. Es ist alles so kompliziert. Gut. Ich erlaube dir, dass du noch einmal mit ihm sprichst. Nur ein einziges Mal, hörst du?«

Ich nickte.

»Calum ist in seinem Zimmer. Es ging ihm nicht gut heute früh. Geh einfach die Treppe hoch, das zweite Zimmer links. Du kannst es nicht verfehlen.«

Langsam folgte ich ihrer Wegbeschreibung. Vor seinem Zimmer blieb ich stehen, meine Beine zitterten, mein Mut verließ mich. Ich hörte leise Musik, er spielte Gitarre. Es war das Lied, das wir gestern gemeinsam geübt hatten. Ich lehnte meine Stirn gegen die Zimmertür, lauschte und versuchte mein wild hämmerndes Herz zu beruhigen. Dann klopfte ich an. Das Lied brach ab.

Sekunden vergingen.

»Komm rein«, rief er und ich hatte das Gefühl, dass er wusste, dass ich es war, die draußen stand. Ich öffnete die Tür und blieb stehen. Er saß auf seinem Bett mit der Gitarre im Schoß.

»Ich wollte dich nicht stören, entschuldige bitte«, stammelte ich. Wie immer wenn ich aufgeregt war, zappelten meine Hände und ich wusste nicht, wohin mit ihnen, also steckte ich sie in die Hosentaschen.

»Komm rein und setz dich.«

Er stand auf und stellte seine Gitarre in die Ecke. Es war ein großer Raum. In der Mitte unter der Dachschräge stand ein breites Bett, von einem blau-beigefarbenen Quilt bedeckt. Es gab mehrere Bücherregale, in denen Unmengen von Büchern und CDs standen. An der Wand neben seinem Bett hing mein Bild. Calum nahm, so weit entfernt wie möglich von mir, auf dem einzigen Stuhl am Schreibtisch Platz. Nichts war mehr zu spüren von der Vertrautheit des gestrigen Nachmittags. Ich wusste nicht, wie ich anfangen sollte, und er machte es mir nicht leichter. Ich ging zu einem der Fenster und drehte ihm den Rücken zu. Es war einfacher, mit ihm zu reden, wenn er mich nicht mit seinen blauen Augen hypnotisierte. Ich musste mich einen Moment sammeln, dann holte ich tief Luft und wollte anfangen, als er unwirsch sagte: »Was ist, Emma, das war doch deutlich gestern von Ethan. Du hättest nicht herkommen sollen. Es ist besser für dich, wenn du dich von mir fernhältst.«

»Weshalb sagst du so etwas?«, erwiderte ich. Ich wurde wütend. »Denkst du, ich lasse mich so von euch behandeln? Ich bin kein kleines Kind mehr. Ich möchte eine Erklärung, was das alles soll. Weshalb verbietet Ethan uns, zusammen zu sein? Weshalb bist du mir manchmal nah und am nächsten Tag so distanziert? Du musst mir sagen, was los ist, was das alles bedeutet.«

Er sah mich an. Ich fühlte mich plötzlich ganz schlapp und ließ mich auf sein Bett fallen.

»Bitte«, flüsterte ich. »Erklär`s mir. Ich möchte nur die Wahrheit wissen.«

Calum hatte sich mit seinem Stuhl gedreht, so dass nun er zum Fenster hinausschaute. Er sagte nichts und ich sah ihn an. Er war zornig, das war überdeutlich. Aber das machte ihn nur noch schöner. Mit einer unwilligen Geste strich er sich sein zerzaustes Haar aus der Stirn und biss seine Zähne fest aufeinander. Seine Wangenknochen traten stärker hervor und seine Hände lagen zu Fäusten geballt auf den Stuhllehnen. In einem Film hätte sich die Heldin ihrem Prinzen jetzt in die Arme geworfen, dachte ich. Leider war das hier nicht Hollywood. Er antwortete immer noch nicht, starrte nur aus dem Fenster. Nach mehreren Minuten des Schweigens hielt ich es nicht mehr aus und stand auf, unschlüssig, ob ich gehen oder bleiben sollte. Resigniert wandte ich mich zur Tür. »Warte bitte. Lass uns in den Wald gehen, dort können wir ungestört reden.«

Er zog eine Jacke über und wir liefen die Treppe hinunter. Er öffnete die Tür und ging wortlos voraus. Ich hatte Mühe, bei seinem Tempo mitzuhalten und war nach kurzer Zeit außer Atem.

»Könntest du bitte langsamer gehen?«, keuchte ich. Ungeduldig drehte er sich um, verlangsamte aber die Schritte. Seine ganze Körperhaltung drückte Ablehnung aus, und ich fragte mich, ob es eine gute Idee gewesen war, mit ihm zu gehen.

Wir saßen am Ufer des kleinen Teiches. Es dämmerte bereits, wir hatten nicht viel Zeit. Ethan würde womöglich eine Suchaktion starten, wenn ich nicht rechtzeitig daheim war. Ich hoffte, dass er nicht zu Hause sein würde, wenn ich kam.

Calum schwieg.

»Willst du es mir nicht erklären?«, begann ich, um sein Schweigen zu brechen. »Es würde alles viel leichter machen.«

»Es ist nicht so einfach für mich. Ich glaube nicht, dass du verstehen wirst … verstehen kannst, weshalb ich mich so verhalte. Ich werde dich verlieren, und es macht mir Angst, dass es mir so schwerfällt«, kam es zögerlich über seine Lippen.

Mir stockte bei diesem Geständnis der Atem und ich drehte meinen Kopf zu ihm. Er schaute mich an und in seinen Augen sah ich tatsächlich Furcht. Vorsichtig streckte ich meine Hand nach seiner aus. Ganz zart spürte ich die längst vertrauten elektrischen Impulse unter meinen Fingern.

»Ist es so schlimm?«, flüsterte ich.

Er griff nach meiner Hand, zog sie an seinen Mund und legte sie an seine Wange. Ganz seidig fühlte seine Haut sich an. Ich schwieg und wartete.

»Schlimmer.« Wieder schwieg er scheinbar endlos. Dann seufzte er und ergab sich.

»Ich weiß nicht, wo ich anfangen soll. Ich möchte gern, dass du verstehst, dass du alles weißt, damit ich keine Geheimnisse mehr vor dir zu haben brauche. Aber andererseits wäre es viel besser für dich, es nicht zu wissen.«

Ratlos sah ich ihn an.

»Ich bin nicht das, was ich zu sein scheine, nicht das, was du glaubst«, sagte er langsam und so leise, dass ich die Worte kaum verstand.

»Wie …?« Verständnislos schaute ich ihn an.

»Lass mich bitte ausreden, es ist schwer genug.«

Also schwieg ich. Er sah mich nicht an, als er weitersprach.

»Du weißt, dass auch ich nicht in Seen oder ins Meer gehe. Nur bei mir hat es einen anderen Grund. Ich fürchte mich nicht vor dem Wasser oder der Tiefe. Im Gegenteil, es ist mein ureigenes Element. Mein Volk lebt im Wasser. Aber während ich bei den Menschen bin, darf ich nur in den Vollmondnächten zurückkehren.«

Ich glaubte, mich verhört zu haben, verstand nicht, was er meinte.

»Ich wollte mich nicht in dich verlieben. Ich habe versucht, auf Distanz zu bleiben, mich von dir fernzuhalten. Aber ich war nicht stark genug. Ich wusste von Anfang an, dass es kein gutes Ende nehmen würde.«

Mein Herz begann zu klopfen, aber ich unterbrach ihn nicht.

Er war verliebt in mich.

»Ich bin nicht wie du und deshalb können wir nicht zusammen sein, es ist zu gefährlich für dich. Und irgendwann werde ich für immer zurückkehren müssen.«

Ich nahm seinen Arm und zwang ihn mich anzuschauen.

»Calum, was redest du da? Was soll das heißen, du bist nicht wie ich?«

Ein äußerst schlechtes Gefühl beschlich mich. Hier lief etwas falsch, völlig falsch.

»Bitte«, flehend sah er mich an. »Mach es mir nicht noch schwerer, als es ist.«

Heftig atmend versteifte ich mich vor Furcht. Da legte er einen Arm um mich und zog mich an sich.

»Die Schotten nennen unser Volk die Shellycoats«, flüsterte er mir ins Ohr und vergrub sein Gesicht in meinem Haar. Seine plötzliche Nähe verwirrte mich vollends. Mein Herz raste.

»Es gibt viele Namen für uns. Wir selbst bezeichnen uns als Wassermänner.«

Shellycoats? Ich wollte ihn fragen, doch da wurde eine Erinnerung in mir wach.

Das Lagerfeuer, die Wälder, der See und die Geschichten meiner Mutter. Wie oft hatte sie mir von den Shellycoats erzählt, einem uralten Elfengeschlecht. Wassermänner, die in den Vollmondnächten an Land kamen, um zu tanzen. In den Legenden lebten sie in Palästen tief auf dem Grund der schottischen Seen. In den Nächten, die sie an Land verbringen durften, lockten sie Jungfrauen aus den umliegenden Dörfern ans Ufer und zogen sie mit sich hinab.

»Sie sind wunderschön«, hörte ich die Stimme meiner Mutter in meinen Gedanken, »ihre Haut schimmert silbern im Mondlicht. Ihre Haare locken sich um ihre Schultern und in ihren Augen spiegelt sich die See.«

Ich liebte diese Geschichten, aber sie machten mir auch Angst. Sie handelten immer von unerfüllter Liebe und Leid. Als Kind hatte ich nur die Hälfte verstanden, aber das waren die Märchen, bei denen meine Mutter grundlos weinte.

Erschrocken sah ich ihn an. Ich wusste nicht, was ich sagen sollte. Langsam löste ich mich aus seiner Umarmung. Er versuchte mich festzuhalten.

»Aber du siehst aus wie ein Mensch. Du fühlst dich an wie ein Mensch«, stammelte ich.

Nein, das war falsch, fiel es mir in diesem Moment wie Schuppen von den Augen und ich wusste, dass er die Wahrheit sagte. Er fühlte sich anders an als jeder Mensch, den ich bisher berührt hatte. Alles an ihm war intensiver, strahlender. Und mir wurde klar, dass ich vom ersten Moment an gespürt hatte, dass er nicht wie ich war.

Er beobachtete mich mit einem wachsamen Blick.

Ganz langsam begriff ich, verstand, was Ethan meinte, verstand die Geschichten meiner Mutter.

Wunderschöne Wassermänner, die die Jungfrauen der Menschen verführten, Kinder mit ihnen zeugten und die Frauen dann ertrinken oder vor Kummer sterben ließen.

Das, was ich als Schauergeschichten für Lagerfeuerabende abgetan hatte, wurde schreckliche Realität.

Das war völlig absurd. Es machte mir Angst.

Die Schönheit des Sees war verflogen. Plötzlich sah ich nur noch die dunklen Schatten der Bäume, die in der Dämmerung immer näher kamen. Und ich wusste, dass es die Wahrheit war. Ich konnte nicht klar denken. Was würde er mir antun? Weshalb war er mit mir hierher gegangen, ans Wasser? Ich wollte fort. Weg von ihm.

Ich stand auf und sah in seine Augen, die plötzlich ganz hell wurden. Er trat näher an mich heran, doch ich wich zurück, so dass er stehen blieb.

»Du brauchst dich nicht vor mir zu fürchten, Emma.« Seine Stimme klang traurig.

»Egal, was du tust«, sagte er dann eindringlich. »Du darfst es niemandem erzählen. Das musst du mir versprechen. Es ist wichtig, verstehst du?« Flehend sah er mich an. »Es ist gefährlich für dich, es zu wissen.«

Ich nickte. Er streckte die Hände nach mir aus, als ob er mich festhalten wollte. Doch ich ging einige Schritte rückwärts, drehte mich um, lief und lief. Ich musste fort von hier, fort von ihm.

Bree stand im Flur, als ich aufgelöst ins Haus stürzte. Sie zog mich aufs Sofa, hielt mich fest und schwieg. Es dauerte eine Weile, bis ich mich beruhigt hatte. Doch sie ließ mich nicht los und wiegte mich wie ein kleines Kind in ihren Armen.

»Ist es besser?«, fragte sie besorgt, als meine Tränen versiegten.

Ich schniefte und nickte.

»Ich mache dir eine heiße Schokolade.«

Bei dem Gedanken an so etwas Profanes, Tröstliches musste ich lächeln. Dankbar sah ich ihr nach, als sie in die Küche ging.

»Ich mache meine Hausaufgaben«, erklärte ich, nachdem ich meine Schokolade ausgetrunken hatte.

»Du warst bei Calum, oder? Möchtest du darüber reden?«

»Nein, lieber nicht. Aber du kannst Ethan ausrichten, dass ich mich an seine Regeln halten werde.«

Ich setzte mich an meinen Schreibtisch und schaltete die kleine Lampe an. Was sollte ich jetzt tun? Die letzten zwei Tage waren zu viel für mich gewesen. Ich machte Musik an und öffnete das Fenster. Es tat so weh. Ich vermisste ihn jetzt schon. Ich sollte Angst vor ihm haben, nachdem ich wusste, wer er war. Was er war. Aber konnte ich das? Er hatte mir nie etwas getan. Im Gegenteil, er war bis auf sein anfängliches unhöfliches Verhalten immer so liebevoll gewesen.

Was sollte ich tun? Was war richtig? Jetzt hätte ich meine Mutter besonders gebraucht. In den letzten Wochen hatte ich nur selten an sie gedacht. Was für einen Rat hätte sie mir gegeben?

Je mehr ich darüber nachdachte, umso sicherer wurde ich. Ich wusste, was sie mir geraten hätte. Ich würde mich von ihm fernhalten. Das war die einzige Möglichkeit, mich nicht so verletzen zu lassen, wie sie verletzt worden war. Wie einsam sie gewesen war. Warum hatte sie mir nie davon erzählt? Ich wusste, dass es schwer sein würde. Aber irgendwann würde ich darüber hinwegkommen. Hoffte ich jedenfalls. Sagte man nicht, Zeit heilt alle Wunden? Bei meiner Mutter hatte das jedenfalls nicht funktioniert.

Ich warf mich auf mein Bett und schrie meinen Schmerz lautlos in die Kissen.

Dann heulte ich los.

11. Kapitel

In der letzten Woche vor den Ferien kam Calum weder in die Schule noch zum Schwimmtraining. Es war nicht zum Aushalten. Wenigstens sehen wollte ich ihn. Er fehlte mir so. Es erschien mir unmöglich, ohne ihn weiterzuleben. Ich konnte keine Angst vor ihm haben, so sehr ich mich auch bemühte.

Ich beschloss, zu Sophie in den Laden zu gehen. Ich musste wissen, wo er war. Ich betete, dass er nicht für immer fortgegangen war. Das vertraute Glöckchen klingelte, als ich eintrat, und Sophie kam mir, in ein dunkelrotes Kleid gehüllt, entgegen. Als sie mich sah, nahm sie mich wortlos in die Arme. Ich brauchte nichts zu sagen.

»Es ist besser so, Emma. Ich weiß, dass es furchtbar schwer für dich sein muss. Er ist vor ein paar Tagen abgereist.«

Mein Herz setzte für einen Moment aus.

»Wenn er nach den Ferien wiederkommt« - es begann wieder zu schlagen, und zwar schneller als normal - »wird es nicht mehr so schlimm sein. Es ist gut, dass ihr euch eine Weile nicht seht. Du bist jung, du wirst darüber hinwegkommen und dich wieder verlieben. Und ob du es glaubst oder nicht, dein Herz wird noch öfter brechen. So ist das mit der Liebe.«

Sie lächelte mich an. Weshalb dachten alle, diese Binsenweisheit könnte mich trösten? Ich wollte mich nicht öfter verlieben. Ich wollte Calum.

Ich blieb eine Weile bei ihr sitzen und hörte zu, wie sie von ihren Neuerwerbungen berichtete.

Am nächsten Morgen fuhren wir los. Ethan hatte eine dreiwöchige Rundreise durch Schottland geplant. Alle waren ganz aus dem Häuschen. Ich war traurig.

Lustlos packte ich meine Sachen. Ich musste versuchen

mich zusammenzureißen, um den anderen nicht die Ferien zu verderben. Die Tour war schließlich hauptsächlich für mich geplant worden. Ich sollte Schottland besser kennen lernen.

Ethan hatte aus der Route, die wir fahren würden, ein großes Geheimnis gemacht. Tagelang hatte er sich in seinem Arbeitszimmer vergraben und jedes Detail penibel geplant. Er überließ nie etwas dem Zufall. Nicht einmal Bree wusste, wohin es uns verschlagen würde. Bis zum Eilean Donan Castle nahmen wir die Fernstraße. Dann machten wir die erste Pause und besichtigten die Burg. Sie war nur über eine kleine Brücke zu erreichen.

»Wusstest du, dass die Burg für Braveheart und Highlander die Kulisse war?«, fragte Amelie. Fröstelnd rieb ich mir die Arme. Im Schatten der grauen, hohen Mauern war es empfindlich kühl. Der Gedanke an mittelalterliche Hinrichtungen diente nicht dazu, dass mir wärmer wurde. Normalerweise hätte ich mehr Begeisterung für das alte Gemäuer aufgebracht, aber heute wollte diese nicht aufkommen. Am Nachmittag fuhren wir über Nebenstraßen weiter. Ich vermutete, dass es nach Edinburgh ging. Die wunderschöne Landschaft der Highlands strich vorbei. Die Zwillinge waren eingeschlafen und auch Peter und Amelie zankten sich ausnahmsweise nicht. So konnte ich ungestört meinen Gedanken nachhängen. Ich musste mir versichern, dass ich die richtige Entscheidung getroffen hatte. Wieder einmal versuchte ich mich an die Erzählungen meiner Mutter über die Shellycoats zu erinnern. Es war alles so lange her. Sollte ich Ethan noch mal auf Calum ansprechen? Wer weiß, was er mir erzählen konnte. Nach einigem Überlegen entschied ich mich dagegen. Es war das Beste, wenn ich Calum nicht mehr erwähnte. Ich wollte keinen neuerlichen Wutanfall heraufbeschwören. Ich musste allein herausfinden, was ich wissen wollte. Es würde sich auf der Reise bestimmt eine Möglichkeit ergeben.

Bald stellte ich fest, dass ich mich in unserem Reiseziel getäuscht hatte, vorerst fuhr Ethan mit uns nicht nach Edinburgh. Stattdessen übernachteten wir in Fort William und liehen Fahrräder aus.

»Wir werden die nächsten Tage nicht im Auto sitzen, sondern mit dem Fahrrad nach Inverness fahren«, eröffnete uns Ethan mit einem strahlenden Lächeln. Hannah und Amber brachen in Jubelgeschrei aus, aber als Bree erfuhr, dass es sich immerhin um über einhundert Kilometer handelte, stöhnte sie auf. Ethan lächelte ihr aufmunternd zu.

»Kommt schon, ein bisschen Bewegung wird uns allen guttun.«

Mir war alles recht, solange es mich ablenkte.

Das schöne Wetter hielt sich zum Glück auch die nächsten Tage. Überall blühte roter und lilafarbener Phlox. Es sah wunderschön aus. Die Tour führte über ruhige Nebenstraßen und Wälder vorbei am Loch Lochy und Loch Ness. Meine Laune besserte sich von Tag zu Tag, was nicht unwesentlich mit den Anstrengungen von Amelie und Peter zu tun hatte, mich aufzumuntern. Ich wollte nicht, dass sie vergeblich kämpften, also versuchte ich, wenigstens tagsüber die Gedanken an Calum zu verdrängen und mich auf unsere Reise zu konzentrieren. Nachts aber kamen die Erinnerungen ungefragt ganz von selbst. Wir übernachteten in Jugendherbergen, was der Sache einen zusätzlichen Reiz verlieh, da dort abends immer etwas los war und ich kaum in Ruhe zum Nachdenken kam. Nach drei Tagen trafen wir mit schmerzenden Gliedern, aber bester Laune in Inverness ein.

»Wir bleiben zwei Tage hier und ruhen uns aus«, verkündete Ethan.

Es war schön, wieder mal in einer größeren Stadt zu sein. Nachdem wir das Gepäck ins Hotel gebracht und geduscht hatten, stürzten wir uns ins Getümmel.

»Seid heute Abend zum Konzert pünktlich am See«, rief Bree uns hinterher, bevor wir zwischen den Menschen verschwanden. Amelie und ich vertrödelten den ganzen Tag in Geschäften und Cafés.

Erschöpft trafen wir uns bei Einbruch der Dunkelheit am Ufer des Loch Ness. Wir ließen uns auf die Decken fallen, die Bree und Ethan mitgebracht hatten, und packten gemeinsam mit Peter Cola und Sandwichs aus. Die Atmosphäre unter dem dunklen Sternenhimmel war phänomenal. Wir saßen am Ufer des Sees und lauschten andächtig der schottischen Musik. Normalerweise wäre es ein perfekter Abend gewesen. Aber was war noch normal in meinem Leben.

»Ich brauche ein bisschen Reiselektüre«, meinte ich beiläufig am nächsten Morgen beim Frühstück. »Ich würde gern in einen Buchladen gehen.«

»Ihr wart doch gestern den ganzen Nachmittag einkaufen«, brummte Ethan müde.

Bree warf ihm einen auffordernden Blick zu.

»Okay. Uns treibt ja nichts«, sagte er mit einem prüfenden Blick auf mich. »Aber ich will heute Nachmittag weiterfahren.«

Unser Auto war nach Inverness gebracht worden, so dass wir nicht nach Fort William zurückradeln mussten.

Amelie hatte keine Lust, mit mir die Buchläden der Stadt zu durchkämmen, so dass ich glücklicherweise allein war und ihr keine Erklärung für mein Vorhaben geben musste. Es dauerte, bis ich die Bibliothek fand. Dort vertiefte ich mich in verschiedene Abhandlungen zu schottischen Überlieferungen. Ich hoffte auf eine genauere Beschreibung der Shellycoats. Leider wurde ich enttäuscht. Außer ein paar Märchen über Kobolde und Elfen war nichts zu finden.

Auf meine Frage erklärte die Bibliothekarin: »Es gibt in Edinburgh eine große Abteilung zu schottischen Legenden und Sagen. Es gab dort einen Professor für Geschichte, der akribisch alles zusammengetragen hat, was er zu diesem Thema finden konnte. Als er in den Ruhestand ging, hat er die Sammlung der Bibliothek gestiftet.«

Ich bedankte mich und war mir sicher zu wissen, welchen Professor sie meinte.

Bevor wir nach Edinburgh weiterfuhren, ließ Ethan es sich nicht nehmen, mit uns zum Schlachtfeld nach Culloden zu fahren. Er interessierte sich leidenschaftlich für den Zwist zwischen den Engländern und Schotten. Er erzählte von Kolumban, der im sechsten Jahrhundert nach Schottland gekommen war und hier angeblich ein Kloster errichtet hatte. In schillernden Farben berichtete er von den Einfällen und Verwüstungen der Wikinger. Besonders ausführlich war er bei seinen Ausführungen über den letzten Versuch der Stuarts, ihre Herrschaft wiederherzustellen. Die anderen fünf verdrehten die Augen, als ich mich hilfesuchend zu ihnen umsah.

»Emma, du musst wissen, dass die letzte Schlacht hier bei Culloden stattfand.« Geduldig liefen wir alle mit ihm über das damalige Schlachtfeld. Er erläuterte uns den Kampf in allen Einzelheiten und versuchte, uns mit seiner Begeisterung anzustecken.

»Nachdem Charles Edward Stuart, genannt Bonnie Prince Charlie, die Schlacht verloren hatte, gelangte er auf der Flucht nur mit Hilfe der Insulanerin Flora MacDonald im Ruderboot nach Skye, von wo er nach Frankreich fliehen konnte. Er starb später verbittert in Rom. Flora hatte ihn als ihre Kammerzofe verkleidet. Das muss man sich mal vorstellen, sah bestimmt lustig aus.«

»Es gibt heute immer noch ein Lied darüber, das ziemlich populär ist«, unterbrach Bree seinen Redestrom. »Es heißt Skye Boat Song.«

Ethan stimmte unvermittelt das Lied an und sang los:

»Speed, bonnie boat, like a bird on the wing,
Onward! the sailors cry;
Carry the lad that's born to be King
Over the sea to Skye."

Amelie starrte ihn an und stieß ihn dann in die Seite.

»Dad, reiß dich zusammen. Wenn dich jemand hört.«

Bree und ich mussten uns das Lachen verkneifen und Ethan sah sie empört und verständnislos an. Mittlerweile hatte es angefangen zu nieseln und wir wurden langsam, aber sicher nass und nasser. Alle atmeten auf, als Ethan sich entschloss, seine Tour abzubrechen. Schnell flüchteten wir ins Besucherzentrum. Amelie und Hannah bettelten so lange, bis Ethan im Restaurant für uns alle Tee, Kuchen und Eis spendierte. Danach ging es weiter nach Edinburgh. Ich konnte es kaum abwarten. In der Schottischen Nationalbibliothek hoffte ich Antworten auf meine Fragen zu finden.

Ethan hatte für uns Zimmer in einer kleinen Pension gemietet. Auf sein Läuten öffnete eine alte, zarte, weißhaarige Frau. »Es ist schön, eine so große Familie zu Gast zu haben«, flötete sie, während sie uns auf einer steilen Treppe voranging. »Normalerweise sind im August alle Zimmer belegt, aber als Dr. Erickson anrief und fragte, ob ich etwas frei hätte, bemühte ich mich natürlich, es möglich zu machen.«

Ich horchte auf. Dr. Erickson war mit Ms. Wallace bekannt?

»Ihr müsst mir erzählen, wie es ihm und Sophie geht. Er hat früher hier gewohnt, wenn er Vorlesungen in Edinburgh hielt. Aber das wisst ihr ja sicher.«

Ms. Wallace öffnete die Tür zu unserem Zimmer und ging mit Ethan und Bree zum nächsten Raum.

Amelie warf sich auf eins der Betten, das mit einem handgenähten bunten Quilt bedeckt war.

»Ist es nicht himmlisch?«, rief sie aus.

Sie drehte sich zu mir und sah mich an. »Die ganze Stadt ist voller Menschen. Zum Edinburgh Festival kommen jedes Jahr zwei Millionen Besucher. Kannst du dir so viele Menschen vorstellen?«

Zwei Millionen, das war wirklich eine stattliche Menge, dachte ich. Washington hatte ungefähr sechshunderttausend Einwohner. Für Amelie, die ihr Leben hauptsächlich auf Skye verbracht hatte, musste dass eine unvorstellbare Anzahl sein.

»Was wollen wir heute Abend unternehmen?« Ich setzte mich zu ihr aufs Bett.

»Bevor Dad uns in die Wildnis zurückschleppt, sollten wir jeden Augenblick in der Zivilisation ausnutzen«, bestimmte Amelie und angelte nach ihrer Tasche. »Lass uns gehen. Wir sagen Mom Bescheid, dass wir uns umsehen wollen.«

Wie erwartet erhob Ethan Einwände dagegen.

»Die Mädels sind alt genug, um allein loszuziehen«, meinte Bree, die mit Ethan bei einer dampfenden Tasse Tee und einem Buch im Wohnzimmer saß, welches alle Gäste nutzen konnten.

Man sah ihr an, dass sie heute keine Lust mehr hatte, durch eine von Touristen überfüllte Stadt zu laufen.

»Also gut«, brummte Ethan. »Aber seid spätestens gegen elf zurück, und keine Dummheiten, meine Damen.«

»Wir doch nicht, Dad«, Amelie gab Ethan einen Kuss auf die Wange und winkte Bree und Peter zum Abschied zu.

Dann standen wir auf der Straße. Es war noch hell, aber die Abenddämmerung begann sich schon in der Stadt auszubreiten.

Amelie war in ihrem Element. »Lass uns zur Burg gehen, in der Altstadt ist bestimmt am meisten los.«

Wir liefen an mehreren jungen Männern vorbei, die sich in alter schottischer Manier die eine Hälfte des Gesichts blau angemalt hatten und mit nackter Brust und Schottenrock ihre Dudelsackkünste zum Besten gaben. Ich wusste gar nicht, wohin ich zuerst schauen sollte, die Straßen waren voll mit Künstlern, die ihr Können zeigten.

»Sieh nur.« Amelie stupste mich an. Gerade hatte ich einen Pantomimen bewundert. »Ist das dort vorn nicht Calum?« Erschrocken sah ich mich um. Tatsächlich, er stand mit Dr. Erickson in der Menge. Seinen Haarschopf hätte ich unter noch so vielen Menschen erkannt.

Amelie zog mich hinter den beiden her.

»Amelie, was soll das? Lass mich los«, schimpfte ich.

»Lass uns wenigstens Hallo sagen, wenn wir schon Bekannte in diesem Gewimmel treffen. Vielleicht trinken sie ein Bier mit uns.«

»Ich trinke kein Bier«, erwiderte ich aufgebracht.

Amelie verdrehte die Augen bei meiner Sturheit.

»Ich dachte, du würdest dich freuen, ihn wiederzusehen«, erwiderte sie schnippisch und stemmte ihre Hände in die Seiten. »Du bist mir sowieso eine Erklärung schuldig, oder dachtest du, ich würde nie fragen, was passiert ist und warum Dad nicht will, dass ihr euch trefft? Ich hätte schwören können, dass er Calum mehr mag als Aidan.«

»Da hast du dich wohl getäuscht.«

Sie drehte sich um und spähte in die Menge. »Jetzt sind sie weg.« Vorwurfsvoll sah sie mich an.

Ich atmete auf. Ich musste mir überlegen, was ich Amelie sagen sollte, wenn sie wieder fragte. Doch etwas anderes beschäftigte mich jetzt viel mehr. Was taten Calum und Dr. Erickson hier in Edinburgh? Weshalb wohnten sie nicht auch in unserer Pension? Wahrscheinlich wollten sie uns nicht über den Weg laufen.

Am nächsten Morgen gelang es mir nur mit Mühe, mich von der Familie loszueisen.

Es dauerte eine Weile, bis ich mich zur Schottischen Nationalbibliothek durchgefragt hatte.

Am Ziel angelangt, bekam ich an der Information umgehend den Weg zur Abteilung für schottische Überlieferungen gewiesen. Ich lief durch unzählige Räume. Sieben Millionen Bücher beherbergte die Bibliothek, alle säuberlich aufgereiht in endlos erscheinenden Regalreihen.

Die Sammlung war in mehreren kleineren Räumen untergebracht. Neben der Eingangstür zum ersten Raum hing eine Messingtafel mit einem Hinweis auf den Stifter.

»In Ehrfurcht und Dankbarkeit an unsere schottischen Vorfahren – gestiftet von Prof. Dr. Erickson, Isle of Skye«, war dort eingraviert zu lesen.

Langsam ging ich eine Reihe nach der anderen ab. Es war erstaunlich, wie viele Bücher es zu diesem Thema gab. Wie viele Wissenschaftler sich mit dem Wahrheitsgehalt alter Legenden beschäftigt hatten. Es gab Originalausgaben, hunderte von Jahren alt, aufbewahrt hinter verschlossenen Glasvitrinen. Am faszinierendsten waren die detaillierten Zeichnungen der Fabelwesen, die dort zu sehen waren. Viele dieser Bücher waren in Latein abgefasst und vermutlich in schottischen Klöstern entstanden. Einige wenige waren in Gälisch geschrieben. Leider konnte ich weder Latein noch Gälisch und würde mich mit englischsprachiger Literatur begnügen müssen. Ich sah mich um und entdeckte, dass es einen Raum weiter mehrere Sitzplätze gab, alle mit einem Computer ausgerüstet. Ich klickte mich durch das Onlineverzeichnis der Bibliothek, konnte aber Dr. Ericksons Sammlung nicht finden. Eine junge Bibliothekarin lief an mir vorbei.

»Entschuldigung, könnten Sie mir bitte sagen, wo ich das Verzeichnis dieser Sammlung finde?«

»Diese Sammlung ist noch nicht online katalogisiert. Sie müssten mit Karteikarten vorlieb nehmen«, antwortete sie entschuldigend.

Ich stöhnte. Das hatte mir noch gefehlt. Wie sollte ich da das Richtige finden? Im Grunde wusste ich nicht einmal, wonach genau ich suchte. Die junge Frau führte mich zu einem mannshohen Metallschrank.

»Dr. Erickson hat die Sammlung hervorragend geordnet. Ich bin sicher, dass Sie schnell das Gewünschte finden.« Damit verschwand sie zwischen den Regalen.

Ich zog das erste Schubfach, das sich in Brusthöhe befand, heraus.

Ein großes L schaute mich an. Langsam blätterte ich durch den Stapel Karteikarten. Fast alle Bücher in diesem Kasten befassten sich mit Loch Ness und damit mit der Legende von Nessie. Ich schob den Kasten zurück in den Schrank. Der nächste zeigte die Buchstaben M und N, das war wohl zu erwarten gewesen. Also zählte ich ab, bis ich zu S kam. Ich zog den kompletten Kasten heraus, setzte mich an einen freien Tisch und begann zu blättern. Die ersten Titel drehten sich um Seeungeheuer. Dann gab es Abhandlungen zu den Selkies.

Da, ich hatte etwas gefunden. »Die Legende der Shellycoats«, war auf der Karte zu lesen. »Wahrheitsgehalt schottischer Überlieferungen zu den Shellycoats. Gibt es die Shellycoats wirklich?« Es folgte eine ganze Reihe weiterer Titel zu dem Thema. Neugierig blätterte ich noch weiter, da gab es Bücher zu Sirenen, Spriggans, Sylphen. Komische Namen. Was die Menschen sich ausdachten. Ärgerlich schüttelte ich den Kopf. Gerade ich musste es doch besser wissen.

Ich blätterte zurück und notierte mir die Signatur der Werke, die mir am interessantesten erschienen. Dann ging ich zu den Regalen und versuchte mich zu orientieren. Schnell hatte ich das erste Werk gefunden. Langsam blätterte ich mich durch das Buch. Der Autor hatte viel Zeit damit verbracht, jede noch so abstruse Geschichte über die Shellycoats aufzuschreiben, die unter der Bevölkerung kursierte. Am lächerlichsten waren die Bilder, die er von den Shellycoats gezeichnet hatte. Ich blätterte zurück auf die erste Seite. Das Buch war im Jahre 1853 verlegt worden. Ich schob es zurück ins Regal und suchte mir den nächsten Titel heraus. Der schien interessanter zu sein. Die Frau, von der das Buch berichtete, behauptete, tatsächlich einen Shellycoat gesehen zu haben. Ihrer Beschreibung nach war es ein wunderschöner junger Mann mit langem, silbernem Haar gewesen. Er hatte versucht, sie in einer Vollmondnacht ins Wasser zu locken. Nur der Umstand, dass ihr Bruder plötzlich aufgetaucht war, hatte sie gerettet. Leider hatte der nur ein silbriges Licht am See gesehen und konnte ihren Bericht nicht bezeugen. Nach dieser Nacht war sie oft zum See gegangen, aber der Shellycoat zeigte sich nie wieder. Da niemand ihr glaubte, verfiel sie dem Wahnsinn.

Das Werk stammte aus dem Jahre 1920 und war vom behandelnden Arzt der unglücklichen Frau nach ihrem Tod veröffentlicht worden. Eigentlich war es ein medizinisches Sachbuch über Wahnvorstellungen, aber der Arzt hatte jedes Detail der Beobachtungen der Frau notiert. Wie Dr. Erickson die Abhandlung gefunden hatte, war mir schleierhaft. Er musste Jahrzehnte gebraucht haben, um das alles zusammenzutragen. Leider nützte mir dieser Bericht wenig. Seufzend schob ich das Bändchen ins Regal zurück. Wenn ich nur wüsste, wo ich suchen sollte. Um jedes Buch durchzugehen, fehlte mir die Zeit. Eine genaue Recherche würde Tage dauern.

Langsam schritt ich das Regal ab, das für die Shellycoats reserviert war. Immer wieder zog ich ein Buch heraus, dessen Titel mir vielversprechend klang. Doch nach kurzem Blättern schob ich jedes entnervt zurück an seinen Platz.

Am Ende angekommen, überlegte ich, ob ich von vorn beginnen sollte. So viele Bücher hatte ich nicht kontrolliert. Brachte das überhaupt etwas? Die Überlieferungen glichen sich alle. Die Shellycoats waren bösartige Wassergeister, die es auf das Leben von jungen Frauen abgesehen hatten.

Ein Buch erregte meine Aufmerksamkeit. Es stand im Regal mir gegenüber. Der Einband war mal blau gewesen, im Laufe der Zeit aber stark abgegriffen und vergraut. Es glitzerte ungewöhnlich. Das Leinen des Einbands war behandelt worden.

»Gwragedd Annwn« lautete der zungenbrecherische Titel. Ich schlug die erste Seite auf.

»Die Gwragedd Annwn waren Wassergeister und lebten ausschließlich in den walisischen Seen.«

Ich las weiter. »Es ist den Frauen der Gwragedd Annwn erlaubt, sterbliche Männer zu Ehemännern zu nehmen.« Klang nett. Aus dem Text ging hervor, dass es Menschen gab, die die Paläste dieses Volkes gesehen hatten. Sie mussten dort unten gewesen und zurückgekehrt sein, um davon zu berichten.

Laut der Legende war es früher erlaubt, das Reich der Gwragedd Annwn durch eine Tür in einem Felsen zu betreten. Nur wenige hatten den Mut dazu. Sie kamen in einen wundervollen Garten und konnten bleiben, solange sie wollten. Der Garten war voll von saftigen Früchten, Blumen, der schönsten Musik und vielen anderen Wundern. Es gab eine einzige Bedingung, sie durften nichts mit zurücknehmen in die Menschenwelt.

»Eines Tages nahm ein junger Mann eine Blume aus dem Garten mit zu den Menschen. In dem Moment, in dem er das Reich verließ, löste sich die Blume in nichts auf und er fiel ohnmächtig zu Boden. Seit diesem Tag blieben die Tore zum Reich der Gwragedd Annwn verschlossen.«

Angeblich waren die Gwragedd Annwn ein sehr altes Elbengeschlecht. Die Männer des Volkes waren sehr stattlich und trugen einen langen, weißen Bart. Ich kicherte und stellte mir Calum mit Bart vor. Nachts kam das Volk an Land, um zu tanzen. Die meisten Begegnungen mit ihnen wurden aus Wales überliefert, aber auch in England, Skandinavien und Frankreich soll es ähnliche Abkömmlinge dieses Elbengeschlechts geben. Vielleicht auch in Schottland, überlegte ich. Auch die Shellycoats waren Elben und tanzten nachts in und an den Seen.

Hier war ich das erste Mal auf einen Beweis gestoßen, dass die Shellycoats nicht nur grausam waren, vorausgesetzt, bei den Gwragedd Annwn handelte es sich ebenfalls um Shellycoats, die von den Walisern nur anders bezeichnet wurden. Ich beschloss, mir die wichtigsten Dinge zu kopieren, und machte mich auf die Suche nach der Bibliothekarin, um nach einem Kopierer zu fragen. Plötzlich hörte ich Schritte, schwere Schritte. Erstaunt sah ich auf. Die Stimmen, die ich hörte, kamen mir bekannt vor. Ich lief aus dem Mittelgang in eine der Regalreihen. Dr. Erickson und Calum gingen, in ein Gespräch vertieft, an mir vorbei. Die Stimmen wurden leiser und die Schritte verklangen. Die beiden waren in den nächsten Raum gegangen. Weshalb versteckte ich mich vor ihnen? Das hier war eine öffentliche Bibliothek. Ich kam mir bescheuert vor, wie ich hier an das Regal gepresst stand. Neugierde überkam mich. Was wollten die beiden hier? Unschlüssig hielt ich das Buch in meiner Hand. Sollte ich nach einem Kopierer suchen oder in den Nebenraum gehen und nachsehen, was die beiden dort taten? Meine Neugierde siegte. Ich schlich auf Zehenspitzen zurück und schaute vorsichtig um die Ecke. Jetzt hörte ich die Stimmen deutlicher. Sie suchten ein Buch. Leise schlich ich näher.

»Ich bin mir sicher, dass es hier stehen muss«, hörte ich die Stimme von Dr. Erickson.

Konnte ich noch eine Regalreihe riskieren? Ich war direkt hinter ihnen.

»Ich habe es extra zu den Büchern über die Shellycoats gestellt.«

Jetzt war seine Stimme so deutlich, dass ich erschrak. Wenn sie bloß nicht in meine Reihe kamen, betete ich. Die Situation wäre überaus peinlich.

»Ich hatte mir fest vorgenommen, einmal zu recherchieren, ob ihr und die Gwragedd Annwn ein und dasselbe Geschlecht seid.«

»Du hättest nur fragen brauchen«, hörte ich Calum. Der Klang seiner Stimme verursachte mir eine Gänsehaut. So lange hatte ich sie nicht gehört. Ich stellte mich nah an die Bücher, um keinen Preis wollte ich nur ein Wort verpassen.

»Ich habe seit Jahren nicht daran gedacht«, verteidigte sich Dr. Erickson.

»Die Waliser bezeichnen unser Volk als Gwragedd Annwn. Unsere Clans unterscheiden sich kaum voneinander«, antwortete Calum.

Ich drückte das Buch fester an mich.

»Dann beweist das Buch, dass ihr und die Menschen ...« Dr. Ericksons Stimme klang triumphierend.

In diesem Moment wurde vor meiner Nase ein Buch aus dem Regal gezogen und ich starrte in Calums blaue Augen.

Vor Schreck taumelte ich zurück und ließ das Buch fallen. Aus dem Augenwinkel sah ich, dass es unter das Regal rutschte. Dann lief ich so schnell ich konnte aus dem Raum. Es war nicht einfach, den Ausgang zu finden. Als ich endlich auf der Straße stand, lehnte ich mich an das Gemäuer und rang nach Luft.

Ich war so erschrocken, dass ich nicht darüber nachgedacht hatte, was ich tat. Ob er mir gefolgt war? Schnell ließ ich die Bibliothek hinter mir und verschwand in der Menschenmenge.

Ich ärgerte mich, dass ich das Buch verloren hatte, und hoffte, dass die beiden es fanden. Was wollte Dr. Erickson damit? Er musste es schon vor Jahren gefunden haben. Jetzt war ich kein bisschen schlauer, im Gegenteil.

Die nächsten Tage in Edinburgh waren ausgefüllt mit Aktivitäten, die Ethan für uns geplant hatte. Konzerte, Ausstellungen - es war unmöglich für mich, noch einmal ungestört in die Bibliothek zu entwischen.

Wir fuhren zurück in die Wildnis, wie Amelie immer betonte. Ich fand es toll, nach den lauten Tagen in der Stadt wieder durch die Highlands zu fahren. Wenn mir vor einem Jahr jemand erzählt hätte, dass ich die Natur einmal der Stadt vorziehen würde, ich hätte ihn ausgelacht.

Der Rückweg führte uns durch das Rannoch Moor zum Glencoe-Tal, wo im Jahr 1692 das berühmt-berüchtigte Massaker gegen den Clan der McDonalds stattgefunden hatte. Dann blieben wir einige Tage in Fort William und Ethan überredete Peter, Amelie und mich, mit ihm den Ben Nevis zu besteigen. Nur mit Mühe und Not erreichten wir bei strömendem Regen nach sechs Stunden die Spitze des Berges.

Die letzten Tage der Reise verbrachten wir am Loch Maree. Wir schlugen unsere Zelte im Schutz alter Kiefern auf. Amelie und ich sammelten Feuerholz, bis wir für die nächsten drei Tage einen ausreichenden Vorrat hatten. Ethan und Peter versuchten sich als Fischer, während Bree mit den Zwillingen unsere Vorräte in die Zelte räumte.

Tatsächlich hatten die beiden Glück und fingen mehrere Makrelen. Unser Abendbrot war gesichert.

Der Sternenhimmel breitete sich wie ein glitzerndes Tuch über dem See aus. Millionen Sterne leuchteten auf uns herunter. Der Fisch duftete köstlich über dem Feuer. Nach dem Essen erzählte Ethan aus seinem schier unerschöpflichen Vorrat an schottischen Legenden auch eine vom Loch Maree:

»Auf einer der Inseln des Sees gab es früher eine Einsiedelei. Man soll dort einen Grabstein finden, der das Grabmal der Liebenden genannt wird. Der Legende nach weilte die Tochter des Königs von Irland mit ihrem Lehrer und einem Krieger auf eben dieser Insel. Sie verliebte sich in einen Prinzen und die beiden schworen sich ewige Treue. Der Krieger beäugte diese Liebe mit Argwohn, denn er war selbst in die Prinzessin verliebt. Eines Tages lauerte er dem Prinzen auf und forderte ihn zum Duell. Doch der Prinz besiegte ihn und der Krieger floh von der Insel. Einige Zeit später sandte der König nach seiner Tochter. Sie machte sich mit ihrem Lehrer auf den Weg.

Aus Sehnsucht nach seiner Geliebten vereinbarte der Prinz mit dem Lehrer deren schnelle Rückkehr. Der Lehrer sollte schon vom Ufer aus ein Leuchtzeichen geben, das dem Prinzen sagen sollte, dass es der Prinzessin gut ging.

Der Krieger hatte das Gespräch zwischen dem Lehrer und dem Prinzen belauscht und sandte dem Prinzen die Nachricht vom Tode der Prinzessin. Ohne zu zögern, stürzte sich der junge Mann vor Kummer in seinen Dolch. Als die Prinzessin bald darauf zurückkehrte und vom Tod ihres Geliebten erfuhr, ließ sie die ganze Gegend nach dem Krieger absuchen, aber der Übeltäter blieb unauffindbar. Die Prinzessin nahm sich daraufhin das Leben und die beiden Liebenden wurden zusammen in einem Grab beigesetzt.«

Es war totenstill, als Ethan mit seiner Geschichte endete. In der Dunkelheit konnte man die Inseln im See nicht erkennen, obwohl ich mich sehr anstrengte. Bree putzte sich die Nase, woraufhin Ethan sie lachend in den Arm nahm. Auch mir war zum Weinen zu Mute. Hätte Ethan nicht etwas Lustiges erzählen können?

»Das war eine echt unterhaltsame Geschichte, Dad«, unterbrach Amelie das Schweigen. »Shakespeare ist nichts gegen dich.«

Das darauf folgende Gelächter vertrieb die düstere Stimmung.

»Es ist spät«, meinte Bree mit Blick auf Hannah und Amber, die aneinander gekuschelt am Feuer eingeschlafen waren. »Lasst uns ins Bett gehen.«

Ethan und Peter trugen die Zwillinge in ihr Zelt.

Die folgenden Tage verbrachten wir bei strahlendem Sonnenschein am See mit Baden, Angeln und Lesen. Es war wunderbar friedlich. Nur ungern packten wir unsere Sachen und fuhren nach Hause.

Bald würde die Schule wieder beginnen und Ethan bestand darauf, dass wir uns auf unsere neuen Kurse vorbereiteten.

12. Kapitel

Wir beschlossen, am ersten Tag zu Fuß zur Schule zu gehen. Das Wetter war zu schön, um mit dem Auto zu fahren. Calum trat in dem Moment aus dem Pfarrhaus, als wir daran vorbeiliefen. Peter winkte ihm zu.

»Der erste Tag unseres letzten Jahres«, begrüßte er ihn überschwänglich.

»Peter, Amelie … Emma.« Seine Stimme fuhr mir mitten ins Herz. Ich konnte nur nicken als Antwort. Peter und Amelie schienen nicht zu bemerken, wie still ich wurde.

»Wo warst du in den Ferien, Calum?«, fragte Amelie neugierig.

»Ich habe Verwandte in Wales besucht, nichts Spektakuläres.«

Ich sah zu ihm auf und war sicher, dass er log. Er vermied es, mich anzuschauen, doch auch von der Seite sah ich seinen undurchdringlichen kalten Blick.

Amelie plauderte munter weiter und erzählte von unseren Ausflügen und Wanderungen und von unserem Trip nach Edinburgh.

»Jetzt sag doch auch mal was, Emma, es war super, oder?« Sie stupste mich an.

»Ja, es war super«, antwortete ich einsilbig.

Resigniert wandte Amelie sich ab und unterhielt sich weiter mit den Jungs.

»Wir haben geglaubt, dich in Edinburgh gesehen zu haben«, bemerkte Amelie.

Calum zuckte mit den Schultern.

Auf dem Schulhof gab es von allen Seiten ein großes Hallo. Jamie rannte uns entgegen und fiel Amelie und mir um den Hals. Gleich in der ersten Stunde versammelten sich die Schüler der zwei oberen Klassen in der Cafeteria. Alle tuschelten aufgeregt miteinander. Als Ethan hereinkam, verstummte das Gemurmel nur langsam.

»Hallo, alle zusammen«, rief Ethan laut. »Wie ihr wisst, veranstalten wir auch dieses Jahr zu Beginn des Schuljahres eine Schulfahrt mit den beiden oberen Klassenstufen.«

Stimmengewirr erhob sich, einige klatschten. Amelie hatte mir schon davon erzählt.

»In diesem Jahr haben wir einen Ausflug nach Inverness geplant. Es gibt einen Zeltplatz direkt am Loch Ness. Wir fahren Samstag früh zeitig mit den Bussen los. Das Programm für die beiden Tage erfahrt ihr noch. Wir brauchen eine Aufstellung, wer Zelte, Luftmatratzen und Schlafsäcke mitbringen kann. Im Sekretariat hängt eine Liste, tragt bitte ein, was ihr habt. Ich will nicht, dass einige nachher unter freiem Himmel schlafen müssen. Bevor es Unklarheiten gibt, wer Samstagabend, anstatt mit uns am Lagerfeuer zu sitzen, in die Stadt reinfahren möchte, benötigt eine Einwilligung der Eltern.«

Einige Jungs johlten los.

Mittags in der Cafeteria hielt ich Ausschau nach Amelie. Sie saß mit Peter an einem der letzten Tische mit freien Plätzen. Mit meinem Tablett drängelte ich mich zu ihnen durch. Bryan und Jamie saßen am Nebentisch, anscheinend war in den Ferien etwas passiert, was mir entgangen war. Die beiden tuschelten miteinander, hielten Händchen und nahmen von uns keine Notiz. Kurz bevor ich an dem Tisch ankam, hörte ich Peter rufen.

»Calum, komm, setz dich zu uns.« Es war zu spät für mich umzudrehen, da Amelie mich gesehen hatte. Ich stellte mein Tablett ab und setzte mich.

Mein Herz fing wild an zu pochen. Es fühlte sich an, als ob ich einen Felsstein verschluckt hätte. Ich sah nur auf meinen Teller, als ich den Stuhl über den Boden scharren hörte. Calums Duft brachte mich durcheinander. Es schien mir unmöglich, nur einen Bissen herunterzubringen. Vorsichtig sah ich zu ihm hinüber.

Er würdigte mich keines Blickes. Natürlich nicht, was hatte ich erwartet? Doch seine Finger, mit denen er die Gabel umklammerte, waren unnatürlich weiß. Es war ihm unangenehm, so dicht neben mir zu sitzen. Diese Einsicht machte mich wütend, obwohl das das Letzte war, wozu ich berechtigt war. Ich sollte froh sein, dass er mich ignorierte.

Bryan und Jamie neben uns machten es mir mit ihrem verliebten Getuschel und dem permanenten Händchenhalten unter dem Tisch nicht gerade leichter. Amelie und Peter bekamen von alldem nichts mit und redeten unablässig über die bevorstehende Fahrt. Ich atmete auf, als es klingelte und Calum aufsprang. Die Spannung zwischen uns war mit den Händen zu fassen gewesen. Ich ging mit Amelie zum Biokurs. »Du bist blass«, stellte sie fest.

»Es ist wegen Calum«, erwiderte ich. Unglücklich blickte ich ihr in die Augen und ärgerte mich gleichzeitig, dass mir dieses Geständnis rausgerutscht war.

»Du bist nicht darüber hinweg, oder? Du warst schon heute früh so komisch.«

Ich schüttelte den Kopf.

»Wieso hast du die ganzen Ferien nichts gesagt?« Vorwurfsvoll sah sie mich an.

Mr. Barkley betrat den Raum und seine Miene machte deutlich, dass er keine Gespräche und Tuscheleien duldete. Mit ihm war nicht zu spaßen. Amelie würde sich gedulden müssen und ich hatte Zeit, mir eine idiotische Ausrede einfallen zu lassen, weshalb ich ihr in den ganzen Ferien nicht gesagt hatte, wie sehr ich Calum vermisste.

Die ersten Schultage waren anstrengender, als ich gedacht hätte, und die Zeit bis zum Wochenende verging so schnell, dass ich nicht zum Nachdenken kam.

Die letzten Stunden des Freitags zogen sich unerbittlich.

Ich war froh, als ich endlich zu Amelie ins Auto stieg und wir nach Hause fuhren. Der Abend war ausgefüllt mit Vorbereitungen für die Reise. Für mich unverständlich, wurde Amelie nicht müde, ihren Rucksack dauernd umzupacken.

»Ich kann mich nicht entscheiden«, jammerte sie. Die Auswahl eines passenden Bikinis entwickelte sich zur Staatsaffäre.

»Amelie, du willst nicht in diesen eiskalten See steigen.«

Ich sah sie an und sie konnte unschwer meine Gedanken lesen. Sie musste übergeschnappt sein.

Als Antwort bewarf sie mich lachend mit dem winzigen Teil, dass sie einen Bikini nannte.

Ich raufte mir in gespielter Verzweiflung die Haare und verließ genervt ihr Zimmer. Mein Gott, dachte ich, wir wollen für zwei Tage zelten fahren und nicht für drei Wochen in die Karibik.

Ich selbst hatte einen Jogginganzug zum Schlafen, zwei Jeans, zwei T-Shirts und einen dicken Pullover eingesteckt. Badesachen nahm ich gar nicht erst mit.

Amelie und ich würden in einem Zelt schlafen. Peter hatte erfolgreich durchgesetzt, dass er sein Zelt nicht mit Ethan teilen musste.

»Dad, es reicht, dass du der Direktor bist, da muss ich den Schulausflug nicht mit dir in einem Zelt verbringen.«

Bree und wir Mädchen verkniffen uns das Lachen und Ethan hatte, wenn auch empört, nachgegeben.

Am Samstag wachte ich früher auf als sonst. Ich hatte reichlich Zeit, draußen begann es gerade zu dämmern. Es versprach, ein schöner Tag zu werden. Ich kuschelte mich tiefer in meine Decken und schloss die Augen. Sofort hatte ich meine Lieblingsvision. Calum und ich standen vor dem Haus. Er hielt mich im Arm und küsste mich sanft auf die Lippen. In meinen Tagträumen konnte ich mir einbilden, dass das die Wirklichkeit war. Als die Sonne ihre warmen Strahlen ins Zimmer schickte, stand ich auf und ging ins Bad. Amelie putzte sich die Zähne und hüpfte zum Takt der Musik, die aus dem Radio drang.

»Hey, du Langschläferin, beeil dich«, rief sie mit dem Mund voller Zahnpasta. Das musste gerade sie sagen.

»Ich bin sowieso schneller fertig als du«, entgegnete ich und ging unter die Dusche. Darauf würde ich die nächsten zwei Tage bestimmt verzichten müssen. Ich wusch mir gründlich die Haare. Trotzdem war ich, wie prophezeit, schneller als Amelie in der Küche zum Frühstück.

Ethan wurde immer unruhiger und rief mehrmals nach ihr, bis sie endlich, bepackt mit einem riesigen Rucksack, die Treppe herunter stolperte. Entgeistert starrte Ethan sie an.

»Amelie, wo willst du mit dem Monster hin? Wir fahren zwei Tage zelten, falls ich das richtig in Erinnerung habe.«

»Dad, ich konnte mich nicht entscheiden und außerdem weiß ich nicht, wie das Wetter wird.«

Sie hatte keine Chance. Ethan schickte sie nach oben mit der klaren Anweisung, mindestens die Hälfte der Sachen auszupacken.

»Wir fahren in fünf Minuten los«, sagte er streng. »Wenn du nicht pünktlich unten bist, fahren wir ohne dich, dann bleibst du bei Mom und den Zwillingen.«

Beleidigt kam sie nach fünf Minuten mit einem bedeutend kleineren Gepäckstück zum Auto. Peter und ich grinsten uns an, Amelie konnte nie lange sauer sein. Und richtig, wir saßen noch nicht im Bus, da hatte sie ihre gute Laune wiedergefunden.

Erleichterung erfüllte mich, als ich sah, dass Calum in den zweiten Bus stieg. Er würde mitfahren, damit war meine größte Sorge für dieses Wochenende beseitigt. Alles andere war mir erst mal egal. Na, fast alles andere. Valerie hatte sich an ihn gehängt, kaum dass er auf dem Schulhof angekommen war.

Die Fahrt dauerte über drei Stunden. Tim hatte es geschafft, sich neben mich zu setzen. Die ganze Woche war er um mich herumscharwenzelt. Langsam wurde seine permanente Anwesenheit unangenehm. Ich sollte ihm seine Grenzen aufzeigen, wusste nur nicht, wie.

Wir vertrieben uns die Zeit mit Geschichten über die Ferien und ich versuchte, Tim zu ignorieren.

Loch Ness zeigte sich uns beim Aussteigen von seiner besten Seite. Klar und blau schimmerte der See im Sonnenlicht. Es entwickelte sich eine hektische Betriebsamkeit. Ich kam kaum dazu, mich in Ruhe umzusehen und die Landschaft angemessen zu würdigen, da wuchtete Amelie mir unsere Schlafsäcke und Luftmatratzen auf den Arm.

»Komm schon, Zelt aufbauen«, rief sie mir zu und lief davon.

Selbstverständlich stand unser Zelt direkt neben dem von Aidan. Kurze Zeit später erschien Calum und die beiden begannen ihr Zelt aufzubauen.

»Amelie«, zischte ich, »du wirst es nicht wagen, heute Nacht zu Aidan ins Zelt zu schleichen.«

Unschuldig blickte sie mich an.

»Emma, was du immer gleich denkst. Obwohl, jetzt hast du mich tatsächlich auf eine Idee gebracht.« Lachend schüttelte sie den Kopf und widmete sich den Zeltstangen, während ich unsere Luftmatratzen aufblies.

»Es wäre eine gute Gelegenheit, sich mit Calum zu versöhnen«, flüsterte sie mir ins Ohr. »Eine klare Nacht, der Sternenhimmel, ihr zwei allein in einem Zelt …« Theatralisch drehte sie ihre Augen zum Himmel. Prompt liefen bei ihren Worten meine Wangen rot an, was ihr nicht verborgen blieb.

»Untersteh dich«, sagte ich wütend und biss mir auf die Lippen.

»Ich muss euch wohl auf die Sprünge helfen«, erwiderte sie nur lachend und beachtete mein wütendes Gesicht nicht weiter.

Nachdem unser Zelt stand, schlenderte sie zu Aidan hinüber. Ich schob unsere Sachen hinein, schlüpfte ins Innere und versuchte mich zu beruhigen.

Nach einer Weile rief Ethan alle zusammen. Er wollte mit uns nach Urquhart Castle laufen. Die alte Burgruine lag direkt am See. Sie war in der Vergangenheit oft zerstört und wieder aufgebaut wurden. Als wir dort ankamen, musste ich erst einmal durchatmen. Wir hatten ein ganz schönes Tempo vorgelegt. Die Lehrer waren fest entschlossen, uns müde zu machen. Es waren zweiundsiebzig Schüler mitgekommen, und wie ich Ethan kannte, wollte er heute Nacht keinen Ärger riskieren.

Die Festung war trotz ihres Verfalls für Besucher gut erschlossen. Zwar konnte man wegen der großen Zerstörung in der Vergangenheit nur Mauern besichtigen, aber wir stiegen in das alte Verlies hinab, wo uns einige der Jungs auflauerten und zu Tode erschreckten. Kreischend liefen Amelie und Jamie hinaus. Danach kletterten wir auf die Wehrplattform des Ostturms, das erschien uns sicherer. Der Ausblick auf die Wälder, Berge und den See entschädigte für den anstrengenden Fußmarsch. Als ich vom Turm hinunterblickte, konnte ich unten Calum stehen sehen. Valerie stand neben ihm. Ich biss mir auf die Lippen. Jetzt legte er einen Arm um ihre Schultern und zeigte mit der anderen Hand hinaus auf den See. Empört schnappte ich nach Luft.

Amelie folgte meinem Blick.

»Was macht Calum da? Zeigt er Valerie das Ungeheuer?« Sie kicherte.

Mir war nicht nach Lachen zu Mute.

»Du darfst es dir nicht so zu Herzen nehmen, Emma. Es hat nicht funktioniert mit euch beiden. Das passiert.«

Was sollte ich darauf erwidern? Sie hatte recht. Ich lehnte meine Stirn gegen den kalten Stein der Burg und atmete tief durch. Ich musste mich zusammenreißen und versuchen ihn zu vergessen.

»Alles in Ordnung, Emma?« erklang Calums besorgte Stimme neben mir. Er griff behutsam nach meiner Schulter, so dass ich mich zu ihm umdrehen musste. Meine Haut brannte unter seiner Berührung wie Feuer. Erschrocken sah ich ihn an und abrupt ließ er mich los. Wie war er so schnell hier hochgekommen? Ich hatte nicht bemerkt, dass Amelie nicht mehr neben mir stand. Ich blickte in seine blauen Augen. Es brauchte eine Weile, bis ich etwas sagen konnte. Valerie hinter ihm musterte mich spöttisch.

»Ja, alles in Ordnung«, stammelte ich, drängte mich an den beiden vorbei und lief die Treppe hinunter.

Nachdem wir zum Zeltplatz zurückgekehrt waren, gab es einige Mutige, oder besser Verrückte, die sich in den eiskalten See trauten. Unter dem Jubel der Zuschauer stiegen sie ins Wasser und machten einige Schwimmzüge. Lange hielt es jedoch keiner aus und schnell kletterten sie heraus und hüllten sich in ihre Handtücher. Selbst Amelie stieg, wenn auch nur bis zur Hüfte, in den See. Ich bekam schon vom Zusehen eine Gänsehaut.

Wenig später machten wir uns an die Vorbereitung des Abendessens. Es sollte gegrillt werden, was für uns alle eine organisatorische Herausforderung darstellte. Schließlich einigten wir uns darauf, dass die Jungs grillen würden und wir Mädchen das Fleisch, Brot und Grillkartoffeln vorbereiteten. Einige gingen Holz sammeln, damit wir später ein Lagerfeuer anzünden konnten.

Ich wickelte mit Jamie einen riesigen Berg Kartoffeln in Alufolie. Tim kam zu uns geschlendert und bot seine Hilfe an. Zu meinem Verdruss drückte Jamie ihm umgehend einen Sack Kartoffeln in den Arm und er setzte sich, für meinen Geschmack viel zu nah, neben mich. Nur einsilbig ging ich auf seine Versuche ein, ein Gespräch mit mir zu beginnen. Dann zündeten wir ein Feuer an. Als die Glut durchgebrannt war, schoben wir die Kartoffeln in die heiße Asche. Wehmütig erinnerte ich mich an die Wanderungen mit meiner Mutter. Ich setzte mich vor das Feuer und versuchte die Tränen zu unterdrücken, die in mir aufstiegen. Als ich mich wieder im Griff hatte, atmete ich tief durch und sah mich suchend nach Amelie um.

Calum stand an einem der Grills und sah mich an. Ich konnte den Ausdruck in seinen Augen nicht deuten, aber es war weder Wut noch Zorn. Er sah frustriert aus.

»Emma, du musst auf das Feuer achtgeben.« Tim riss mich aus unserem stummen Zwiegespräch.

Die lange Wanderung hatte mich hungrig gemacht und ich genoss es, am Lagerfeuer zu sitzen und die mehligen Kartoffeln aus der Alufolie zu pellen, um sie dann, nur mit Salz und Butter gewürzt, zu essen.

Als Nachtisch gab es Marshmallows. Peter hatte mit einigen anderen Jungs unermüdlich lange Zweige angespitzt, so dass jeder einen abbekam. Ich liebte dieses süße, warme, klebrige Zeug. Es war ungewöhnlich still, während alle damit beschäftigt waren, ihre Marshmallows genau im richtigen Augenblick aus dem Feuer zu nehmen.

Ethan nutzte die Ruhe und begann zu erzählen:

»Ich möchte natürlich nicht versäumen, euch etwas über die Legende des Sees zu erzählen.«

Die Menge stöhnte auf, doch Ethan ließ sich nicht beirren.

»Ich weiß, ich weiß. Ich bin sicher, dass die meisten von euch schon mit ihren Eltern hier waren oder zumindest die Geschichten kennen. Trotzdem kann es nicht schaden, die alten Geschichten noch einmal zu hören.« Er schwieg kurz und sah in die Runde, um sich zu vergewissern, dass alle aufmerksam lauschten.

»Die Legende von Nessie geht auf eine Begegnung mit dem Ungeheuer im Jahre 565 zurück. Damals rettete der Heilige Kolumban einem seiner Gefolgsleute, der sich auf dem See aufhielt, das Leben. Das Ungeheuer hatte einen Mann getötet und versuchte nun, einen anderen zu verschlingen. Der Heilige schlug es in die Flucht, indem er ein Kreuz in die Luft zeichnete und heilige Worte aussprach. Welche, das ist leider nicht überliefert.«

Während Ethan erzählte, wurde es still, nur das brennende Holz knisterte. Als er kurz schwieg, fingen einige der Mädchen an zu kichern. Ethan blickte sie streng an. Ich ließ meinen Blick wandern, da glühten mich von der anderen Seite Calums Augen an. Nur mit übermenschlicher Anstrengung gelang es mir, den Blick von ihm zu lösen. Danach brauchte ich einige Minuten, um Ethan wieder folgen zu können.

»Es dauerte ungefähr weitere tausend Jahre, bis erneut von einer Begegnung mit dem Seeungeheuer berichtet wurde. Offensichtlich hatte Kolumban das Monster ziemlich erschreckt.« Er lächelte. »Aber von da an gab es regelmäßig neue Berichte über merkwürdige Erscheinungen im und um den See. Das berühmteste Bild ist aus dem Jahr 1934. Angeblich ist das Ungeheuer, das einen langen Hals und einen kleinen Kopf haben soll, darauf zu sehen. Später stellte sich das Foto jedoch als Fälschung heraus. Auch ein Benediktinerpater vom Kloster Fort Augustus beobachtete 1971 ungewöhnliche Dinge. Er berichtete, dass auf dem spiegelglatten See plötzlich eine starke Bewegung auszumachen war. Dann erschien ein schwarzer Hals, etwa zwei bis drei Meter lang, gefolgt von einem Höcker. Das Tier erhob sich und tauchte wieder unter. Nach diesem Bericht kamen immer mehr Leute hier zum See. Jeder wollte der Erste sein, der ein Foto des geheimnisvollen Seeungeheuers machte. Doch bis heute ist es niemandem gelungen, die Existenz von Nessie zu beweisen.«

Ethan schwieg.

Niemand sagte etwas.

Dann wurde Ethan mit Fragen bestürmt.

»Was für ein Tier soll Nessie überhaupt sein?«, fragte ein rothaariges Mädchen, deren Name nicht wusste, das jedoch mit mir im Sportkurs war.

»Dazu gibt es verschiedene Theorien, Maria«, erläuterte Ethan. »Oft wird Nessie als eine gigantische Seeschlange beschrieben. Sie soll Ähnlichkeit mit einem längst ausgestorbenen Saurier haben. Dieser lebte vor etwa hundertachtzig bis siebzig Millionen Jahren und hatte einen langen Hals, einen kleinen Kopf und winzige Flossen. Die Beschreibung könnte also passen.«

»Wenn es Nessie wirklich gibt, wie sollte sie so lange überlebt haben?«, fragte Tim.

Ethan nickte. »Das ist die Frage. Es kann sich unmöglich um ein und dasselbe Tier handeln. Es müsste sich fortgepflanzt haben. Doch mehrere Tiere würde man deutlich öfter sehen.«

»Das ist alles großer Quatsch«, warf Bryan ein, der mit Jamie im Arm mir gegenüber saß.

»Und wieso ist das Quatsch?«, fragte Amelie interessiert.

»Warum sollte ausgerechnet im Loch Ness ein Exemplar längst ausgestorbener Tiere überlebt haben?«

»Das ist keine Antwort auf meine Frage«, erwiderte Amelie hochmütig.

»Wovon könnte sich ein so großes Tier in einem See wie Loch Ness deiner Meinung nach ernähren?«, konterte Bryan mit einer Gegenfrage.

Mich wunderte, wie ernst alle das Thema nahmen. Das konnte doch nur ein Märchen sein. Obwohl, das hatte ich über andere Dinge auch gedacht. Was noch alles wahr war?

»Bryan hat recht mit seiner Skepsis«, mischte sich Ethan ein. »Der See bietet keine Voraussetzungen für das Überleben so großer Reptilien. Wegen der Tiefe des Sees ist es allerdings nicht möglich, diesen bis auf den Grund zu erforschen, deshalb bleibt immer ein Rest der Fantasie überlassen.«

»Also mein Vater meint, dass ungewöhnliche Fische wie der Stör für diese Verwechslungen sorgen oder einfach auf dem Wasser treibende Holzstücke«, mischte sich Jamie in das Gespräch ein.

Amelie stieß hörbar verächtlich den Atem aus.

Immer heftiger wurde das Für und Wider diskutiert, ob das Seeungeheuer Mythos oder Wahrheit war. Es bildeten sich zwei Parteien, die untereinander ihre Standpunkte diskutierten.

»Hat schon mal jemand von den Shellycoats gehört«, fragte Maria plötzlich.

Mein Kopf ruckte zu ihr herum. Ich sah, dass einige mit den Köpfen nickten. Die meisten sahen sie jedoch verständnislos an.

»Erzähl uns davon, Maria«, fordert Amelie.

Ich sah zu Ethan. Seine Lippen waren fest aufeinander gepresst.

»Meine Großmutter hat mir früher immer Geschichten von Ihnen erzählt«, fuhr sie fort. »Angeblich ist eine unserer Vorfahrinnen so einem Wesen verfallen und wahnsinnig geworden.«

»Was sollen das für Wesen sein«, fragte Jamie neugierig.

»Wassermänner«, fiel Ethan ihr ins Wort. »Es sind angeblich wunderschöne unwiderstehliche Wassermänner, die Jungfrauen ins Meer locken und dort ertrinken lassen«, fuhr er fort. »Oder sie lassen die Frauen liebeskrank zurück. Eine Frau, die einmal einen Shellycoat geliebt hat, kann sie nie wieder in einen Menschen verlieben. Sie stirbt an gebrochenem Herzen. So lautet die Legende.«

»Maria hätte das bestimmt romantischer verpackt«, schmollte Amelie. »Wunderschön und unwiderstehlich – hört sich gut an.«

In dem Augenblick hörten wir plötzlich ein lautes Geräusch. Es kam vom See. Es klang, als ob etwas Großes aufs Wasser aufschlug oder eintauchte.

Ein paar Mädchen kreischten auf vor Schreck. Die Jungs sprangen auf und liefen zum See.

Ich bemerkte das alles nur am Rande. Meine Augen suchten Calum. Auch er war aufgesprungen, doch nicht zum See gelaufen. Er sah erschrocken aus, wie erstarrt. Dann drehte er sich um und ging zu seinem Zelt.

Aidan und einige andere Jungs holten ihre Gitarren aus den Zelten und begannen zu spielen. Calum ließ sich nicht mehr blicken. Wehmütig beobachtete ich, wie die Paare sich zusammenkuschelten und der Musik lauschten.

Das Knistern des Feuers, das leise Gemurmel und die Musik schläferten mich ein. Ich sah ins Feuer und langsam fielen mir die Augen zu.

Mit wackligen Beinen stand ich auf und ging zu unserem Zelt. Ich schaffte es noch, in den Schlafsack zu schlüpfen, da schlief ich auch schon.

Mitten in der Nacht wachte ich auf. Ich rieb mir die Augen. Hatte ich einen Schrei gehört oder hatte ich geträumt? Es war stockfinster im Zelt. Ich tastete nach meinem Handy und hatte Mühe, es in der Dunkelheit zu finden. Als ich es anknipste, sah ich, dass Amelie nicht neben mir lag. Ich stöhnte und konnte mir denken, wo sie war. Aber wo war dann Calum? Das wiederum wollte ich mir lieber nicht vorstellen.

Ich versuchte wieder einzuschlafen und wälzte mich auf meiner Luftmatratze hin und her. Doch der Schlaf kam nicht wieder. Also schälte ich mich aus meinem Schlafsack und zog den Reißverschluss des Zeltes auf. Leise kroch ich hinaus. Das Feuer glühte noch ein bisschen, so dass ich einigermaßen sehen konnte. Ich richtete mich auf und sah mich um. Dann lief ich auf das Feuer zu. Wie aus dem Nichts stand Calum vor mir.

Ich erschrak so sehr, dass ich nach Luft schnappte und einige Schritte zurücktaumelte. Ein besorgter Ausdruck huschte über seine Züge. Im Nu hatte er sich wieder im Griff und funkelte mich böse an.

»Emma, was tust du um diese Zeit hier draußen? Geh wieder ins Zelt«, befahl er in einem Ton, der keinen Widerspruch duldete.

»Du hast mir gar nichts zu sagen«, entgegnete ich aufgebracht. Was bildete er sich ein? Er trat ein paar Schritte an mich heran, so dass nur wenige Zentimeter uns trennten. In seinem Zorn erschien er mir schöner als sonst. Mein Herz fing wie wild an zu pochen.

»Du wirst tun, was ich sage. Ich werde auf keinen Fall dulden, dass du heute Nacht durch das Lager schleichst. Wo wolltest du eigentlich hin?« Seine Augen verengten sich zu schmalen Schlitzen.

Doch so einfach wollte ich es ihm nicht machen. Wo kam er wohl her?

»Calum, ich kann tun und lassen, was ich möchte. Ich kann nicht schlafen und wollte ein Stückchen laufen.«

»Du wolltest zu Tim?!« Seine Stimme klang anklagend.

Empört sah ich ihn an. Eine zornige Erwiderung lag mir auf den Lippen. Wie kam er auf so einen verrückten Gedanken?

Unwillig schüttelte ich den Kopf, doch ein Blick in seine Augen hielt mich davon ab, allzu unhöflich zu werden.

»Du wirst auf der Stelle zurück in dein Zelt gehen. Wenn du es nicht freiwillig tust, werde ich dich zur Not da drinnen anbinden. Und du kannst mir glauben, Em, das ist keine leere Drohung.«

Seine Worte klangen mit einem Mal gar nicht mehr wütend, die Farbe seiner Augen wechselte innerhalb von Sekunden von Eisblau zu einem warmen Himmelblau. Mein Widerstand schmolz unter diesem Blick dahin.

Ich drehte mich um, um zurück in mein Zelt zu kriechen, doch einen Rest von Würde wollte ich mir auf jeden Fall bewahren. So stolzierte ich mit hoch erhobenem Kopf zurück und stolperte prompt über den erstbesten Hering, der im Boden steckte. Bevor ich der Länge nach hinschlug, war Calum neben mir und fing mich auf. Er hielt mich fest, zu fest. Mein Herz schlug Purzelbäume und ich war sicher, dass er die viel zu lauten Schläge spüren konnte. Im selben Augenblick ließ er mich wieder los. Benommen kroch ich in mein Zelt und vergrub mein Gesicht in meinem Schlafsack. Würde das nie aufhören? Am liebsten wäre ich wieder rausgelaufen und hätte mich in seine Arme geworfen. Wahrscheinlich hätte er mich für völlig übergeschnappt gehalten.

Bevor ich wieder einschlief, kam mir ein völlig absurder Gedanke. Wie war er darauf gekommen, dass ich mitten in der Nacht zu Tim wollte? Und sein Blick, als er mir das vorwarf. Konnte es sein, dass er eifersüchtig war? Die Schmetterlinge in meinem Bauch flatterten kurz auf. Es war unsinnig, ich sollte das sofort wieder vergessen.

Als ich das nächste Mal aufwachte, schien die Sonne durch die Zeltbahnen. Amelie schlief neben mir wie ein Murmeltier. Ich hatte nicht gehört, dass sie zurückgekommen war. Ich kämmte mein Haar und zog mich um. Dann kroch ich hinaus. Ich war nicht der erste Frühaufsteher. Einige Verrückte rannten in Badehose oder Bikini durchs Lager. Sie konnten nicht ernsthaft vorhaben, jetzt in den See zu springen. Die Sonne schien zwar schon, wärmte aber nicht ansatzweise. Mir war es schon im T-Shirt zu kalt. Ich erwog, meinen Pullover aus dem Zelt zu holen, wollte Amelie aber nicht wecken. Da sah ich Calum, der nicht weit entfernt stand und mich musterte. Hatte er die ganze Nacht draußen verbracht?

Kopfschüttelnd ging ich zu den Waschräumen, um mir die Zähne zu putzen und das Gesicht zu waschen.

Plötzlich hörte ich Schreie. Sie gellten über den Zeltplatz und das Blut gefror mir in den Adern. Ich drehte mich herum und rannte zum Seeufer, von wo die Schreie kamen. Wie am Rande nahm ich wahr, dass verschlafene Köpfe aus den Zelten gesteckt wurden. Ethan lief an mir vorbei und zog sich im Laufen ein T-Shirt über. Kurz bevor ich das Seeufer erreichte, fing Calum mich ab. Er hielt mich fest, so dass ich nicht weiterlaufen konnte.

»Geh nicht dorthin, Emma. Bitte. Hör dieses eine Mal auf mich. Es ist kein schöner Anblick. Glaub mir.«

Ganz außer Atem verharrte ich in seinen Armen. Da sah ich Bryan, der eine völlig aufgelöste und weinende Jamie vom See wegführte. Andere Mädchen, die eben lachend in ihren Bikinis zum Ufer gelaufen waren, kamen verstört zurück und stützten sich gegenseitig. Einige Lehrer hatten sich am Seeufer postiert und ließen niemanden vorbei.

»Calum, was ist passiert?« In seinen Armen war es wunderbar warm und er ließ mich nicht los. Er sah mich an, als überlegte er, was er mir sagen sollte.

»Es ist jemand letzte Nacht ertrunken«, sagte er mit rauer Stimme.

»Wer?«, fragte ich tonlos.

»Maria«, antwortete er und sah mich nicht an.

Das rothaarige Mädchen aus dem Sportkurs, das letzte Nacht neben mir am Feuer gesessen hatte? Ich schnappte nach Luft, meine Beine wurden zu Watte.

Calum zog mich fester an sich. Ich versuchte, einen klaren Gedanken zu formulieren. Was mir, so nah bei ihm, jedoch nicht recht gelingen wollte.

»Ertrunken?«, fragte ich nach einer Weile mit belegter Stimme. »Du glaubst doch selbst nicht, dass sie letzte Nacht in diesem eiskalten See schwimmen wollte.«

Beschwörend sah er mich an.

»Wolltest du deshalb nicht, dass ich letzte Nacht draußen herumlaufe?«, flüsterte ich.

»Geht es wieder?«, fragte er bloß, ohne auf meine Fragen einzugehen. Als ich langsam nickte, ließ er mich so abrupt los, dass ich fast gefallen wäre, drehte sich um und ging fort. Ohne seine Wärme wurde mir eiskalt. Ich begann zu zittern.

Vorsichtig ging ich zum Zelt zurück. Amelie hatte von dem Tumult nichts mitbekommen und schlief noch fest. Ich zog meinen Pullover an und rüttelte sanft an ihrer Schulter.

»Amelie, du musst aufwachen.« Es dauerte einige Zeit, bis ich sie wach bekam, so wach, um ihr zu erzählen, was passiert war. Mit weit aufgerissenen Augen starrte sie mich an. Erst wollte sie mir nicht glauben und schüttelte immer wieder den Kopf. Doch als Aidan mit bleichem Gesicht ins Zelt kroch, vergrub sie ihr Gesicht an seiner Brust und begann zu weinen.

Ich ging hinaus, um die beiden allein zu lassen. Ein Fehler, wie sich herausstellte.

Direkt neben mir liefen zwei weißgekleidete Männer mit einer Trage vorbei. Das Tuch, das den Körper bedeckte, der auf der Trage lag, verrutschte. Marias grüne Augen starrten mich angsterfüllt an. Ich biss auf meine Hand, um einen Schrei zu unterdrücken. Die Männer sahen mich besorgt an und zogen schnell wieder das Tuch über Marias Gesicht. Aber nicht schnell genug, den Ausdruck in ihren Augen würde ich nie vergessen können.

Es dauerte eine Weile, bis die Untersuchung abgeschlossen war und wir abreisen durften. Man nahm an, dass Maria in den See gefallen und dabei ertrunken war. Es fand sich keine andere Erklärung, weshalb Maria am Ufer des Sees gefunden wurde. Mir fiel zwar eine Erklärung ein, aber ich hütete mich, diese anzubringen. Sooft ich an diesem Tag Calums Blick suchte, musste ich feststellen, dass er mich ignorierte.

In bedrückter Stimmung fuhren wir heim. Ethan brachte uns zu Bree nach Hause und fuhr dann zu Marias Eltern. Ich beneidete ihn nicht um diesen Gang.

13. Kapitel

Ich saß an meinem Tisch und starrte vor mich hin. Die Stimme von Dr. Byrd nahm ich kaum wahr. Seine Worte rauschten an mir vorbei.

Die Wochen nach unserem Ausflug zum Loch Ness waren grausam gewesen. Calum sah mich nicht einmal mehr an. Es war, als wäre ich Luft für ihn.

Ich wollte eine Erklärung dafür, was mit Maria passiert war. Es mussten Shellycoats gewesen sein. Weshalb hatte er das nicht verhindert? Hatte er schon einmal ein Mädchen ins Wasser gelockt und ertrinken lassen? Was wusste ich schon von ihm? Wie gefährlich war er? Wie gefährlich hätte er mir werden können?

In der Schule war für Maria eine Gedenkfeier organisiert worden. Wir waren alle dorthin gegangen. Ich wollte nicht, aber Ethan hatte darauf bestanden. Er machte sich große Vorwürfe, nicht genug aufgepasst zu haben, aber er sprach nicht darüber. Jedenfalls nicht mit uns. Marias Eltern und ihre Geschwister dort zu sehen, brach mir fast das Herz. Es erinnerte mich an den Tod meiner Mutter. Obwohl ich Maria nicht gut gekannt hatte, weinte ich wie alle meine Freundinnen. Aber ich weinte um meine Mutter, um Calum, um mich.

Es dauerte, bis wieder Normalität in der Schule und zu Hause einzog. Die Zeit und der gewohnte Alltag sorgten dafür, dass der Vorfall seinen Schrecken für uns verlor.

Tim hatte aufgegeben und hing mir nicht mehr ständig am Rockzipfel. Amelie bestürmte mich regelmäßig mit dem Vorschlag, mich mit diesem oder jenem Jungen zu verabreden. Aber ich wollte davon nichts hören, mein Bedarf war vorerst gedeckt.

Mittlerweile wurde es draußen Herbst, die Tage wurden kälter und nebeliger. Den anderen machte dieses feuchte Wetter nicht so viel aus wie mir. Doch es war nicht nur die Kälte draußen, die mir zu schaffen machte. Die echte Kälte war in meinem Inneren und diese ließ sich nicht mit einem warmen Kaminfeuer vertreiben.

Das Feuer im Haus brannte den ganzen Tag und es gab nichts Schöneres für mich, als mich in einen Sessel zu kuscheln und in die Flammen zu starren. Dieses untätige Herumsitzen hatte allerdings den Nachteil, dass meine Gedanken ständig um Calum kreisten.

Die Sehnsucht nach ihm wurde von Tag zu Tag schlimmer. Mittlerweile war ich sicher, dass er mir nie etwas angetan hätte. Hätte er sonst in dieser Nacht am See vor meinem Zelt gesessen, um mich zu beschützen? Doch was konnte ich tun? Meine Ablehnung war überdeutlich gewesen. Ich hatte auf sein Geständnis, was er wirklich war, genauso reagiert, wie er befürchtet hatte. Ich hatte ihn weggestoßen.

Ich musste versuchen mich abzulenken, um die Tage ohne ihn zu überstehen. Ich begann wieder mit Peter zu zeichnen und hockte trotz der beißenden Kälte stundenlang dick eingemummelt mit ihm auf den Klippen, um das tosende Meer auf mein weißes Papier zu bannen, und je deprimierter ich wurde, umso besser wurden meine Bilder. Abends kochte ich mit Bree zusammen oder spielte mit Hannah und Amber Karten. Am Wochenende schleppte Amelie mich regelmäßig mit in den Pub, um mich auf andere Gedanken zu bringen. Calum kam nie.

Das Training mit dem Schwimmteam war jedes Mal eine Folter für mich. Ich wagte es nicht, ihn anzusehen, und er ignorierte mich. Wie leicht es ihm fiel, dachte ich, wenn ich ihn plaudernd mit Valerie oder einem anderen Mädchen des Teams am Beckenrand stehen sah.

Wir hatten mittlerweile zwei Wettkämpfe absolviert. Calum und ich hatten beide gewonnen. Aber das Schwimmen hatte seinen Reiz für mich verloren, so dass ich mich nicht darüber freuen konnte. Allerdings wollte ich das Team nicht verlassen, aus Angst, ihn noch weniger zu sehen.

Wenn ich ihm zufällig in der Schule begegnete, war nur Eiseskälte in seinem Blick.

Ich beobachtete ihn, wenn er es nicht bemerkte. Er hatte sich verändert. Seine Augen hatten nicht mehr die Farbe eines warmen Sees, sondern die von kaltem blauen Eis. Auch wurde er immer blasser, was sicher daran lag, dass es unablässig regnete.

Sollte ich versuchen, noch einmal mit ihm zu reden? Ich traute mich nicht. Sein Blick verursachte mir Unbehagen, so distanziert und fremd war er.

»Emma, ist alles in Ordnung mit dir?« Die Worte von Dr. Byrd drangen nur langsam in mein Bewusstsein. Ich war mit meinen Gedanken ganz woanders gewesen.

»Du bist blass. Ist dir nicht gut?«

»Doch, doch«, stammelte ich verlegen und sah, dass alle mich neugierig anstarrten.

»Gut, dann kannst du uns sicherlich sagen, wann Schottland und England den Act of Union schlossen?« Auffordernd sah er mich an.

Krampfhaft versuchte ich mich an die Jahreszahl zu erinnern, doch mein Kopf war vollständig leer.

»1707«, flüsterte Bryan mir zu.

»Danke, Bryan«, sagte Dr. Byrd und wandte sich ab. Leises Kichern klang durch die Reihen.

Ich versank wieder in meinen Gedanken. Ethan hatte das Calum-Thema nicht wieder angeschnitten und war zur Tagesordnung übergegangen. Amelie hatte einige Male versucht, mich auszuquetschen, aber da ich nicht sehr mitteilsam gewesen war, vermied sie das Thema nun. Alle versuchten so zu tun, als wäre nie etwas gewesen. Nur mir tat die Erinnerung so weh, dass ich nachts nur schlecht einschlief. Außerdem hatte ich seit den Geschehnissen am Loch Ness Albträume. Es war immer der gleiche. Ich kannte ihn schon. In der Nacht, in der meine Mutter gestorben war, hatte ich ihn zum ersten Mal geträumt.

Ich schwamm in einem dunklen See und silbern schimmernde Hände griffen nach mir. Algen wickelten sich um meine Beine. Ich wurde unter Wasser gezogen und bekam keine Luft mehr. Ich hielt den Atem an, so gut ich konnte. In dem Augenblick, in dem ich merkte, dass ich das Bewusstsein verlieren würde, wachte ich regelmäßig auf.

Es war eine Warnung. Marias Tod sollte Bestätigung genug sein. Ich war sicher, dass ein Shellycoat dafür verantwortlich war. Es war richtig, Calum zu fürchten, aber es gelang mir von Tag zu Tag weniger.

Das Schulklingeln riss mich endgültig aus meinen Gedanken.

»Sport«, rief Jamie mir zu. »Komm, wir müssen uns beeilen.« Sie gab Bryan einen Kuss und lief los. Ich stöhnte und verdrehte die Augen. So viel fremdes Glück war schwer zu ertragen. Bryan lächelte mich schief an.

Langsam trottete ich zu meinem Spind, um meine Sportsachen einzuschließen. Ich war fix und fertig. Trotz meiner Bemühungen hatte Amelie mich zweimal beim Badminton geschlagen.

Schon von weitem hörte ich Valeries zickige Stimme durch den Schulflur hallen.

»Sie will nichts mehr von dir wissen. Aber ich sehe, wie du sie anstarrst.«

Ich war so mit mir beschäftigt, dass ich nicht mitbekam, über wen sie sprach, geschweige denn mit wem. Da war ich schon um die Ecke.

Calum stand da und schaute in seinen Spind, während er ihr antwortete: »Red dir doch nichts ein, Valerie. Das war nichts Ernstes zwischen Emma und mir, ich hab ihr ein paar Gitarrenstunden gegeben. Sonst nichts. Außerdem geht es dich nichts an, wen ich anschaue.« Er schwieg und setzte nach einer kurzen Pause hinzu: »Sie interessiert mich nicht, hat mich nie interessiert. Ich war nur nett zu ihr.«

Ich blieb wie angewurzelt stehen und starrte ihn an. Meine Bücher entglitten mir und fielen auf den Boden. Ich drehte mich um und lief weg.

»Emma, Em«, hörte ich seine Stimme hinter mir.

Ich lief zum Wagen. Wo zum Teufel steckte Amelie, sie hatte die Schlüssel.

Da war er bei mir, drehte mich zu sich herum, zog mich an seine Brust und vergrub sein Gesicht in meinem Haar. Er stammelte atemlos, aber eindringlich: »Du darfst kein Wort glauben, du weißt, dass es nicht wahr ist. Du musst es wissen.«

Ich erstarrte. Ihn so nah bei mir zu fühlen, verwirrte mich. Tausend kleine Schauer durchströmten meinen Körper. Sein vertrauter Duft raubte mir den Atem. Ich wich einen Schritt zurück und drückte mich gegen den Wagen. Offensichtlich überrascht über seine unbedachte Reaktion ließ er mich langsam los. Amelie kam auf uns zugelaufen, mit meinen Büchern im Arm.

»Was ist los?« Sie schaute von mir zu Calum.

»Lass uns fahren«, sagte ich hastig und hielt meinen Blick gesenkt. Auf keinen Fall durfte ich ihn jetzt anschauen. Weshalb hatte ich so überreagiert? Er hatte recht, da war nie etwas Ernstes zwischen uns gewesen. Ich versuchte mich zu beruhigen und kletterte auf die Beifahrerseite. Amelie fuhr los und im Rückspiegel sah ich Valerie mit wütendem Blick an der Schultür stehen. Calum stand mit zusammengeballten Händen und finsterem Blick auf dem Parkplatz und rührte sich nicht.

Meine Hände zitterten noch, als wir zu Hause ankamen. Amelie hatte die ganze Zeit keinen Ton gesagt.

»Geht's?«, fragte sie, nachdem sie eingeparkt hatte. Ich nickte. Sie legte tröstend ihre Hand auf meine.

Ohne in die Küche zu gehen und Hallo zu sagen, lief ich in mein Zimmer. Ich musste allein sein.

Ich lag auf meinem Bett und starrte an die Decke. Amelie klopfte draußen an die Tür.

»Emma, mach schon auf.«

»Komm rein«, rief ich. »Es ist offen.«

»Valerie ist so fies«, sprudelte sie los und setzte sich im Schneidersitz zu mir aufs Bett. »Aidan hat mich angerufen. Er hat alles mit angehört. Ich sag dir, sie will ihn bloß für sich haben. Es wurmt sie, dass er sich nichts aus ihr macht. Das hat er nie, wenn du mich fragst. Nur dich schien er zu mögen.«

Prüfend sah sie mich an.

Ich lächelte verzerrt.

»Dass er dir hinterhergelaufen ist, sagt doch alles. Das wird Valerie wütend gemacht haben.«

Ich zuckte mit den Schultern.

»Was ist los mit euch? Ich hätte schwören können, dass ihr euch ineinander verliebt hattet. Du musst mir sagen, weshalb Dad verboten hat, dass ihr euch trefft. Ich verstehe das nicht. Er ist sonst nicht so … so altmodisch.«

Ich dachte an Calums verzweifelte Umarmung und mir lief ein Schauer über den Rücken. Was hatte ich dabei empfunden? Angst war es nicht gewesen, obwohl es vielleicht das Vernünftigste gewesen wäre.

»Amelie, das ist kompliziert. Ich kann dir das nicht erklären. Aber Ethan hatte recht. Das mit Calum und mir hätte nicht funktioniert. Es war besser, es zu beenden.«

Ungläubig starrte sie mich an. »Was redest du da? Ihr hättet super zusammengepasst, und seien wir mal ehrlich, Calum ist der Traum jeder Schwiegermutter, gut aussehend, intelligent, einfühlsam. Soll ich weitermachen?«

»Nein, bloß nicht«, ich musste gegen meinen Willen lachen.

»Lass uns in der Küche etwas Essbares suchen, ich hab Hunger«, versuchte ich sie abzulenken.

Am nächsten Morgen gab es für mich nur einen Gedanken. Es war unmöglich, heute zur Schule zu gehen und Calum über den Weg zu laufen. Ich konnte ihm nicht in die Augen sehen. Das war undenkbar.

Zum Glück waren Ethan und Bree entgegen ihrer Gewohnheit heute schon früher losgefahren.

»Amelie, ich habe totale Kopfschmerzen«, sagte ich, während wir unser Müsli aßen. »Ich kann heute nicht mitkommen. Wärst du so lieb und entschuldigst mich?«

Ich sah ihr an, dass sie nicht überzeugt war, aber dann nickte sie und fuhr allein los.

Ich legte mich ins Bett, konnte jedoch nicht wieder einschlafen.

Ich holte mir mein Buch vom Schreibtisch und begann zu lesen. Sophie hatte mir vor einer Weile den Sommernachtstraum gegeben. Bisher war ich nicht dazu gekommen, ihn zu lesen. Nun musste ich direkt am Beginn dieser Lektüre feststellen, dass es auch hier um die unerfüllbare Liebe ging. Ich hatte gehofft, dass das schmale Bändchen mich unterhalten und ablenken würde. Nach den ersten Zeilen wurde ich eines Besseren belehrt.

»Entwandest meiner Tochter Herz mit List, verkehrtest ihren kindlichen Gehorsam in eigensinngen Trotz.«

Ich zögerte. Ob ich weiterlesen sollte? Wieder eine Geschichte um eine verbotene Liebe und dann waren auch noch Elfen darin verwickelt. Ich sollte das Buch in die Ecke schmeißen. Trotzdem las ich weiter. Würde Hermia ihren Lysander bekommen, trotz des Verbots des Vaters? Ein Happy End würde mich vielleicht aufmuntern.

»Drum lass Geduld uns durch die Prüfung lernen,
Weil Leid der Liebe so geeignet ist
Wie Träume, Seufzer, stille Wünsche, Tränen,
Der armen kranken Leidenschaft Gefolge.«

Gehörten Liebe und Leid denn unweigerlich zusammen? Okay, vielleicht in Büchern.

Hermia jedenfalls stellte sich tapfer dieser Prüfung, aber ich feiges Huhn hatte mich gar nicht darauf eingelassen, sondern war sofort weggerannt. Ich konnte das nicht weiterlesen. Jedenfalls jetzt nicht.

Ich dachte an Calums Umarmung. Warum war er mir hinterhergelaufen, hatte sich entschuldigt? Er musste mich hassen, nachdem ich ihn so behandelt hatte. Seufzend stand ich auf und zog mich an. Arme kranke Leidenschaft, das traf es genau.

Ich beschloss, einen Spaziergang zu machen. Zum Glück regnete es nicht. Im Gegenteil, einige Sonnenstrahlen hatten es geschafft, sich durch die Wolkendecke zu kämpfen. Trotzdem beschloss ich, eine dicke Jacke anzuziehen.

Aus der Küche holte ich mir einen Apfel und trank ein Glas Milch. Mein Appetit war mir in den letzten Wochen abhanden gekommen, sehr zur Sorge von Bree, die täglich versuchte, mich mit neuen Köstlichkeiten zu verführen.

Ich stand schon draußen, da lief ich noch mal zurück in mein Zimmer und steckte das von mir so stiefmütterlich behandelte Buch in meine Jacke. Was konnte Shakespeare schon für meine Dummheit? Vielleicht fand sich ein trockenes Plätzchen zum Lesen.

Dann lief ich los. Ich lief und lief, bis ich bemerkte, dass ich am Waldrand stand. Ich war nie allein hier gewesen. Immer nur mit Calum. Langsamer folgte ich dem Pfad. Die Anspannung fiel von mir ab. Das Sonnenlicht lugte durch das dichte Blätterdach und zauberte Lichtpunkte auf den moosbedeckten Boden. Es war wunderschön und ganz still. Es dauerte nicht lange und ich stand auf unserer Lichtung. Ich setzte mich ins Gras und lehnte mich mit dem Rücken an einen Stein. Die Bäume ringsum hatten sich kunterbunt gefärbt, der See war bedeckt mit gelben und roten Blättern. Die Sonne schien mir direkt ins Gesicht und streichelte meine Haut. Das Gras an dieser Stelle war trocken und warm.

Ich zog den Apfel und mein Buch aus der Tasche und vertiefte mich wieder in den Text. Ich litt mit Hermia und bewunderte ihren Mut, mit Lysander zu fliehen. Ich verabscheute Demetrius, der Helena so schlecht behandelte. Wie konnte sie sich das gefallen lassen? Weshalb warf sie sich ihm so an den Hals?

Seufzend schloss ich die Augen und hielt mein Gesicht in die Sonne.

Ich musste eingeschlafen sein. Als ich wach wurde, war die Sonne weitergewandert und mir war kalt. Es war besser, wenn ich zurückging. Ich stand auf, steckte das Buch ein und warf einen wehmütigen Blick auf den See. Ich war glücklich hier gewesen.

Als ich mich zum Gehen wandte, bewegte sich etwas zwischen den Bäumen. Ich erschrak. Dann erkannte ich, wer dort stand.

Es war Calum. Langsam, fast vorsichtig kam er auf mich zu.

Überrascht sah ich ihm entgegen.

»Was … was tust du hier?«

»Das sollte ich wohl eher dich fragen. Bist du verrückt, allein in den Wald zu gehen?«, erwiderte er.

»Ich wüsste nicht, was dich das angeht«, entgegnete ich, entschlossen, seinen unfreundlichen Tonfall zu ignorieren.

In seinem Gesicht spiegelten sich die unterschiedlichsten Gefühle. Am liebsten hätte ich die Hand nach ihm ausgestreckt und seine Wange berührt.

»Ich hab mich gefragt, wo du bist. Ich wollte mit dir reden, wegen gestern.« Er sprach jetzt versöhnlicher und schaute mich dabei an.

»Zerbrich dir nicht den Kopf«, murmelte ich. »Du hattest ja recht, zwischen uns war schließlich nie etwas Ernstes. Es war albern von mir, wegzulaufen«, fügte ich hinzu, doch es war, als hätte er meine Worte nicht gehört.

»Für mich war es ernst«, sagte er. »Es macht mich krank, wenn ich dich nicht wenigstens sehe.«

Ungläubig sah ich ihn an.

»Wieso sagst du das?«, fragte ich und konnte nicht verhindern, dass meine Stimme versagte.

»Du weißt gar nicht, was ich für dich empfinde, Emma«, stellte er einfach fest.

Verwirrt schüttelte ich den Kopf. Das musste einer meiner zu realistischen Träume sein.

Er machte einen Schritt auf mich zu und zog mich an sich. Seine sanfte Stimme flüsterte kaum vernehmbar und doch überdeutlich in mein Ohr:

»Ich halte das nicht länger aus. Ich sehne mich nach dir. Jeden Tag, jede Stunde. Es ist furchtbar schwer, mich von dir fernzuhalten. Ich hab es versucht, aber ich habe einfach keine Kraft mehr dazu. Ich würde dir nie etwas antun. Ich würde eher selbst sterben, als dir wehzutun oder zuzulassen, dass dir jemand wehtut.«

Ich lehnte meine Stirn an seine Brust und schluckte.

»Du brauchst keine Angst vor mir zu haben.« Seine Stimme klang resigniert.

Ich schüttelte den Kopf.

»Es tut mir leid, dass ich mich so dumm angestellt habe«, presste ich hervor. »Ich hab dich schrecklich vermisst, aber ich wusste nicht, was ich tun sollte. Ich habe mich nicht getraut, noch einmal zu dir zu gehen. Ich hatte Angst, dass du mich nicht mehr willst. Du warst so abweisend.«

Als Antwort zog er mich fester an seine Brust und schwieg und ich schlang meine Arme um ihn.

»Ich wollte nicht so reagieren«, versuchte ich weiter zu erklären. »Ja, ich fürchtete mich. Ich kannte all diese Geschichten von meiner Mutter. Schon als Kind hatte ich Angst vor den Shellycoats, obwohl es für mich nur Märchen waren. Nie im Traum hätte ich gedacht, dass es euch wirklich gibt. Die ganzen Wochen hab ich mich nach dir gesehnt. Ich wusste nicht, was ich tun sollte, ob du mir verzeihen könntest«, sprudelte es aus mir heraus.

Calum schwieg und strich vorsichtig mit seinen Lippen an meiner Schläfe entlang.

»Verzeihst du mir?«, zögernd kamen diese Worte über meine Lippen.

Er legte mir seine Finger unter das Kinn, so dass ich ihn ansehen musste. Diese Augen, diese unverschämt blauen Augen, in die ich mich vom ersten Moment an verliebt hatte. Er strich mit einem Finger über meine Lippen. Ich schloss die Augen. Sanft glitten seine Lippen über meine Lider, meine Wangen. Ich vergaß zu atmen und endlich küsste er mich. Meine Lippen öffneten sich und leidenschaftlich erwiderte ich seinen Kuss. Meine ganze Sehnsucht lag darin.

»Das sollte ein vorsichtiger, zärtlicher erster Kuss werden.« Amüsiert lächelte Calum mich an.

Ich merkte, wie ich rot wurde und lehnte meinen Kopf an seine Brust.

»Ich habe zu lange darauf warten müssen.«

Wieder küsste er mich, bis mir schwindelig wurde. Atemlos löste ich mich aus seiner Umarmung und wich einen Schritt zurück. Sofort ließ er mich los.

»Emma, ich möchte nichts tun, das du nicht auch willst.«

Ich ergriff seine Arme und schmiegte mich wieder an ihn.

»Achte einfach nicht auf mich.«

Er lachte leise. Als seine Lippen diesmal meine berührten, geschah es ganz sanft und zart, fast nur ein Streicheln.

»Besser?«, flüsterte er.

»Nicht wirklich«, gab ich ebenso leise zurück und schlang meine Arme um seinen Hals.

»Hmmm«, murmelte er, schüttelte leicht den Kopf und ich hörte sein geliebtes leises Lachen. Ich wünschte, er würde mich nie mehr loslassen.

Irgendwann löste er sich von mir, setzte sich ins Gras und zog mich auf seinen Schoß.

»Es war so viel klüger von dir, dich von mir fernzuhalten«, sagte er in unser Schweigen.

»Ich fürchte, dafür ist es jetzt endgültig zu spät. Oder könntest du es?«

»Es hat mir das Herz gebrochen.«

»Dafür hast du dich ja mit Valerie getröstet«, entschlüpfte es mir und ich wurde gleichzeitig knallrot.

»Dummchen. Das war kein Trost, das war Ablenkung.«

»Hat es funktioniert?«

»Kein bisschen.«

»Wie soll es weitergehen?«, fragte ich ihn zwischen seinen Küssen.

»Ich weiß es nicht.«

»Gibt es denn keine Möglichkeit? Es muss einen Ausweg geben, damit wir zusammenbleiben können. Ich will dich nicht verlieren, das würde ich nicht noch einmal aushalten«, sagte ich.

Dieses Gefühlschaos war zu viel für mich. Tränen liefen über meine Wangen. Calum hielt mich ganz fest. Ich weiß nicht, wie lange wir so dasaßen. Zeit hatte keine Bedeutung. Er war bei mir, nichts war wichtiger. Er strich über mein Haar und küsste meine Tränen fort.

»Ich liebe dich!«, raunte er mir ins Ohr. »So gern würde ich für immer bei dir bleiben.«

Ich schluckte und wusste nichts zu erwidern.

»Woran denkst du?«, fragte er, während seine Finger sanft über meine Lippen strichen und meine Kehle hinunterwanderten.

»Ich werde dich erlösen«, versprach ich, »wie im Märchen.«

Als Kind hatte ich Märchen geliebt. Die Prinzessin musste meistens einfach über sieben Berge und durch sieben Meere wandern, um ihren Prinzen zu erlösen - und peng … wenn sie nicht gestorben sind … Das konnte heutzutage nicht so schwer sein.

»Das hier ist kein Märchen, Emma«, erwiderte er und es klang bedauernd. »Und es ist in Ordnung, wenn du Angst hast vor dem, was ich bin. Unsere Welt unterscheidet sich so sehr von der euren. Du hast gesehen, was mit Maria geschehen ist. Sie hat eine Grenze überschritten und wurde bestraft. Dabei war sie völlig ahnungslos.«

Bedauern klang in seiner Stimme mit.

Ich dachte an den schrecklichen Ausdruck in Marias Augen. Das war blanke Angst gewesen.

»Hast du deshalb vor meinem Zelt gestanden? Weil du wusstest, dass es gefährlich war, in dieser Nacht draußen zu sein?«

Er nickte. »Du hast es gehört. Das Geräusch. Dort draußen schwammen Wassermänner. Im Loch Ness befindet sich unsere heilige Quelle. Unsere Göttin schuf das Geschlecht der Shellycoats aus dem Wasser jener Quelle. Um euch Menschen vom See fernzuhalten, erfanden wir vor Jahrhunderten die Legende von Nessie. Regelmäßig sorgten wir dafür, dass jemand das Ungeheuer sah. Wir hörten auf, als wir merkten, dass die Erscheinung die Menschen eher anzieht als abschreckt. Es ist unentschuldbar, dass ein Mensch sich nachts der Quelle nähert. Maria hat das getan und wurde bestraft, obwohl sie nicht einmal wusste, was sie tat. Sie wurde mit Absicht zu der Stelle gelockt und ich glaube zu wissen, von wem.« Er schlug mit der Hand ins Gras. »Ich hätte es verhindern müssen. Aber ich kam zu spät. Ich hatte solche Angst um dich.«

Ungläubig schüttelte ich den Kopf. »Weshalb musste sie denn gleich sterben? Das ist furchtbar.«

»Du kannst mich fortschicken, wenn du Angst hast.«

Er sah mich an, als ob er das hoffte. Und hielt mich so fest, als müsse er sich versichern, dass ich bei ihm blieb.

»Du kannst nicht gefährlich für mich sein«, antwortete ich mit zitternder Stimme.

»Nicht ich, sondern mein Volk. Jedes Mal, wenn ich mit dir allein bin, wenn ich dich berühre, wird die Gefahr für dich größer.«

Fragend sah ich ihn an.

Kurz wandte er den Kopf ab und seufzte. »Wir leben ganz anders als ihr. An erster Stelle steht das Wohl des Clans, nicht das des Einzelnen. Verstehst du das?«

Langsam nickte ich. Was sollte schlecht an unserer Liebe sein? Wie sollten wir seinem Volk schaden?

»Ich lebe seit fast zehn Jahren unter den Menschen und habe viel gesehen, viele Menschen kennen gelernt, aber so etwas wie mit dir ist mir noch nie passiert.« Nachdenklich strich er mir über mein Haar. »Die letzten zwei Jahre unserer Wanderung verbringen wir immer bei Dr. Erickson.«

Ich war verwirrt. »Zehn Jahre? Aber … du bist gerade erst achtzehn. Ich verstehe nicht.«

Er blickte zu Boden und zupfte an einem Grashalm, aber er schien mir wachsamer als vorher.

»Weißt du, Emma, wir altern anders als die Menschen.« Prüfend sah er mich an. »Unsere Zeit vergeht langsamer als eure. Deshalb ist unsere Lebenszeit länger, nur in menschlichen Jahren bin ich achtzehn.«

Ich versuchte, mir meine Verwirrung nicht anmerken zu lassen.

»Was ist nach den zwei Jahren?«

»Ich kehre zu meinem Volk zurück und verliere die Möglichkeit, an Land zu leben.«

»Wann sind deine zwei Jahre um?«, fragte ich. Angst schnürte mir die Kehle zu.

»Ich habe noch ein Jahr«, erwiderte er schnell. »Früher, da gab es eine Zeit, in der wir mit den Menschen in Frieden lebten und entscheiden konnten, ob wir an Land oder im Wasser leben wollten. Aber das ist lange vorbei. Niemand erinnert sich mehr daran. Nur unsere Geschichten berichten davon, wie es damals war.«

»Was meintest du damit, dass ihr die Legende von Nessie geschaffen habt?«

»Dieses riesige Tier wurde durch unsere Magie erschaffen. Es hat nie wirklich existiert.«

»Du musst jetzt gehen«, flüsterte er mir irgendwann ins Ohr. »Es ist spät, sie werden dich vermissen.«

»Ich werde sagen, dass ich in der Bibliothek war«, erwiderte ich, zückte mein Buch wie eine Waffe und stand auf.

Liebevoll musterte er mich und zupfte mir einige Blätter aus dem Haar. »Sie werden sich wundern, welches Buch dir so die Haare zerzaust hat.« Er nahm mir das Buch aus der

Hand und las den Titel. »Shakespeare und die unerfüllte Liebe. Hat Sophie es dir gegeben?«

Ich nickte und versuchte, mein Haar in Ordnung zu bringen.

»Ich finde, es steht dir.« Calum legte einen Arm um meine Taille und eng umschlungen liefen wir zum Waldrand.

Ich wollte ihn nicht gehen lassen, nicht nachdem ich ihn endlich wiederhatte. Nicht nach all den Wochen der Einsamkeit. Und vor allem, nicht nachdem ich wusste, dass er mich liebte.

»Lass uns vernünftig sein«, bat er. »Es ist besser, wenn niemand von uns erfährt. Wenn Ethan dich in die Staaten zurückschickt, kann ich dir nicht folgen. Wir müssen uns etwas anderes überlegen. Vertrau mir.«

Noch einmal nahm er mich in den Arm und küsste mich. Zum ersten Mal war ich froh über den Nebel. Er war so dicht, dass wir vom Haus aus nicht zu sehen waren. Dann drehte er sich um und verschwand im Wald. Benommen lief ich den Weg zurück.

Zum Glück war Bree noch dabei, das Abendessen vorzubereiten. Ich war froh, niemandem zu begegnen, als ich ins Bad lief.

Zerzaust war noch geschmeichelt und meine roten Wangen sprachen Bände. Wenn Ethan mich gesehen hätte… bei der Vorstellung wurde mir schlecht. Ich spritzte mir eiskaltes Wasser ins Gesicht und bürstete mein Haar. Nachdem ich mich einigermaßen beruhigt hatte, setzte ich ein Lächeln auf und ging in die Küche.

Das Lächeln fiel mir ausgesprochen leicht. Ich war unendlich glücklich.

»Was machen deine Kopfschmerzen?«, fragte Bree, während sie in den Töpfen rührte.

»Oh, die sind weg. Die frische Luft hat mir gutgetan. Was gibt's zu essen? Ich habe riesigen Hunger.«

Erfreut blickte Bree mich an. »Das wird nicht verraten. Aber du könntest den Tisch decken.«

Von den leckeren Spaghetti mit Meeresfrüchten konnte ich nicht genug bekommen und ich aß so viel wie lange nicht mehr. Im Bett zog ich meinen Sommernachtstraum hervor und las ihn zu Ende. Ein Happy End könnte ich auch gebrauchen, dachte ich zum Schluss. Glücklich schlief ich ein.

14. Kapitel

»Erzähl mir mehr«, bat ich. Calum und ich lagen auf dem Bett in seinem Zimmer. Mein Kopf lag in seiner Schulterbeuge, meinen Arm hatte ich fest um ihn geschlungen. Sooft es ging, stahl ich mich von zu Hause fort, um ihn zu sehen. Ethan würde einen Tobsuchtsanfall bekommen, wenn er davon erfuhr. Dr. Erickson war meist unterwegs; aber Calum hatte Sophie überredet, unsere Treffen zu dulden. Wie, war mir schleierhaft. Ich hatte Amelie eingeweiht. Sie war Feuer und Flamme gewesen und hatte versprochen, uns zu helfen. Fast täglich, mit nur wenigen Ausnahmen, schlichen Amelie und ich nachmittags aus dem Haus. Amelie hatte einen unerschöpflichen Vorrat an Ausreden. Oft waren wir beide angeblich zusammen in der Bibliothek, im Schwimmbad oder bei Jamie. In Wirklichkeit traf sie sich mit Aidan, während ich bei Calum war. Wir achteten darauf, immer gleichzeitig und vor dem Abendessen zu Hause zu sein.

»Immer dachte ich, meine Mutter erzählt mir Märchen.«

»Seit Tausenden von Jahren erzählen die Menschen Geschichten über uns. Über Nixen, Wassermänner, Elfen, Trolle, Drachen … und du glaubst, das wäre alles der menschlichen Fantasie entsprungen? Es gibt nur eins, in dem der Mensch fantasievoll ist. In den Bemühungen, die Natur und alles, was ihm fremd ist, zu zerstören.« Seine Stimme zitterte bei diesen Worten.

Verunsichert sah ich ihn an.

»Entschuldige.« Er zog mich an sich und küsste meine Stirn.

»Es gibt, oder besser gab sie alle. Für euch sind wir Wesen aus Legenden, mehr oder weniger gut oder böse. Ihr denkt, ihr seid die einzigen fühlenden Wesen, die die Welt bevölkern.«

»Bekommst du im Wasser eigentlich einen Fischschwanz?«, unterbrach ich ihn, um das Thema zu wechseln.

Er wuschelte durch mein Haar und lachte.

»Nein, natürlich nicht, du Dummerchen. Das sind nur eure komischen Geschichten. Was ihr alles aus uns macht. Nixen haben Fischschwänze, sie können an Land nicht überleben, im Gegensatz zu uns.« Er schüttelte den Kopf, immer noch amüsiert.

Beleidigt drehte ich mich um.

»Sei nicht sauer.« Langsam und unwiderstehlich strich er mit seinen Lippen an meiner Wange entlang. Ich wandte mich ihm wieder zu, drückte mein Gesicht gegen seine Brust und atmete tief ein.

»Erzähl weiter«, murmelte ich, während meine Hände unter sein T-Shirt wanderten.

»Früher lebten alle Völker friedlich zusammen auf der Erde. Menschen, Faune, Werwölfe, Nixen, Feen, Vampire, Zwerge, Elfen, Wassermänner und viele mehr. Dann begannen die Menschen uns zu bekriegen. Wir wurden euch fremd, ihr verlerntet, im Einklang mit der Natur zu leben. Ihr verleugnetet die alten Götter. Und ihr wurdet immer mehr. Daher brauchtet ihr mehr Lebensraum. Nichts war den Menschen heilig. Es wurden Legenden über uns erfunden, in denen wir böse und grausam waren. Dabei hatten wir euch nie etwas angetan. Jedenfalls bis damals nicht.« Seine Stimme klang traurig. »Und so zogen wir uns zurück in die Tiefen der Wälder und der Meere und Seen. Wie gern würde ich dir meine Welt zeigen. Es gibt nichts Schöneres, als durch glitzernde Bäche, reißende Flüsse und abgrundtiefe Seen zu schwimmen.« Verträumt blickte er in eine mir unbekannte Welt. Seine Stimme klang wehmütig.

»Deshalb konntest du mit den Walen sprechen.«

Er nickte. »Euer Lärm verwirrt sie. Deshalb landen immer mehr Wale an den Küsten. Es ist grausam für die Tiere.«

»Du vermisst das Wasser, oder?«

Er nickte.

»Während ich bei euch lebe, muss und kann ich nur in den Vollmondnächten zu meinem Volk zurückkehren. Ansonsten verliere ich die Möglichkeit, als Mensch zu leben.«

»Kannst du mich nicht einmal mitnehmen? Mit dir zusammen bräuchte ich keine Angst zu haben.«

Abrupt setzte er sich auf.

»Daran darfst du nicht mal denken, hörst du? Nie darfst du mir in einer Vollmondnacht an einen See folgen. Es wäre lebensgefährlich für dich, sollte jemand aus meinem Clan dich bemerken. Menschen, die von unserer Existenz erfahren, müssen sterben.«

Erschrocken sah ich ihn an. »Das ist unmenschlich.«

Jetzt war es an ihm, mich verdutzt anzuschauen.

»Wir sind auch keine Menschen«, flüsterte er nach einer Weile. »Das darfst du nie vergessen.«

»Weshalb tut ihr das?«

»Um uns zu schützen. Diese Regeln wurden in der Zeit der großen Kriege mit den Menschen festgelegt und nie verändert. Es sind nicht nur unsere Gesetze. Die Regeln gelten für alle Fabelwesen. Der Große Rat, in dem Abgesandte aller Völker vertreten sind, wacht über die Einhaltung dieser Gesetze. Das ist für uns von existenzieller Bedeutung. Was die Menschen uns angetan haben, war so grausam, dass beschlossen wurde, uns aus der Welt zurückzuziehen. Dafür mussten bestimmte Regeln gelten.«

Ich nickte langsam.

»Glaubst du nicht, dass die Menschen sich geändert haben und heute weniger grausam sind?«

Traurig blickte er mich an.

»Glaubst du das denn?«

Ich wusste keine Antwort.

»Was meintest du vorhin mit ‚damals nicht'?« fragte ich zögernd.

Er seufzte.

»Früher waren wir ein großes Volk. Jetzt gibt es nicht mehr viele von uns, und nicht wenige geben euch Menschen daran die Schuld. Sie meinen, wir sollten gegen euch Krieg führen und euch zurücktreiben, weg von den Meeren, Flüssen und Seen. Ihr zerstört unsere Lebensräume.«

»Wie soll das funktionieren?«

»Mit unseren magischen Fähigkeiten«, erklärte er wie selbstverständlich. »Aber wir sind uneins. Im Grunde sind wir ein friedliches Volk. Und unser derzeitiger König würde einen Krieg gegen die Menschen nie zulassen. Er liebt die Menschen. Auch er verbrachte die Jahre seiner Jugend hier. Er hat viele Menschen schätzen gelernt. Dr. Erickson zeigte ihm die Schönheit eurer Welt - eure Bücher, eure Musik. Aber gegen die Gesetze kann er sich nicht auflehnen«, setzte er hinzu.

»Die Ericksons wissen Bescheid?«

»Seit vielen Generationen beherbergt die Familie der Ericksons junge Männer unseres Volkes, damit wir die Menschen kennen lernen. Das Geheimnis wird in ihrer Familie vererbt. So ist es seit Jahrhunderten Brauch. Alle zwanzig Menschenjahre wählt unser Volk einen aus, der dann zehn Jahre bei euch lebt. Diesmal fiel die Wahl auf mich.«

Er schwieg.

»Aber Dr. Erickson hat keinen Sohn, was wird, wenn er nicht mehr da ist?«

»Ich weiß es nicht«, seufzte Calum nachdenklich. »Der Große Rat wird entscheiden müssen, wer als Nachfolger in Frage kommt. Das wird keine leichte Aufgabe.«

»Weshalb dürfen wir uns nicht lieben? Weshalb kannst du kein Mensch bleiben?«

»Das ist eine der Regeln. Es ist uns strengstens verboten, uns einer Menschenfrau körperlich zu nähern und unser Geheimnis zu offenbaren. Sollte mein Volk davon erfahren, müsste ich zurückkehren und dich würden sie bestrafen.« Er schloss seine Augen und ich sah den Schmerz in seinem Gesicht.

Vorsichtig strich ich über seine Wange.

»Ich kann nicht glauben, dass ich dich in solch eine Gefahr bringe«, flüsterte er.

»Und die Regeln kennen keine Ausnahme?«, fragte ich beklommen.

Er schüttelte den Kopf.

»Aber niemand weiß von uns, außer Amelie und Sophie. Sie werden uns nicht verraten.«

»Ich hoffe, dass du recht behältst.« Er zog mich in seine Arme und bedeckte mein Gesicht mit zärtlichen kleinen Küssen. Ich seufzte.

»Ich glaube, ich muss gehen, Amelie wird warten.«

Liebevoll küsste er mich auf den Mund.

»Ich wünschte, du könntest die ganze Nacht bleiben«, flüsterte er in mein Ohr.

Ein Kribbeln durchlief meinen Körper. Nichts wünschte ich mir sehnlicher. Widerstrebend stand ich auf und zog meine Jacke an. Er brachte mich zur Tür und küsste mich zum Abschied so leidenschaftlich, dass ich benommen davontaumelte. Leise lachte er mir hinterher.

Es war alles so unwirklich, dachte ich, während ich durch die Kälte lief. Konnte es sein, dass vor uralten Zeiten alle diese Wesen gemeinsam mit den Menschen gelebt hatten? Wie viel bunter musste die Welt gewesen sein. Eine meiner Fragen hatte er mir nicht beantwortet. War es ihm möglich, immer als Mensch zu leben? Würde er das wollen? Konnte ich das von ihm verlangen?

Amelie hüpfte vor Kälte und Aufregung vor sich hin. »Wo bleibst du nur?«, zischte sie. »Peter hat mich angerufen, Dad ist früher nach Hause gekommen. Wir sollten uns beeilen.«

Ich zog die eiskalte Luft ein. »Mist«, entfuhr es mir. So schnell wir konnten, rannten wir nach Hause.

Leise schlossen wir die Tür auf und schlichen hinein. Ethan stand zornig in der Küche.

»Wo wart ihr?«, fuhr er uns so heftig an, dass wir beide zurückzuckten.

»In der Bibliothek«, entgegnete Amelie mit fester Stimme. »Mom wusste Bescheid.«

»Wisst ihr, wie spät es ist, meine Lieben? Die Bibliothek hat vor mehr als einer Stunde geschlossen, verkauft mich nicht für dumm.« Seine Stimme triefte vor Sarkasmus. Ich zog den Kopf zwischen meine Schultern. Amelie ließ sich nicht einschüchtern.

»Wir waren danach noch bei Jamie, das wird ja erlaubt sein, und wir sind rechtzeitig zum Abendbrot zurück.« Demonstrativ zog sie ihren Stuhl zurück und setzte sich.

Ethan gab sich fürs Erste geschlagen, funkelte mich aber misstrauisch an. Wir sollten vorsichtiger sein, nahm ich mir vor.

Wo war Calum? Ich lag auf seinem Bett, mit seinem warmen Quilt zugedeckt. Wir hatten uns ein paar Nachmittage nicht gesehen. Und jetzt war ich auch noch eingeschlafen. Dabei war jeder Augenblick mit ihm kostbar. Aber das dunkle, regnerische Herbstwetter machte mich schläfrig. Was war da draußen los? Ich erschrak. Das war die Stimme von Dr. Erickson. Weshalb war er zu Hause? Sophie hatte ihn erst in der Nacht aus Glasgow zurückerwartet. Er gab dort an der Universität ab und zu Gastvorlesungen über die Mythenbildung der Schotten. Wusste er, dass ich hier war? Sprachen sie über mich?

Sie stritten, so viel war klar. Dr. Erickson klang wütend und Calum versuchte, ihn zu beschwichtigen.

»Du musst das beenden, sofort«, hörte ich Dr. Ericksons Stimme. »Ich werde das nicht dulden. Sag du es ihr, oder ich gehe zu ihrem Onkel. Das ist mein letztes Wort.«

Eine kalte Hand griff nach meinem Herzen.

Calums Antwort verstand ich nicht, er sprach zu leise. Dann kam er herein und setzte sich vorsichtig auf die Bettkante.

»Emma«, zärtlich flüsterte er meinen Namen und fasste mich sanft an der Schulter. »Du musst aufwachen.«

Langsam öffnete ich die Augen. Ich erschrak, ihn so zu sehen. Seine Haut schimmerte fahl in der Dunkelheit und seine Augen waren hell, wie immer wenn er aufgewühlt war.

»Du musst nach Hause, es ist spät.«

Langsam richtete ich mich auf und wollte nach seiner Hand greifen. Im selben Augenblick stand er auf und drehte mir den Rücken zu.

»Ich warte unten auf dich.«

Damit war er verschwunden. Rasch zog ich meine Jacke an und folgte ihm die Treppe hinunter. Aus der Küche drang Geschirrklappern.

»Ich würde mich gern von Sophie verabschieden«, sagte ich, doch Calum schüttelte verneinend den Kopf.

»Lass uns besser gehen.«

Ungewohnt fremd gingen wir nebeneinander her.

Verwundert sah Amelie uns entgegen. Normalerweise zeigten Calum und ich uns nicht zusammen. Zu leicht hätte Ethan davon erfahren können. Doch bei dem Wetter begegnete man um diese Zeit keiner Menschenseele.

Er strich mir zum Abschied sanft über die Wange. Mehr erahnte ich seine Berührung, als dass ich sie spürte. Dann drehte er sich um, und war im Nu im Dunkel der Straße verschwunden.

Wortlos gingen Amelie und ich nach Hause.

»Alles in Ordnung?«, fragte sie.

Ich zuckte mit den Schultern.

»Es ist nicht leicht für euch, oder? Immer müsst ihr euch im Haus verstecken.«

Ich vergrub meine Hände tiefer in den Taschen meiner Jacke und mein Gesicht im Kragen. Das half nur wenig gegen den beißenden Wind.

»Wir sollten mal eine Pause machen mit unseren Bibliotheksbesuchen. Dad wird, glaube ich, langsam misstrauisch. Er bringt es fertig und kommt in die Bibliothek, um zu kontrollieren, ob wir da sind.«

Ich nickte bloß. Sicher hatte sie recht. Langsam musste es auffallen, dass wir kaum einen Nachmittag zu Hause waren.

Schmerzlich zog sich mein Herz zusammen bei dem Gedanken, weitere Nachmittage ohne Calum verbringen zu müssen.

»Wir könnten mal mit ein paar Leuten ins Kino gehen. Aidan kann Calum fragen. Was hältst du davon?«

»Das ist eine gute Idee«, erwiderte ich und Amelie lächelte triumphierend.

Typisch Amelie, setzte sie ihren Plan gleich am nächsten Tag in die Tat um. Wir blieben den ganzen Nachmittag zu Hause und spielten mit Amber und Hannah Monopoly. Das war zwar nicht mein Lieblingsspiel, aber ich war überstimmt worden. Ethan saß auf dem Sofa und las Zeitungen. Ab und zu mischte er sich ins Spiel ein, um Amber oder Hannah zu helfen. Das wäre allerdings nicht nötig gewesen. Ich war der eindeutige Verlierer. Amelie gewann und ich konnte mich des Gefühls nicht erwehren, dass sie geschummelt hatte.

Beim Abendessen ging sie zum Angriff über.

»Dad, wir wollen am Freitag mit ein paar Leuten ins Kino gehen. Habt ihr etwas dagegen?« Jetzt wandte sie sich Bree zu.

Bree nickte zustimmend.

»Was läuft denn Schönes?«

»Ich weiß noch nicht, ich wollte erst fragen, ob es in Ordnung ist.«

Ethan sah Amelie abschätzend an. Er kannte seine Tochter zu gut, und wenn sie mit dieser zuckersüßen Stimme um etwas bat, steckte meist mehr dahinter.

»Wer kommt alles mit?«, fragte er, während er weiter an seinem Schnitzel herumschnitt.

»Ich denke, Jamie, Marc, Bryan, Aidan. Wir müssten morgen mal rumfragen, wer Lust hat.«

Erwartungsvoll sah sie ihn an.

»Ihr bleibt maximal bis dreiundzwanzig Uhr aus«, knurrte er.

»Komm schon, Dad«, protestierte Amelie. »Wir sind doch keine Babys mehr. Wir können doch danach noch in den Pub.«

»Gehst du mit, Peter?«

Da mischte sich Bree ein. »Die beiden brauchen wirklich keinen Aufpasser mehr, Ethan.«

Unerwartet einfach war die Sache nach diesem Einwand beschlossen.

Freitagabend zogen wir los, um ins Kino zu gehen.

»Peter, kommst du doch mit?«, wunderte ich mich, als er sich uns anschloss.

»Ich treffe mich im Pub mit ein paar Freunden. Emma, Amelie hat mir erzählt, dass Calum mitkommt.«

Ich sah ihn an.

»Sei vorsichtig, ja?«, fügte er beschwörend hinzu. »Ich habe unseren Vater noch nie so aufgebracht gesehen wie an jenem Abend.«

Ich wusste genau, welchen Abend er meinte.

»Es ist ihm ernst. Er ist imstande dich zurückzuschicken. Ich weiß nicht, was vorgefallen ist, und ich mag Calum. Aber Dad scheint etwas über ihn zu wissen … und das ist offensichtlich nichts Gutes.«

Ich sah Peter an. Es tat mir leid, dass ich Geheimnisse vor ihm hatte. Ich umarmte ihn.

»Danke«, raunte ich ihm ins Ohr.

»Nichts zu danken.« Er gab mir einen Kuss auf die Wange. »Pass einfach auf dich auf, ja? Versprich es mir. Tu nichts Unüberlegtes. Und wenn du einen Rat brauchst … ich bin immer für dich da.« Seine Stimme klang heiser vor Sorge.

Wir trafen uns im Ort, um von dort mit den anderen ins Kino zu fahren, und verteilten uns auf drei Autos. Calum saß neben mir auf der Rückbank. Außerdem war auch Valerie zu uns eingestiegen. Ich fluchte in mich hinein. Ihn so nah bei mir zu spüren und trotzdem zu tun, als wäre er mir gleichgültig, überstieg meine schauspielerischen Fähigkeiten bei Weitem. Peter amüsierte sich über die Situation prächtig und grinste mir im Rückspiegel zu. Plötzlich spürte ich, wie Calum meine Hand in seine nahm und mich vorsichtig streichelte. Zum Glück war es im Auto so finster, dass Valerie nicht bemerkte, dass meine Wangen zu glühen begannen.

Calum ließ meine Hand nicht los, bis wir am Kino ankamen. Peter verabschiedete sich, nachdem wir verabredet hatten, uns um kurz vor elf wieder am Wagen zu treffen.

Das Kino war voll besetzt, so dass wir nicht alle zusammensitzen konnten. Amelie schaffte es in ihrer gewohnt skrupellosen Art, uns vier in die hinterste Reihe zu bugsieren. Valerie saß weit vor uns mit Bryan, Jamie und ein paar anderen.

So konnte ich mich während des Films ungestört an Calum schmiegen und mir einbilden, dass wir ein normales Paar waren. Calum hatte seinen Arm um mich gelegt und streichelte und küsste mich unentwegt, so dass ich von dem Film kaum etwas mitbekam. Aber mir sollte es recht sein. Wie sehr ich ihn liebte, wie sehr ich seine Nähe brauchte.

Viel zu schnell war der Film zu Ende und wir verließen das Kino.

»Lasst uns noch was trinken«, schlug Aidan vor, als wir alle auf der Straße standen. »Es ist erst kurz nach zehn. Da haben wir noch Zeit.«

Im Pub spielte gute Musik und auf der Tanzfläche schmiegten sich mehrere Paare aneinander. Wir blieben am Tresen stehen und bestellten unsere Getränke. Wie die anderen nahm auch ich einen Punsch, da mir kalt war. Wehmütig dachte ich an die Nacht im Pub zurück. Calum musste meine Gedanken gelesen haben, denn er sah mich von der anderen Seite des Tresens an. Konnten wir es riskieren, hier vor den anderen? Ich biss mir auf die Lippen. Hastig trank ich den heißen Punsch, der stark nach Rum schmeckte. Der Alkohol machte mich mutig. Wer sollte Ethan davon erzählen? Bittend sah ich Calum an. Er kam zu mir, zog mich auf die Tanzfläche und legte seine Arme fest um mich. Aus dem Augenwinkel sah ich, wie Valerie die Kinnlade herunterklappte und Amelie missbilligend den Kopf schüttelte.

»Wir sind sehr, sehr unvorsichtig«, murmelte Calum mir zärtlich ins Ohr.

»Das ist mir egal«, gab ich leise zurück und mein Körper vibrierte in seiner Nähe mit ungeahnter Intensität.

»Du bist betrunken.«

Meine allzu deutliche Körpersprache amüsierte ihn.

»Man kann von einem halben Becher Punsch nicht betrunken werden«, protestierte ich schwach und wusste, dass er recht hatte. »Deine Nähe berauscht mich«, sagte ich zu meiner Verteidigung.

»Das höre ich gern.« Er zog mich fester an sich und summte leise die Melodien der Lieder in mein Ohr, die gespielt wurden. Ich schloss die Augen, und …

Jemand riss mich von Calums Brust. Ich starrte verwirrt in Ethans vor Zorn funkelnde Augen. Er sagte kein Wort und zog mich mit sich fort. Verschwommen sah ich Valeries triumphierendes Lächeln.

Erst in Ethans Wagen kam ich zu mir. Verschreckt saß ich auf der Beifahrerseite und wartete auf seinen Wutanfall. Doch nichts geschah. Verwundert sah ich ihn an. Er schien um Jahre gealtert.

»Was soll ich mit dir machen, Emma? Ich habe dir gesagt, dass du ihn nicht mehr treffen darfst. Ich verstehe nicht, wie Amelie und Peter mich so hintergehen konnten.«

»Woher wusstest du es?«, war die erste Frage, die mir einfiel.

»Sagen wir mal, ich kenne meine Tochter ziemlich gut. Aber dass Peter bei so etwas mitmacht …« Er schüttelte den Kopf. »Dr. Erickson hat mich angerufen, aber er hat meine Ahnung nur bestätigt. Ich vermutete schon länger, dass ihr euch heimlich trefft.«

»Ethan, es tut mir leid, wenn ich dir Kummer bereite. Aber ich … ich liebe ihn. Ich brauche Calum. Kannst du das nicht verstehen?«

Er sah mich eindringlich an.

»Du bist deiner Mutter so ähnlich, genauso dickköpfig wie sie. Aber du weißt nicht, worauf du dich einlässt. Es ist gefährlich.«

»Ethan, ich weiß Bescheid. Ich weiß, was er ist.«

Die Bremsen quietschten und abrupt blieb der Wagen am Straßenrand stehen.

»Er hat es dir erzählt?« Erschrocken sah er mich an.

Ich konnte nur nicken.

Nervös fuhr er sich mit den Händen durch sein Haar. »Das ändert einiges.«

Was sollte das ändern?

Er startete den Wagen und fuhr ohne ein weiteres Wort nach Hause.

Bree sah uns entgegen, als wir in die Küche kamen.

»Wo sind Peter und Amelie?« fragte sie.

»Sie kommen gleich«, antwortete Ethan und verschwand im Schlafzimmer.

Fragend sah Bree mich an, aber ich hatte keine Antworten für sie und ging in mein Zimmer. Entgegen meiner Gewohnheit schloss ich die Tür von innen ab. Ich konnte jetzt keine neugierigen Fragen von Amelie gebrauchen.

Später hörte ich das Geschrei, das aus der Küche in mein Zimmer drang. Amelie und Ethan brüllten sich an, während Peter vergeblich versuchte, beide zu beruhigen. Ich zog mir das Kissen über den Kopf, um den Lärm zu dämpfen.

Ethan bewachte mich in den nächsten Tagen stärker als ein Gefängnisaufseher. Er hatte noch eine schlimme Auseinandersetzung mit Peter und Amelie gehabt. Bree war in Tränen ausgebrochen. Und alles nur meinetwegen, ich fühlte mich schrecklich. Bevor ich hierherkam, war das eine glückliche Familie gewesen, und jetzt?

15. Kapitel

Die folgenden Tage flossen zähflüssig an mir vorbei. Ethan ließ mich nicht zur Schule gehen und hatte mich krank gemeldet. Stundenlang saß ich vor dem Kamin und starrte ins Feuer.

Was sollte ich tun? Calum fehlte mir mit jeder Sekunde mehr, und wäre Bree nach dem heftigen Streit mit Ethan nicht so deprimiert und traurig gewesen, wäre ich aus dem Haus zu ihm gelaufen. Doch das wollte ich ihr nicht antun, nachdem sie sich für mich eingesetzt hatte.

Wir sprachen nur wenig miteinander, während wir die sich endlos dahinziehenden Tage im Haus verbrachten. Ich wusste nicht, wie viel Bree wusste, und sie hatte aufgehört zu fragen.

Draußen tobte der Wind. Es stürmte, regnete oder hagelte und es wurde immer kälter. Ich fragte Peter, ob Calum in der Schule gewesen sei, doch er schüttelte nur bedauernd seinen Kopf.

»Es tut mir leid, Emma. Er geht nicht an sein Handy. Wenn du möchtest, fahre ich morgen am Pfarrhaus vorbei und frage nach ihm.«

Betrübt nickte ich. »Sag ihm, wie sehr ich ihn vermisse, ja? Kannst du das für mich tun?«

Ohne zu antworten, nahm er mich in den Arm und drückte mich kurz an sich.

»Alles, was du willst«, sagte er.

Seine dunkelbraunen warmen Augen sahen mich an, aber er stellte keine Fragen. Dafür war ich ihm dankbar.

Ich konnte es kaum abwarten, dass er am nächsten Tag aus der Schule kam. Ich wartete in der Küche und sah ihn durchs Fenster auf das Haus zugehen. Als er mich erblickte, schüttelte er bedauernd seinen Kopf und zog mich in mein Zimmer.

»Dr. Erickson hat mich nicht zu ihm gelassen. Er war wütend und nahm an, dass du mich geschickt hättest. Er fragte mich aufgebracht, ob du mich auch noch da mit hineinziehen möchtest. Was meint er damit, Emma?«

»Ich kann es dir nicht sagen, Peter. Tut mir leid. Aber danke, dass du versucht hast, mir zu helfen.«

Ich saß, nur mit meiner alten Lieblingsjogginghose und einem verwaschenen Poloshirt bekleidet, auf meinem Bett und starrte blicklos vor mich hin. Meine Haare hatte ich zu einem Pferdeschwanz gebunden, der entgegen meiner Stimmung bei jeder Bewegung lustig hin und her hüpfte.

»Du siehst aus wie ein Häufchen Elend«, sagte Peter mitleidig. »Ich kann mir das kaum mit ansehen. Es gibt bestimmt einen Ausweg. Es gibt immer einen.« Er setzte sich neben mich aufs Bett und legte tröstend einen Arm um meine Schulter.

Ich schüttelte voller Verzweiflung meinen Kopf. »Ich glaube, diesmal irrst du dich.«

Woher auch immer Peter seinen Optimismus nahm, meiner war mir unterwegs verloren gegangen.

»Es kann unmöglich so weitergehen. Dad kann dich hier nicht ewig einsperren. Er wird deine Beziehung mit Calum akzeptieren müssen. Calum ist schließlich kein Menschenfresser«, sagte er im Brustton der Überzeugung und verließ mein Zimmer.

Vielleicht kein Menschenfresser, aber ein Menschenfänger, dachte ich. Mich hatte er eingefangen, und zwar mit Haut und Haaren.

Ich beschloss, zu baden und mein Haar zu waschen. Ganz kampflos würde ich nicht aufgeben.

Ich ging ins Bad, ließ mir Wasser ein und glitt in die Wanne. Eine Weile lag ich mit geschlossenen Augen da und genoss das heiße Wasser auf meiner Haut.

Es klopfte leise an der Badezimmertür. »Ich bin`s, Amelie. Kann ich reinkommen?«

»Ja, sicher.« Hier hatte man nirgends seine Ruhe.

»Ich wollte nach dir sehen.«

Amelie erschien ungewohnt zurückhaltend, fast schüchtern.

»Wie geht es dir?«, fragte sie zögernd. »Peter und ich machen uns große Sorgen um dich.«

Ein Gutes hatte die Situation. Amelie und Peter hielten zusammen wie Pech und Schwefel. Keine bissigen Bemerkungen, keine zornigen Blicke und Streitereien hatte es in den letzten Tagen zwischen ihnen gegeben.

»Es geht so.« Ich hatte keine Lust zum Reden.

»Du siehst echt sch… aus, entschuldige«, Amelie grinste.

»Soll ich dir die Haare waschen?«, fragte sie und ließ sich auf dem Wannenrand nieder. Sie griff nach dem Shampoo und begann mein Haar einzuseifen. Mit geschlossenen Augen saß ich da und genoss, wie sie das nach Pfirsich duftende Shampoo in meine Kopfhaut einmassierte. Zweimal wusch sie das Haar gründlich und verwendete zum Schluss noch eine Spülung.

»Danke«, sagte ich und lehnte mich zurück.

»Aidan war bei Calum«, schoss es aus ihr heraus.

Ich riss meine Augen auf und starrte sie an.

»Das sagst du jetzt erst?«, fuhr ich sie wütend an. »Sag schon, wie geht es ihm?«

»Jungs zeigen ihre Gefühle ja nicht so deutlich. Aber wenn selbst Aidan sagt, dass Calum schrecklich aussah, dann kannst du dir vorstellen, wie es ihm geht. Er hat nicht viel gesagt, als er hörte, dass du nicht aus dem Haus darfst.«

Ich setzte mich auf und zog die Knie an meine Brust. Ich hätte schreien können vor Sehnsucht.

»Er hat Aidan was für dich mitgegeben.«

Sie hielt mir eine schlichte schwarze Lederkette hin. Daran hing ein kleines blaues Herz und funkelte im Licht der Badlampen. Es war ein geschliffener Aquamarin.

»Sie ist wunderschön«, sagte Amelie. »So schlicht und trotzdem so hübsch. Sie wird dir gut stehen.«

Ich schwieg und betrachtete Calums Geschenk.

»Komm raus, du bist ganz verschrumpelt und das Wasser ist eiskalt.«

Amelie hatte ihren alten Tatendrang wiedergefunden.

Also kletterte ich aus dem Wasser und rubbelte mich trocken. Amelie nötigte mir eine ihrer zahlreichen Bodylotions auf und befahl mir, mich einzucremen. Da Widerspruch zwecklos gewesen wäre, fügte ich mich. Sie brachte mir frische Unterwäsche, eine Jeans und ein T-Shirt und ich fühlte mich nach dieser Prozedur viel besser. Zum Schluss nahm sie mir die silberne Kette meiner Mutter vom Hals und legte mir stattdessen Calums Kette um. Der kalte Stein kühlte meine vom Wasser noch warme Haut und brannte trotzdem wie Feuer. Ganz fest umschloss ich das Herz mit meiner Hand.

»Wie läuft es mit dir und Aidan?«, fragte ich Amelie, als wir später in ihrem Zimmer saßen und Musik hörten. Ich hatte ein schlechtes Gewissen, dass sich zurzeit alles um mich drehte.

»Och, es ist ganz in Ordnung. Allerdings …«, sie zögerte kurz, »manchmal geht er mir auf die Nerven.«

Erstaunt blickte ich sie an.

»Magst du ihn noch?«

»Weißt du«, antwortete sie langsam, »ich war ziemlich verliebt in ihn. Doch als wir dann zusammen waren … er ist ganz anders, als ich es mir vorgestellt hatte. Er ist bestimmend und besitzergreifend. Außerdem ist es kaum möglich, mal ein längeres ernsthaftes Gespräch mit ihm zu führen. Oft habe ich den Eindruck, dass er sich nicht wirklich für mich interessiert, sondern dass ich eine Eroberung für ihn bin, mit der er sich schmückt.« Sie verstummte.

Mitfühlend sah ich sie an. Da war ich so glücklich mit Calum gewesen, dass ich nicht bemerkt hatte, dass es bei Amelie und Aidan nicht genauso war.

Das war egoistisch von mir. Ich zog sie an mich, um sie zu trösten. Sie lehnte ihren Kopf gegen meine Schulter und schwieg.

»Mit dir und Calum, das ist etwas Besonderes«, sagte sie nach einer Weile. »Ich habe schließlich mehr Erfahrungen mit Jungs. Allein, wie er dich anschaut. Ich wünschte, dass eines Tages mich auch jemand so anblickt.«

Versonnen sah ich vor mich hin und dachte an Calums wunderschöne dunkelblaue Augen, die mich so durcheinander bringen konnten.

»Ich muss etwas unternehmen, Amelie. Ich halte das nicht aus.«

»Ich wüsste nicht, wie ich dir helfen kann. Dr. Erickson lässt niemanden aus der Familie zu ihm. Ich weiß nicht, ob Aidan ihn noch einmal besuchen darf.«

»Ich möchte nicht, dass du mir hilfst. Ich habe schon genug in eurer Familie angerichtet.« Empört sah sie mich an.

»Was redest du da? Das ist nicht unsere Familie. Das ist deine Familie, und ob du es glaubst oder nicht, das sehen alle so.«

Nach dem Abendessen rief Ethan mich in sein Arbeitszimmer. Meist zog er sich hierher zurück, wenn der Trubel im Haus ihm zu viel wurde.

Es war ein kleiner Raum, voller Bücher, alter Zeitungen und mit einem alten Schreibtisch, der für diesen Raum zu groß war.

»Emma«, begann er das Gespräch stockend, fast vorsichtig. »Du weißt, dass mir dein Glück am Herzen liegt, und ich habe mir meine Entscheidung nicht leicht gemacht.« Er schwieg und drehte sich zum Fenster, um mich nicht anschauen zu müssen.

Ich merkte, wie mir bei seinen Worten eiskalt wurde, und ich wich einen Schritt zurück.

»Offensichtlich kannst du die Gefahr nicht richtig einschätzen, in die du dich begeben hast. Wir verstehen das. Du bist jung und zum ersten Mal verliebt. Jeder von uns kennt dieses Gefühl. Du glaubst, ohne Calum nicht leben zu können. Aber, Emma, dieser Glaube hat das Leben deiner Mutter zerstört. Ich kann das nicht noch einmal zulassen.« Sein Ton war bei diesen Sätzen eindringlicher geworden. Er schwieg einen Moment, um zu sehen, wie ich auf seine Worte reagierte. Als er weitersprach, hatte seine Stimme einen harten Klang angenommen.

»Es ist falsch. Man kann, ja man sollte sich öfter als ein Mal verlieben. Glaub mir, du wirst wieder jemanden finden, für den du so empfindest wie für Calum. Um deinetwillen muss ich eure Beziehung beenden, wenn du es nicht kannst.«

Er sah mir beschwörend in die Augen. »Du weißt, was er ist, du weißt, dass ein Leben mit ihm nicht möglich ist, dass es lebensgefährlich für dich sein kann, weiter mit ihm zusammen zu sein. Einer von euch muss die Insel verlassen, und nach reiflicher Überlegung und Gesprächen mit Dr. Erickson habe ich beschlossen, dass du diejenige sein wirst, die geht.«

»Weshalb tust du mir das an?«

Ich schüttelte ungläubig den Kopf. Während der Tage im Haus hatte ich gehofft, dass es eine Lösung geben würde. Aber Calum hatte recht gehabt, das hier war kein Märchen. Niemand konnte uns helfen. Ich schlug meine Hände vor das Gesicht und rutschte an der Tür, an der ich mittlerweile lehnte, zu Boden. Ethan hockte sich vor mich und strich mir sanft über das Haar.

»Wir hätten dich gern hierbehalten und ich verspreche dir, dass du immer willkommen sein wirst. Wir würden dich nicht fortschicken, aber wenn du ihn so sehr liebst, dann wirst du einsehen, dass es für ihn viel komplizierter wäre, seine vorzeitige Rückkehr zu erklären. Dr. Erickson hat mir einiges erklärt, und ihre Regeln sind sehr streng. Ich glaube, so ist es das Beste.«

»Wann?«, fragte ich tonlos.

»Nächste Woche Mittwoch. Ein Studienfreund von uns lebt mit seiner Familie in den Staaten. Er wird dich aufnehmen, bis du deinen Highschool-Abschluss hast. Dann kannst du entscheiden, an welches College du möchtest. Mit deinen Noten kannst du studieren, was und wo du möchtest.«

Er hatte alles geplant und zurechtgelegt. In diesem Moment hasste ich ihn. Sein freundliches Gesicht, seine überzeugenden Worte. Ich hörte, was er sagte und wie logisch es klang, doch es brach mir das Herz. Es klang vernünftig, doch ich wollte, ich konnte nicht vernünftig sein.

Ich stand auf und ging schweigend in mein Zimmer. Ich kauerte auf meinem Bett und schaukelte hin und her, vor und zurück.

Welche Möglichkeiten hatte ich noch? Ich musste Calum wenigstens noch einmal sehen.

Ich trat ans Fenster und schaute hinaus. Eisiger Wind pfiff über die nebelverhangenen Wiesen. Ich öffnete trotzdem das Fenster und atmete die kristallklare Luft ein. Die

Nacht war ungewöhnlich hell. Ich sah zum Himmel. Ein riesengroßer, kalter, weißer Mond stand dort oben. Vollmond.

Mir kam ein Gedanke, eine völlig verdrehte Idee. Konnte ich das wagen? Durfte ich das? Ich setzte mich auf mein Bett. Ich wusste, dass ich es tun würde, jetzt, da ich diesen Einfall einmal gehabt hatte.

Ich würde zwei oder drei Stunden warten und dann Amelies Auto nehmen.

Ruhelos ging ich in meinem Zimmer auf und ab. Ich hatte Durst, traute mich aber nicht, in die Küche zu gehen. Zu groß war meine Angst, dass Ethan mir meine Aufregung ansehen würde.

Gegen elf wurde es still im Haus. Ich wartete weiter. Geduld, ich musste Geduld haben.

Eine halbe Stunde später zog ich mir meine dickste Jacke an und öffnete meine Zimmertür. Alles war ruhig. Vorsichtig schlich ich auf Strümpfen über die knarrenden Dielen. Hoffentlich hing der Autoschlüssel am Bord im Flur.

»Mist!«, fluchte ich leise.

Natürlich war er nicht dort, wo er hingehörte. Was nun? Amelie war den Wagen heute Nachmittag gefahren.

Ich kehrte um und schlich die Treppe hinauf. Leise öffnete ich ihre Zimmertür. Amelie schlief tief und fest. Ich rüttelte an ihrer Schulter.

»Amelie, bitte wach auf.«

Verschlafen drehte sie sich zu mir. Als sie mich in meiner Jacke an ihrem Bett sitzen sah, wurde sie schlagartig wach.

»Was hast du vor?«, fragte sie entgeistert.

»Amelie, du darfst mich nicht verraten. Ethan will mich zurückschicken.«

Erschrocken riss sie die Augen auf. »Mom würde das nie zulassen.« Sie sagte das lauter als beabsichtigt.

»Sch«, zischte ich, »du weckst das ganze Haus. Es ist alles beschlossene Sache, Amelie. Die Flüge sind schon gebucht. Nächsten Mittwoch werde ich zurück in die Staaten fliegen.« Ich sprach langsam, damit Amelie, die immer noch verschlafen aussah, auch verstand.

Stumm nickte sie.

»Ich brauche die Autoschlüssel, ich muss noch ein Mal zu ihm, das verstehst du doch.«

Schneller als ich gedacht hatte, sprang sie auf und lief zu ihrer Jeans, die am Boden lag. Aus der Hosentasche kramte sie den Schlüssel.

»Sei vorsichtig, versprich mir das.« Eindringlich sah sie mich an. »Und komm zurück, ja?«

»Wo soll ich denn hin, Amelie? Ich will mich von ihm verabschieden und ich fürchte, Ethan würde es nicht erlauben.«

Da schlang sie ihre Arme um mich und drückte mich fest.

»Wünsch mir Glück«, raunte ich ihr ins Ohr.

Dann schlich ich so leise wie möglich durchs Haus zurück, zog meine Schuhe an und lief hinaus.

Er hatte es mir verboten. Mehr als einmal hatte er mir gesagt, dass ich mich in einer Vollmondnacht dem See nicht nähern durfte. Auf keinen Fall durfte ich sehen, was in diesen Nächten geschah. Ausdrücklich hatte er mich gewarnt. In diesen Nächten konnte ein Aufenthalt am See meinen Tod bedeuten.

Ich konnte nicht anders.

Einmal wollte ich dabei sein, wenn er er selbst war und sich nicht hinter der Maske des Menschlichen versteckte.

Die Mythen der Schotten waren angefüllt mit Schauermärchen über die Shellycoats. Trotzdem glaubte ich zu wissen, was ich tat. Ich wollte keine Angst haben. Amelie dachte sicher, dass ich zum Pfarrhaus fuhr. Doch ich konnte dort schlecht einbrechen, um zu ihm zu gelangen. Es gab nur eine Nacht, in der Dr. Erickson ihn nicht hindern würde, das Haus zu verlassen, und das war bei Vollmond. Das war die einzige Chance für mich, ihn noch ein Mal zu sehen. Ich hoffte, dass meine Neugierde und meine Sehnsucht uns nicht noch mehr in Schwierigkeiten bringen würden. Daran wollte ich nicht denken. Die Aussicht, für immer von ihm getrennt zu werden, erschien mir schlimmer als alles andere.

Als ich am See ankam, lag dieser ruhig und dunkelblau schimmernd im hellen Mondlicht. Die Farbe erinnerte mich an das Blau von Calums Augen, wenn er glücklich war. Erst nach einer Weile fiel mir auf, wie unnatürlich still es war. Kein Vogel zwitscherte, keine Blätter raschelten. Der Wind, der seit Tagen übers Land fuhr, hatte sich gelegt. Es war, als würden Zeit und Raum stillstehen. Was hatte ich mir dabei gedacht, hierherzukommen? Zur Umkehr war es zu spät. Die Eiseskälte der Nacht griff nach meinem Körper, als in diesem Moment das Wasser zu sprudeln begann. Nein, das traf es nicht ganz, es begann zu kochen. Es trat über die Ufer, so dass der Grassaum verschwand. Ich hocke mich hinter einen Busch und betete inbrünstig, dass niemand oder nichts meine Anwesenheit bemerkte. Dann kam die Angst und vor meinen Augen verschwamm alles, ich fühlte mich wie in einer anderen Welt. Ich zwang mich, langsam zu atmen, immer tief ein und aus. Als ich ruhiger wurde, wagte ich einen Blick zum See. Was ich sah, faszinierte und erschreckte mich gleichermaßen.

Zuerst schoss das Wasser in riesigen Fontänen zum Himmel und zerstob glitzernd auf der Oberfläche des Sees. Zwischen den Fontänen durchpflügten Wassermänner den See. Ich musste mich konzentrieren, um sie zählen zu können, so schnell bewegten sie sich. Es waren ungefähr dreißig, unterschiedlichen Alters. Sie schwammen mit einer Geschwindigkeit, dass ich ihre Bewegungen nur erahnen konnte. Sie tanzten durch das Wasser in immer neuen Formationen. Meterhoch sprangen sie in die Luft und schlugen Saltos. Wenn sie zurück ins Wasser eintauchten, geschah das so sanft, dass dieses kaum Wellen schlug. Einige standen im Wasser und schwammen, hoch aufgerichtet, rückwärts, nur durch die Beweglichkeit ihrer Beine angetrieben, durch den See. Die Kraft und Anmut, die sie ausstrahlten, war atemberaubend.

Ich hatte Calum sofort erkannt. Sein Körper war schlanker, makelloser und seine Bewegungen für mich bezaubernder als die der anderen. Die Freude und Leidenschaft, die in seinen Bewegungen lag, fesselte mich so sehr, dass ich den Blick nicht von ihm wenden konnte. Sein Körper glitzerte silbern im Schein des Mondes. Seine Augen leuchteten dunkelblau. Der Anblick war wunderschön und die Anziehungskraft, die dieser Tanz auf mich ausübte, unwiderstehlich. Ich richtete mich auf, um ihn besser sehen zu können, als mich der Blick seiner Augen traf. Dunkel funkelten sie mich an. Erschrocken trat ich zurück und versteckte mich wieder hinter dem Busch. Ich hielt die Luft an. Hoffentlich hatte nur er mich gesehen.

Der Tanz ging weiter und wurde immer ekstatischer, doch ich wagte nicht, mich zu rühren.

Genauso hatte meine Mutter den Tanz der Shellycoats beschrieben. Obwohl, das konnte man unmöglich beschreiben, außer …

Mir kam ein unfassbarer Gedanke.

Ich versuchte, mich an alles zu erinnern, was Ethan oder Dr. Erickson mir über meine Mutter erzählt hatten. War es möglich, dass auch meine Mutter den Tanz gesehen hatte? War sie deshalb nie ins Wasser gegangen?

Ich schreckte aus meinen Überlegungen auf. Eisige Stille umgab mich. Vorsichtig lugte ich durch die Zweige meines Verstecks.

Der See lag völlig unberührt da, als wäre das, was ich gesehen hatte, nie geschehen. Ich sprang auf und lief zum Auto. Hastig startete ich den Wagen und fuhr zurück zum Haus. Leise schlich ich in mein Zimmer. Mein Herz hämmerte. Jetzt erst merkte ich, wie ich fror. Ich zog mich aus, schlüpfte unter meine Decke und wartete, dass mir warm wurde.

Ich versuchte, meine Gedanken zu ordnen, doch es wollte mir nicht gelingen. Die Erschöpfung übermannte mich und ich fiel in einen unruhigen Schlaf voll wirrer Träume.

Ich erwachte, als sich sein Arm unter meinen Körper schob.

»Das war sehr, sehr unvorsichtig von dir«, flüsterte er mir ins Ohr. Es klang nicht so wütend, wie ich befürchtet hatte.

»Ich hielt es nicht mehr aus, ich musste dich sehen. Ich vermisse dich so«, erwiderte ich zaghaft.

Dann drehte ich mich zu ihm und zog seinen Kopf zu mir herunter.

Leidenschaftlicher als sonst begegneten sich unsere Lippen, als ob sie wüssten, dass es das letzte Mal sein würde. Seine Hände streichelten mich. Es schien, als ob Calum mich überall gleichzeitig berührte. Meine Haut brannte. So eng es ging, schmiegte ich mich an ihn. Unsere Herzen schlugen im gleichen Takt gegeneinander.

Atemlos löste er sich später von mir. Mutlos sah ich ihn an.

»Du darfst noch nicht gehen.«

Er schüttelte den Kopf. »Nichts und niemand könnte mich hier wegbringen«, flüsterte er zärtlich und küsste mein Gesicht. Mit seinen Fingern zeichnete er die Konturen meiner Wangen nach. Ich schloss die Augen und hoffte, dass diese Nacht ewig dauern würde. »Wenn ich einen Herzinfarkt bekommen könnte, dann hätte ich vorhin einen bekommen«, sagte er nach einer Weile, während er mit seinen Lippen an meinem Hals und meinem Nacken entlangstrich, was mir eine Gänsehaut verursachte.

Ich hielt meine Augen weiter geschlossen.

»Ethan wird mich zurückschicken.«

Es fiel mir schwer, diesen Satz zu sagen. Augenblicklich presste er mich fester an sich.

»Ich weiß, Dr. Erickson hat es mir heute gesagt. Ich wäre sowieso heute Nacht hergekommen«, fügte er mit rauer Stimme hinzu.

»Gibt es keinen Ausweg mehr?«

Wir hatten dieses Thema so oft besprochen, dass es eher eine rhetorische Frage war.

Im Licht der Dämmerung sah ich, dass seine Augen vor Verzweiflung hell wurden.

Unerbittlich kam der Morgen. Ich wollte ihn festhalten und klammerte mich an seine Brust. Sanft löste er sich von mir und stand auf.

»Lass uns vernünftig sein, wir können vor unserem Schicksal nicht davonlaufen«, bat er mich.

»Das kann ich nicht, bleib noch, nur ein bisschen.« Ich setzte mich auf die Bettkante. War es so einfach für ihn?

»Du kannst die Sonne nicht aufhalten.«

Er strich eine Haarsträhne aus meinem Gesicht.

»Die Sonne nicht, aber vielleicht die Zeit.« Ich lächelte ihn an.

»Ich weiß nicht, wie ich ohne dich leben soll.« Meine letzten Worte kamen nur als verzweifeltes Flüstern über meine Lippen.

Er kniete sich vor mich und nahm meine Hände in seine.

»Em, ich liebe dich. Du bist meine ganze Welt. Egal, was passiert. Ich möchte, dass du weißt, dass mein Herz immer nur für dich schlagen wird.«

Er nahm meine Hand und legte sie auf sein Herz. Verzweifelt versuchte ich, die Tränen zurückzuhalten.

»Du wirst weiterleben, hörst du? Versprich es mir. Du wirst jeden Tag aufstehen und die Dinge tun, die dir wichtig sind. Und ich werde immer an dich denken.«

Resigniert nickte ich, ohne ihn anzuschauen. Er hob mein Kinn und küsste mich ein letztes Mal sanft auf die Lippen.

Das leise Knarren des Fensters sagte mir, dass er fort war. Eiskalter Wind fuhr ins Zimmer, doch ich war unfähig, mich zu bewegen. Langsam tropften die Tränen aus meinen Augen.

Kurze Zeit später huschte Amelie herein.

»Brr, ist das kalt hier.«

Schnell schloss sie das Fenster und setzte sich neben mich aufs Bett.

»Hast du ihn gesehen?«, fragte sie vorsichtig.

Ich nickte.

»Er war hier.«

»Er war hier?« Ihre Stimme klang vor Aufregung unnatürlich hoch.

Sie legte ihren Arm um mich und ich vergrub mein Gesicht an ihrer Schulter.

Bree sah mich genauso sorgenvoll an wie die ganzen letzten Tage, als ich zum Frühstück kam.

»Möchtest du ein Rührei?«, fragte sie fürsorglich und strich mir über mein Haar.

»Gern«, antwortete ich ihr.

Ich wollte ihr nicht böse sein, sie hatte alles in ihrer Macht Stehende getan, damit ich bleiben konnte. Lustlos stocherte ich kurze Zeit später in meinem Ei herum. Das

Frühstück verlief ausgesprochen ruhig. Amelie hatte Peter erzählt, dass Ethan vorhatte, mich zurückzuschicken, und dieser funkelte seinen Vater böse an.

Ethan wich seinem Blick aus und versuchte, Hannah und Amber dazu zu bewegen, ein Toast zu essen.

Unerwartet schlug Peter mit der flachen Hand auf den Tisch. Erschrocken fuhren wir zusammen.

»Dad, das kann nicht dein Ernst sein. Du kannst Emma nicht in die Staaten zurückschicken. Wir sind die einzige Familie, die sie hat. Dass du sie bei wildfremden Menschen leben lassen möchtest … Ich kann das nicht glauben. Würdest du das auch mit einem von uns tun?«

Ich hielt den Atem an. Noch nie hatte Peter in diesem Ton mit Ethan geredet. Ich erwartete, dass Ethan explodierte, ihn anschreien würde.

Doch Ethan schwieg. Alle sahen ihn an.

Dann fuhr er sich mit beiden Händen über sein müdes Gesicht.

»Ich weiß, dass es für euch schwer zu verstehen ist.«

Wieder schwieg er. Ich sah ihm an, wie er mit sich rang.

»Emma, Peter, Bree, wir fahren zu Dr. Erickson. Ich möchte, dass ihr den Grund für meine Entscheidung versteht. Amelie, du bleibst mit Hannah und Amber zu Hause.«

Sein Ton duldete keinen Widerspruch, und obwohl Amelie ihr Gesicht verzog, erhob sie keine Einwände.

16. Kapitel

»Wir müssen mit Dr. Erickson sprechen, ist er da?«, fragte Ethan Sophie, die uns die Tür öffnete. Sie nickte und ließ uns ins Haus.

Dr. Erickson saß mit Calum im Wohnzimmer. Ihren Mienen nach zu urteilen, hatten sie ein ernstes Gespräch geführt. Ich konnte mir denken, worum es ging. Worum es in der letzten Zeit immer ging. Als wir ins Zimmer marschiert kamen, standen beide auf. Dr. Erickson runzelte die Brauen. Niemand sagte etwas. Nach einigen Sekunden des Schweigens forderte Dr. Erickson uns auf, Platz zu nehmen. Calum trat zu mir und zog mich auf das Sofa. Peter setzte sich zu uns. Erst Sophie entspannte die Lage, als sie mit einem Tablett voller Tassen und Keksen das Zimmer betrat. Bree verteilte die Tassen und goss den Tee ein. Wenigstens ihre Anspannung ließ nach, als ob diese gewohnten Tätigkeiten ihr halfen, die Fassung zu bewahren.

Dr. Erickson machte schließlich den Anfang.

»Ethan, weshalb seid ihr hier? Ich nahm an, die Vereinbarung war klar. Emma fliegt zurück in die Staaten und sie und Calum sehen sich nicht noch einmal.«

Empört sah ich ihn an.

»Ich weiß, dass wir das besprochen haben«, erwiderte Ethan mit fester Stimme, »aber ich denke, meine Familie hat ein Recht auf die Wahrheit. Sie wissen, wie es damals war. Wir sind fast daran zerbrochen. Ich möchte das nicht noch mal durchmachen. Ich vertraue Bree und Peter. Sie werden das Geheimnis für sich behalten.«

»Es ist Ihre Entscheidung.« Dr. Erickson sah ihn durchdringend an. »Das Wissen verlangt eine hohe Opferbereitschaft, das ist Ihnen hoffentlich klar.«

Ethan nickte. Und dann begann Dr. Erickson zu erzählen. Die Gesichter von Bree und Peter wurden immer länger. Es klang alles zu fantastisch. Vieles von dem, was er erzählte, wusste ich schon, einiges war mir neu.

»Die Shellycoats leben in einem Clansystem. Jeder Clan hat seinen Anführer und alle Clans zusammen wählen einen König, dieser kann auch einen Nachfolger vorschlagen. Aber der Ältestenrat des Volkes bestimmt schließlich, wer tatsächlich König wird. Der König bleibt bis zu einem bestimmten Alter im Amt. Der Ältestenrat wacht auch über die Einhaltung der Gesetze und er legt im Kindesalter der Shellycoats fest, wer später mit wem vermählt wird. Uns erscheint das rückständig, weil unsere Kultur sich anders entwickelt hat. Die Shellycoats haben ihre Regeln jedoch vor Jahrhunderten festgelegt und sie nie geändert. Jeder ordnet sich dem Willen der Gemeinschaft unter, nur so kann das Überleben des Volkes gewährleistet werden. Die Jungen bleiben nach der Geburt sechs Jahre bei den Müttern, dann werden sie einem Vormund übergeben, der sie aufzieht und für die Kinder verantwortlich ist. Die Mädchen bleiben bei den Müttern.«

Er schwieg kurz.

Mir fiel ein, was mir letzte Nacht am See eingefallen war. Ich konnte nicht an mich halten und platzte heraus: »Dr. Erickson, mein Vater, wer war er?«

Erschrocken blickte Dr. Erickson mich an. Calum ließ mich los. Ich sah ihn an, konnte den Ausdruck in seinen Augen jedoch nicht deuten.

»Dein Vater…, er ist ein Shellycoat, Emma«, sagte Dr. Erickson ganz langsam. »Er lebte damals bei uns, wie jetzt Calum, und er verliebte sich in deine Mutter. Er hat ihr sein Geheimnis nicht verraten. Sie ist ihm eines Nachts gefolgt und hat den Tanz der Shellycoats beobachtet. Sie wurde dabei entdeckt und das war das Ende für die Liebe der Beiden. Dein Vater kehrte in dieser Nacht nicht zurück. Ich habe ihr dann gesagt, was er war. Ich konnte ihr Leid nicht mehr ertragen. Ich dachte, es würde ihr helfen. Ich musste sie warnen, nie wieder durfte sie ein Gewässer betreten.«

»Wer ist es?«, fragte Calum tonlos. Dabei wusste er es schon. Es kam nur einer in Frage.

Ernst sah Dr. Erickson ihn an. »Es tut mir leid, Calum. Es ist Ares.«

Stöhnend vergrub Calum sein Gesicht in seinen Händen.

»Was hat das zu bedeuten? Gehöre ich dann nicht auch zu seinem Volk?«

Verzweifelt schüttelte Calum den Kopf.

»Emma«, sagte er, »das macht es noch komplizierter.« Er blickte mich nicht an. »Ich habe es die ganze Zeit geahnt, die Art, wie du schwimmst, die Farbe deiner Augen. Du hast mich immer an jemanden erinnert, ich kam nicht darauf … es war so unwahrscheinlich. Vielleicht wollte ich es nicht wahrhaben.«

»Emma, Ares ist der König und Calums Ziehvater«, ergriff Dr. Erickson das Wort. »In seiner Welt bedeutet diese Bindung fast mehr als die zu einem leiblichen Vater. Da Ares dein Blutsverwandter ist, ist es unmöglich für euch zusammenzubleiben. Davon abgesehen werden Halblinge nicht akzeptiert. Das Blut muss rein bleiben. Ich weiß, das wirkt auf uns mittelalterlich. Aber kein Shellycoat darf von deiner Existenz erfahren, es ist zu gefährlich. Ich weiß nicht, was dann passiert. Nicht einmal Ares weiß, dass es dich gibt.«

Er sah Ethan entschuldigend an. »Es tut mir leid, Ethan, ich hätte das alles früher erzählen müssen. Ich hätte verhindern müssen, dass Emma überhaupt herkommt.«

Zornig sah ich ihn an.

»Glauben Sie nicht, ich hätte ein Recht gehabt, es zu wissen?«

»Wir dachten, dass es so besser und sicherer für dich sei. In erster Linie war es die Entscheidung deiner Mutter. Ich musste das akzeptieren. Ich mache mir große Vorwürfe, dass ich den Kontakt zwischen dir und Calum nicht von Anfang an unterbunden habe. Aber … ich hätte nicht gedacht, dass so etwas noch mal passieren könnte.«

»Was für eine Rolle spielen Sie in der Geschichte?«, fragte Peter.

»Auf der ganzen Welt gibt es Familien wie meine. Wir nennen uns die Eingeweihten«, erläuterte Dr. Erickson ihm. »Vor Jahrhunderten, als die Fabelwesen beschlossen, sich aus unserer Welt zurückzuziehen, trafen sie Vereinbarungen mit den damaligen Eingeweihten, die es ihnen ermöglichen sollten, in regelmäßigen Abständen Teil unserer Welt zu sein. Sie wollten in Kontakt mit den Menschen bleiben, in der Hoffnung, dass sie eines Tages würden zurückkehren können. Leider hat sich diese Hoffnung bisher nicht erfüllt.«

Man sah ihm die Trauer darüber deutlich an.

»Ich muss leider sagen, dass sich ein Großteil der Shellycoats den Menschen gegenüber mittlerweile feindselig verhält. Deshalb werden Partnerschaften zwischen Menschen und Shellycoats weiterhin abgelehnt. Kinder aus solchen Verbindungen werden vom Stamm nicht anerkannt. Ich weiß gar nicht, wann es das letzte Mal einen Halbling gab. «

Calum und er sahen sich in die Augen.

»Früher«, fuhr Calum an seiner Stelle fort, »waren Partnerschaften mit Menschen nicht unüblich. Doch sie wurden in der Zeit der großen Kriege verboten und dann, wie gesagt, unter Strafe gestellt. Die Frau oder meinetwegen auch der Mann, der sich mit einem Shellycoat verbindet, muss sterben. Das sind die Regeln. Das Geheimnis muss gewahrt werden.«

Peter hatte sich vorgebeugt und lauschte begierig jedem Wort, das Dr. Erickson oder Calum sprachen. Jetzt, nachdem niemand mehr etwas sagte, lehnte er sich zurück und stieß laut seinen Atem aus.

Stundenlang wogen wir jedes Für und Wider ab.

»Dieses Wissen ist sehr gefährlich, darüber müsst ihr euch im Klaren sein«, mahnte Dr. Erickson zum wiederholten Male. »Außerdem kann ich nicht sagen, wie der Große Rat reagieren wird, wenn er erfährt, dass mittlerweile so viele Menschen Bescheid wissen. Ehrlich gesagt, ich fürchte das Schlimmste. Die Stimmung ist nicht gut.«

»Vielleicht sollten wir erst einmal abwarten«, schlug ich zaghaft vor.

»Deine Rückreise ist beschlossene Sache, Emma. Ich dachte, das sei klar«, fiel mir Ethan ins Wort.

Da mischte sich Bree ein. Sie blickte Ethan in die Augen und sagte: »Nein, Ethan, das ist nicht klar. Nicht nach dem, was ich jetzt weiß. Deine Schwester ist an der Trennung zerbrochen und ich werde das für Emma nicht zulassen. Sie wird hierbleiben, solange es möglich ist, und sie wird sich weiter mit Calum treffen dürfen.« Ihr Ton duldete keine Widerrede. »Wir werden eine andere Lösung finden müssen.«

Ethan sah sie empört an. Bree hielt seinem Blick stand. Nach einem kurzen Moment gab er nach und seufzte.

»Vielleicht hast du recht, vielleicht ist es hier viel sicherer für sie. Okay, Emma, du darfst bleiben.«

Erleichtert schlang ich meine Arme um Calum und schmiegte mich an ihn. Ein Stein so groß wie der Mount Everest fiel mir vom Herzen.

»Unter einer Bedingung«, warf Dr. Erickson da ein.

»Und die wäre?«, fragte ich misstrauisch.

»Ihr müsst versprechen, vorsichtig zu sein. Meidet die Nähe von Wasser. Man weiß nie, wer euch da zu sehen kriegt. Es muss ein Geheimnis bleiben. Und Calum, ich hoffe, du weißt, wo die Grenze für euch ist.« Eindringlich sah er Calum an, bis dieser nickte.

Für mich war in diesem Moment nur wichtig, dass wir zusammenbleiben durften, dafür hätte ich alles versprochen.

Nach diesem Abend kehrte so etwas wie Normalität in unser Leben ein. Die Kälte, die draußen das Land in Beschlag nahm, machte mir nichts mehr aus.

Calum und ich verbrachten nun jeden Nachmittag zusammen. Jetzt musste ich nicht mehr heimlich aus dem Haus schleichen. Entweder er kam zu uns, oder ich ging nach der Schule mit ihm zum Pfarrhaus. Zweimal in der Woche gingen wir zu Sophie in den Laden. Meistens halfen wir ihr, die neuen Bücher, die ständig eintrafen, zu sortieren und zu katalogisieren. Der Laden verlor nie seinen Zauber für mich, sooft ich auch herkam. Wenn wir mit der Arbeit fertig waren, kochte Sophie in der kleinen Küche Tee für uns drei und immer wieder hatte sie neue Bücher für uns herausgesucht, die wir lesen sollten. Oft lagen wir dann an den Nachmittagen, die wir im Pfarrhaus verbrachten, eng aneinandergeschmiegt unter dem dicken Quilt und lasen uns gegenseitig die Lieblingsstellen aus diesen Büchern vor. Calum liebte Der Fänger im Roggen, Moby Dick, Der große Gatsby oder Macbeth.

Mir hatte Sophie auch ein paar Klassiker ausgesucht und die zerlesenen Exemplare von Der scharlachrote Buchstabe, Sturmhöhe und Jane Eyre brachten mich regelmäßig zum Weinen. Calum amüsierte sich darüber. Das war meist der Moment, wo er mir das Buch aus den Händen nahm und mich an sich zog, um mich zu küssen.

Weihnachten rückte näher und Ethan und Bree beschlossen, dass wir mit den Ericksons feiern würden. Das Schicksal hatte uns zusammengeschmiedet.

Die Ericksons kamen mit Calum zum Abendessen. Sophie und Bree hatten Tage vorher mit den Vorbereitungen begonnen. Niemand von uns durfte dabei in die Küche. Die beiden machten aus allem ein großes Geheimnis. Noch nie hatte ich ein Weihnachten in so ausgelassener Stimmung erlebt.

Früher waren meine Mutter und ich allein gewesen. Rückblickend kam mir das deprimierend vor.

Nach dem Tee nahm Calum mich beiseite.

»Emma«, sagte er feierlich mit vor Aufregung rauer Stimme. »Ich wusste nicht, was ich dir schenken sollte. Mein Herz hast du ja schon.«

Er lächelte mich an und ich griff nach dem kleinen Aquamarin, der an meinem Hals schaukelte, wohl wissend, dass er dieses Herz nicht meinte.

»Ich habe in den Sommerferien in einem Antiquitätengeschäft in London etwas entdeckt und gekauft, in der Hoffnung, es dir einmal schenken zu können.«

Ich merkte, wie meine Wangen sich röteten. Er zog ein kleines Päckchen aus der Hosentasche. Es war eine winzige schwarze Schatulle. Vorsichtig öffnete ich den Deckel. Eingesteckt in rotem Samt lag ein Paar Ohrringe, dass die Form von zwei kleinen silbernen Nixen hatte. Sie hatten winzige blaue Augen und passten damit perfekt zu meiner Kette.

»Sie sind wunderschön«, flüsterte ich.

Er strahlte mich an. »Sie gefallen dir?«

Statt einer Antwort stellte ich mich auf die Zehenspitzen und umarmte und küsste ihn. Nach einer Weile drang Ethans Hüsteln an mein Ohr und verlegen ließ ich von Calum ab.

Der Januar bestand hauptsächlich aus Schularbeiten. Calum würde im Sommer seinen Abschluss machen und die Vorbereitungen hierfür waren anstrengend. Die Gedanken daran, was danach kommen würde, verdrängte ich erfolgreich. Die

Lehrer schienen zu glauben, dass der Stoff der letzten Jahre aufgefrischt werden müsste.

Fast täglich machten wir unsere Hausaufgaben zusammen. Calum war trotz seines doppelten Pensums meistens vor mir fertig. Wenn ich mich darüber beschwerte, witzelte er und verwies auf sein Alter und seine Erfahrung. Ich fand das nicht lustig.

Genauso sollte es bleiben, wünschte ich mir, während die Wochen vergingen.

Nur die Vollmondnächte machten mir Sorgen. Jedes Mal aufs Neue hatte ich große Ängste ausgestanden, befürchtet, dass er nicht zurückkommen würde, dass uns jemand entdeckt oder verraten hatte. Obwohl Calum versuchte, mich zu beruhigen, spürte ich, dass er meine Ängste teilte.

Ich stand am Fenster und wartete in diesen Nächten stundenlang, dass er zurückkam. Erst wenn er zurück war und ich die Wärme seines Körpers spürte, entspannte ich mich.

»Ich bezweifle, dass wir hierfür Ethans Erlaubnis haben. Was meinst du?«, hatte er mich gefragt, als er im Dezember das erste Mal nachts zu mir gekommen war.

»Mit Sicherheit nicht. Es sind nur diese Nächte, ich würde sonst womöglich sterben vor Angst«, erwiderte ich bittend. Wenn es nach mir gegangen wäre, hätte er jede Nacht kommen können, aber wir wollten unser Glück nicht herausfordern.

Als die Tage Ende März länger und wärmer wurden, begannen wir wieder in den Wald zu gehen. Einmal hatte ich ihn gefragt, ob der Aufenthalt an dem kleinen Weiher nicht gefährlich für uns sein konnte, schließlich hatten wir versprochen, uns keinem Wasser zu nähern.

»Nein, hier kommt kein Shellycoat her. Der Teich ist zu klein. Es ist ungefährlich für uns. Und schließlich gehen wir ja nicht hinein, obwohl, ich würde gern wissen ...« Versonnen blickte er mich an.

»Was?«, fragte ich.

Doch er schüttelte den Kopf und wechselte das Thema.

Wieder war ein Monat verflogen und ich stand am offenen Fenster und wartete, dass er kam. Für eine Aprilnacht ist es ungewöhnlich warm, dachte ich. Der Wind strich sanft über das Gras und der helle Vollmond funkelte am Himmel. So schön der Anblick war, ich fürchtete diese Nächte. Heute dauerte es besonders lange. Ich wurde immer angespannter. Mehrmals spielte mir meine Fantasie einen Streich und ich glaubte, Calum zu sehen. Aber es entpuppte sich jedes Mal als eine Täuschung. Es war gegen zwei Uhr morgens und ich tippte wütend auf meinem Laptop herum, als ich das gewohnte Knarren meines Fensters hörte. Ich schaute nicht auf, sondern starrte weiter finster auf den Bildschirm.

»Entschuldige«, lachte er leise. »Ich dachte nicht, dass du so lange warten würdest.«

Er schob sich hinter mich aufs Bett.

»Ist dir nicht kalt?«

Er musterte mich, wie ich da mit T-Shirt und kurzer Hose saß. Ich gab keine Antwort. Langsam und zärtlich bedeckte er meinen Hals und meinen Nacken mit Küssen. Sofort wurde mir warm.

»Du bist mir böse«, stellte er fest.

Ich schüttelte den Kopf.

»Ich merke es genau, du kannst vor mir nichts verbergen.«

Ihn schien meine Angst zu amüsieren.

»Lass das«, sagte ich und zog meinen Kopf weg. »Ich bin nicht böse, ich bin wütend. Du warst viel zu lange fort. Ich sterbe jedes Mal vor Angst, dass du nicht zurückkommen könntest, und du machst dich lustig über mich.«

Er beachtete meine Worte nicht, sondern zog mich fester an sich und fuhr fort, meinen Nacken mit seinen Lippen zu streicheln. Schauer liefen durch meinen Körper.

»Hör auf damit«, versuchte ich noch mal zu protestieren, »so kann ich dir unmöglich länger böse sein.«

»Das ist der Plan.«

Er zog mich mit einem Ruck auf seinen Schoß, verschloss meinen Mund mit seinen Lippen und mein Widerstand schmolz dahin.

Wie jedes Mal wenn er zurückkam, wirkte er ganz euphorisch, als ob diese Nächte ihn belebten. Ich konnte kaum ermessen, was diese Nächte ihm bedeuteten.

»Ich habe mir etwas überlegt«, sagte er nach einer Weile. »Ich würde gern etwas ausprobieren ... Aber ich warne dich, es ist verrückt. Okay, es ist völlig irrsinnig.«

Irritiert sah ich ihn an. Wenn er in diesem Ton mit mir sprach, konnte ich ihm nichts abschlagen.

»Komm, zieh dir was an.«

Schnell sammelte er meine Sachen zusammen, die verstreut auf dem Boden lagen, und schüttelte dabei den Kopf über meine Unordnung.

Dann half er mir, aus dem Fenster zu klettern. Hand in Hand liefen wir über die Wiese.

»Wo willst du mit mir hin?«, fragte ich ihn, nachdem ich ins Auto gestiegen war.

»Lass dich überraschen.«

Er fuhr los.

»Wie war es heute Nacht?« Ich versuchte, beiläufig zu klingen.

»Wie immer.«

Er klang gleichmütig, doch in seinen Augen blitzte der Übermut. Er griff nach meiner Hand und zog sie an seine Lippen.

Ich lehnte mich in meinen Sitz und schwieg. Er würde mir nicht verraten, was er vorhatte.

Es dauerte eine Weile, bis wir am Ziel ankamen. Ich stieg aus und sah mich um. Hätte der Vollmond nicht geschienen, wäre es stockfinster gewesen. Wir waren mitten in den Bergen.

»Calum, was hast du vor?«, fragte ich besorgt.

»Du musst keine Angst haben, ich möchte es wenigstens versuchen.«

Er griff nach meiner Hand und zog mich hinter sich her. Ich hatte einige Mühe, mit ihm Schritt zu halten und im Dunkeln nicht zu stolpern. Mit großen Schritten lief er bergauf. Ich war so auf den unebenen Weg vor mir konzentriert, dass ich nicht darauf achtete, wohin er lief. Erst als er abrupt stehen blieb, so dass ich gegen ihn prallte, sah ich auf. Wir standen auf einer Bergkuppe. Zu unseren Füßen, eingebettet in die grünen Hänge, lag ein See. Das Wasser sah von hier oben pechschwarz aus.

Calum strahlte mich an, doch ich schüttelte verständnislos den Kopf.

»Weshalb schleppst du mich mitten in der Nacht in die Berge?«, fragte ich argwöhnisch.

»Ich möchte, dass du mit mir schwimmen gehst.«

Seine Augen glühten erwartungsvoll.

»Das kann nicht dein Ernst sein.«

Ich schüttelte den Kopf und wich einen Schritt zurück. Doch er hielt meine Hand fest.

»Abgesehen davon, dass ich nie in einen See gehe, schon gar nicht mitten in der Nacht, haben wir etwas versprochen.«

»Du hast recht und ich habe lange darüber nachgedacht. Ich bin mir sicher, dass es hier ungefährlich sein wird. Bitte, Emma, ich möchte ein einziges Mal gemeinsam mit dir schwimmen, und ich kann es nur in einer Vollmondnacht tun.«

Beinahe flehend sah er mich an.

»Weshalb ist dir das so wichtig?«

Er musste den Verstand verloren haben.

»Ich bin ein Wassermann, Schwimmen ist mein Leben. Tu mir den Gefallen und ich glaube, danach wirst du verstehen, weshalb es mir so viel bedeutet.«

Es war unmöglich, seiner Bitte nicht nachzugeben.

»Du brauchst keine Angst haben, ich werde dich keine Sekunde loslassen.«

Er wirkte so aufgewühlt, dass ich nickte. Ich musste nicht ganz bei Trost sein. Doch es gab kein Zurück mehr.

Er lief mit mir den Abhang hinunter. Am Ufer zog ich, bis auf meinen Slip und ein T-Shirt, meine Sachen aus und legte sie ins Gras. Calum wartete am Ufer auf mich. Seine makellos glatte Haut glitzerte verstörend im Mondlicht. Nur mit Mühe unterdrückte ich ein Keuchen. Er war einfach zu schön, zu perfekt. Unwillkürlich streckte ich die Hand aus, um seine Brust zu berühren. Doch er ergriff sie und sah mich mit einem Mal besorgt an.

»Ich werde dich zurückbringen, Emma. Du musst dich nicht fürchten, hörst du? Ich schwöre, dass dir nichts geschehen wird.« Seine Stimme klang rau.

Wortlos nickte ich. Zum Glück hatte er meinen Blick missverstanden. Angst hatte ich nicht. Es war pures Verlangen. Mein ganzer Körper vibrierte bei der Bemühung, dieses fremde Gefühl zu unterdrücken. Es gelang mir nicht.

Vorsichtig, Schritt für Schritt gingen wir gemeinsam in das kalte Nass. Mein Herz begann schneller zu schlagen, am liebsten wäre ich umgedreht und weggelaufen. Doch er hielt mich fest, zu fest. Als mir das Wasser bis zum Hals stand, drehte er sich zu mir um, legte seine Arme um mich und zog mich an sich. Jetzt schlug mein Herz frenetisch gegen seine Brust.

»Hab keine Angst«, murmelte er an meinem Ohr. »Versuche normal weiterzuatmen.«

Was meinte er damit? Panik stieg in mir auf. Ich versuchte mich freizumachen, doch er ließ mich nicht los. Er sah mir in die Augen und zog mich unter Wasser. Es war stockfinster. Ich konnte ihn nicht sehen, nur fühlen. Ich hielt die Luft an, strampelte mit den Beinen, versuchte mich zu befreien. Er ließ mich nicht los, ich konnte nicht zurück an die Oberfläche. Weshalb tat er das? Ich würde ertrinken. Meine Lunge drohte zu platzen. Bunte Ringe tanzten vor meinen Augen. Die Panik verstärkte sich. Da begann das Wasser um uns herum zu leuchten. Es wurde so hell, dass ich sein Gesicht, seine Augen sehen konnte.

»Atme«, sagte er streng. »Du musst atmen, Emma. Bitte, vertrau mir.«

Ich hatte keine andere Chance, länger konnte ich die Luft nicht anhalten. Also atmete ich ein und wartete, dass mir das Wasser in die Lungen strömte. Nichts dergleichen geschah. Ich konnte ganz normal weiteratmen. Das war unmöglich. Calum strahlte mich an.

»Ich wusste es«, hörte ich seine Stimme triumphierend in meinem Kopf. Jedes Wort war so klar, als würde er mit mir sprechen. Geschah das hier wirklich?

Es war erstaunlich. Das Wasser schimmerte in Hunderten Blautönen und während meine Finger durch das Wasser glitten, fiel mir auf, dass das Licht genau dieselbe Farbe wie Calums Augen hatte.

Bevor ich darüber nachdenken konnte, packte mich Calum an der Hand und schoss mit mir durchs Wasser. Immer tiefer zog er mich und ich sah eine Welt, die ich mir in meinen kühnsten Träumen nicht hätte ausmalen können. Alles war voller Licht, der Boden des Sees funkelte in Farben, die ich nie gesehen hatte. Fische huschten durch Wälder aus Algen, die sanft hin- und herschwangen und in Tausenden Grüntönen schimmerten. Calum wurde nicht müde, mir immer neue Wunder zu zeigen. Steinformationen bildeten riesige Labyrinthe, die wir mit immer schnellerer Geschwindigkeit durchschwammen. Sie sahen aus wie versunkene Städte.

Am faszinierendsten war Calum selbst. Seine Bewegungen waren so anmutig, dass ich den Blick nicht von ihm abwenden konnte. Trotz seiner Schnelligkeit, mit der er mich durchs Wasser zog, kam es mir vor, als ob er sich kaum bewegte.

Sein Körper schimmerte im Wasser silbern und seine Augen strahlten im tiefsten Azurblau. Ich musste ihn berühren, ihn küssen. Das Verlangen danach wurde übermächtig.

Als er innehielt, um mir etwas zu zeigen, legte ich meine Arme um seinen Nacken und zog ihn an mich. Ich spürte, wie sein Körper sich versteifte, und achtete nicht darauf. Er fühlte sich ungleich besser an als an Land. Ich schmiegte mich an ihn, küsste seine Brust, seinen Hals und zog seinen Kopf zu mir herab. Er gab seinen Widerstand auf und umarmte mich. Seine Berührungen brannten auf meiner Haut. Nie gekannte Gefühle durchströmten mich. Es war, als ob in meinem Kopf etwas explodierte, hinter meinen Lidern blitzten bunte Lichter. Das Rauschen in meinen Ohren wurde zum Sturm. Ich umklammerte ihn fester, schlang meine Beine um seinen Körper und wusste, dass ich nur noch ihn wollte. Es war wie ein Zwang, ich konnte mein Verlangen nicht bremsen. Wir rasten durchs Wasser und die Geschwindigkeit verstärkte den Rausch nur noch.

Dann war es vorbei. Er stieß mich von sich und schwamm so schnell davon, dass ich ihn in dem brodelnden Wasser nicht ausmachen konnte. Verwirrt und panisch blickte ich mich um. Unfähig mich zu bewegen, sank ich wie ein Stein tiefer. Da war er wieder an meiner Seite.

»So weit dürfen wir nie wieder gehen, Emma«, hörte ich seine Stimme in meinem Kopf. Sein Atem ging stoßweise. Er sah mich an und mein Verlangen spiegelte sich in seinen Augen.

Ich war völlig durcheinander, mein Herz schlug so heftig, dass ich befürchtete, es würde sich nie wieder beruhigen. Auf einmal fühlte ich mich leer. Er wollte mich nicht, schoss es mir durch den Kopf.

Calum nahm meine Hand und zog mich durch das Wasser nach oben. Hinter uns verdunkelte sich der See.

Langsam stieg ich aus dem Wasser und stolperte über das steinige Ufer. Calum hielt mich, sonst wäre ich gefallen. Meine Beine waren wie Pudding. Nass wie ich war, begann ich in der kalten Luft zu zittern. Schnell zog ich die nassen Sachen aus und schlüpfte in meine Jeans und meinen Pullover. Niemand von uns sagte ein Wort.

Unbemerkt trat Calum hinter mich.

»Es tut mir leid, Emma. Ich wollte dich nicht verletzen.«

»Weshalb hast du es dann getan?« Meine Stimme zitterte.

»Ich möchte nicht, dass du das Schicksal deiner Mutter teilst. Soweit darf es nicht kommen. Verstehst du?«

Ich nickte und verstand rein gar nichts. Ich konnte ihn nicht ansehen.

Er legte einen Arm um meine Taille und wollte mit mir loslaufen, als sich eine Gestalt aus der Dunkelheit löste.

Ich sah sie zuerst und erschrak so sehr, dass ich aufschrie. Calum schob mich hinter seinen Rücken, doch ich wollte sehen, wer uns beobachtet hatte.

Ein schlanker Mann mit langem blondem Haar trat näher und ich wusste, dass er ein Shellycoat war. Er sah Calum ähnlich, doch seine Augen funkelten eisblau. Abgrundtiefer

Hass war darin zu lesen. Obwohl er normalerweise sicherlich hübsch war, verzerrte etwas Böses sein Gesicht zu einer Fratze.

Namenlose Furcht machte sich in mir breit. Er hatte uns entdeckt und beobachtet. Das war das Schlimmste, was hatte passieren können.

»Was tust du hier, Elin?«, fragte Calum schneidend und ohne eine Spur von Angst.

»Das sollte ich lieber dich fragen, denkst du nicht? Ich wusste immer, dass du unser Volk betrügst. Amia hat gespürt, dass du sie nicht mehr willst. Sie war so dumm, mir davon zu erzählen.« Er warf seinen Kopf in den Nacken und lachte höhnisch.

Das Blut gefror mir in den Adern.

»Du kennst unsere Gesetze und du kennst die Strafe. Gerade du, du hast dir doch immer etwas darauf eingebildet, dass du unsere Gesetze so genau befolgst. Du wagst es, in einer Vollmondnacht mit einer Menschenfrau zu schwimmen. Dafür wirst du dich verantworten müssen.« Er spie diese Worte Calum hasserfüllt ins Gesicht.

Sein Gesicht und seine Stimme waren voller Heimtücke.

»Soll ich sie gleich töten oder willst du es selbst tun? Du weißt, dass es unvermeidlich ist.«

Er griff so schnell nach meiner Kehle, dass niemand von uns beiden die Möglichkeit hatte, zu reagieren. Obwohl er nicht weiter zudrückte, spürte ich, dass mir das Atmen von Sekunde zu Sekunde schwerer fiel. Lauernd sah er Calum an.

»Lass sie los.«

Calums Worte, obwohl nur im Flüsterton gesprochen, klangen durch die Nacht wie ein Schrei.

Elins Augen verengten sich zu schmalen Schlitzen. In dem Moment riss ich mich los und biss ihn fest in den Arm.

Mit einem Aufschrei ließ er mich los und ich taumelte in Calums Arme.

»Emma, du gehst auf der Stelle zum Auto«, befahl er mir. Seine Hand, die mich eben umfasst hatte, gab mich frei. Ich rührte mich nicht. In meinen Ohren hämmerte es.

»Emma, geh und fahr heim«, bestimmte er. Sein Gesicht hatte sich versteinert und seine Augen blitzten gefährlich.

Ohne Widerspruch lief ich los.

»Lauf«, befahl ich mir, obwohl meine Beine mich kaum trugen.

Hinter mir hörte ich ein Fauchen, das unmöglich aus einer menschlichen Kehle stammen konnte, dann den Zusammenprall zweier Körper. Ich sah nicht zurück.

Als ich im Wagen saß, spürte ich, dass nicht nur meine Hände zitterten. Mein ganzer Körper vibrierte, aus Angst und vor unterdrücktem Verlangen. Meine Zähne schlugen laut aufeinander. Ich zog meine Jacke fester um mich, atmete tief durch und versuchte, mich zu beruhigen. Meinen Kopf ließ ich auf meine Knie sinken. Die Zeit blieb stehen.

Was, wenn er Calum verletzte oder tötete? Sollte ich Hilfe holen? Konnte ich ihn allein lassen? Er hatte mir befohlen zurückzufahren.

Ich startete den Wagen.

Viel zu schnell fuhr ich zum Pfarrhaus. Meine Angst um Calum wurde von Sekunde zu Sekunde größer. Die Dämmerung brach an, doch ich hatte keinen Blick für das glühend rote Licht, das zwischen den Bergen hervortrat.

Trotz der frühen Stunde war Dr. Erickson wach. Er musste an meinem Gesicht erkannt haben, dass etwas Schreckliches passiert war. Ich stammelte los, wollte erklären, was geschehen war, er hielt mir die Tür zur Bibliothek auf und drückte mich in einen Sessel. Dann hüllte er mich in eine warme Decke und reichte mir eine Tasse heißen Tee.

Ich verbrühte mir die Zunge, doch der Rum, den er dem Tee beigemischt hatte, verfehlte seine Wirkung nicht. Mir wurde augenblicklich warm.

»Was ist passiert?«, fragte er, während er für sich eine Tasse einschenkte.

Ich holte tief Luft.

»Calum war mit mir schwimmen.«

Schneller, als ich es Dr. Erickson zugetraut hätte, wirbelte er herum. Der heiße Tee schwappte über und lief über seine Hand. Er schien es nicht zu spüren. Fassungslos blickte er mich an.

»Das kann ich nicht glauben, sag, dass ich mich verhört habe. Er wollte es unbedingt wissen, um jeden Preis, ja?«

Ich wusste nicht, was er meinte.

»Wo ist Calum jetzt?«, fragte er endlich.

»Er hat mich fortgeschickt. Da war ein anderer Shellycoat. Calum nannte ihn Elin. Er ist uns gefolgt. Ich glaube, dass die beiden miteinander gekämpft haben. Wir müssen zurückfahren und nach Calum sehen. Er könnte verletzt sein.«

»Schnell, Emma. Du musst mir den Weg zeigen.«

Noch in die Decke gehüllt, lief ich mit ihm zum Auto. In rasendem Tempo fuhren wir zurück zum See. Als wir ausstiegen, war alles ruhig. Noch hing das Dämmerlicht zwischen den Bergen.

»Du bleibst hier«, befahl Dr. Erickson.

Ich wollte protestieren, doch sein Blick erstickte jeden Widerspruch in mir.

Stöhnend schloss ich meine Augen und lehnte mich zurück.

Als die Autotür sich öffnete, flog mein Kopf zur Seite. Es war Calum. Ein Schluchzen entrang sich meiner Brust und ich presste die Hände auf meinen Mund. Er setzte sich neben mich und startete den Wagen. Dr. Erickson rutschte ohne ein Wort auf die Rückbank.

In diesem Moment sahen wir Elin auf der Kuppe des Berges vor uns stehen. Im Dämmerlicht sah ich, dass er verletzt war. Eine blutende Wunde zog sich über seine Wange.

»Ich werde euch kriegen, wohin ihr auch lauft.«

Er kreischte es laut in den beginnenden Tag.

»Hörst du, Calum? Ich werde euch töten, alle. Ich werde keine Ruhe geben, bis ich euch ausgelöscht habe. Einen nach dem anderen. Ihr könnt mir nicht entkommen. Wo immer ihr euch verkriecht.«

Er lachte noch einmal laut auf. Dann drehte er sich um und verschwand.

Tröstend hielt Calum meine Hand. Niemand von uns sprach ein Wort, während mein Herzschlag sich beruhigte.

Erst als wir zurück im Pfarrhaus waren, begann Dr. Erickson zu sprechen.

Er war wütend, so wütend, wie ich ihn noch nie erlebt hatte.

»Weshalb konntest du dich nicht beherrschen? Musstest du sie in Gefahr bringen?«, brüllte er Calum an. »Reicht es nicht, dass ihre Mutter tot ist, willst du für Emmas Tod verantwortlich sein?«

Calum schwieg und ließ die Vorwürfe auf sich herabprasseln.

Dr. Erickson ließ sich aufstöhnend in einen der Sessel fallen.

»O Gott, von allem, was passieren konnte, ist das Schlimmste eingetreten. Elin war der allerletzte der Shellycoats, der euch sehen durfte. Von ihm ist keinerlei Gnade zu erwarten. Hast du seine Augen gesehen? Er scheint völlig verrückt geworden zu sein. Der Hass hat ihn zerfressen.«

Er machte eine Pause.

»Konnte Emma dir wenigstens widerstehen?«

Calum nickte langsam.

»Weißt du nun, was du wissen wolltest?«

»Sie kann unter Wasser atmen.«

Starr vor Erstaunen, blickte Dr. Erickson mich an.

»Ich hatte davon gehört«, sagte er nach einer Weile, »doch dass es wirklich möglich ist … Trotzdem, du hättest sie auf keinen Fall diesem Risiko aussetzen dürfen.«

Ich verstand kein Wort. Müdigkeit übermannte mich. Ich konnte meine Augen nicht mehr offen halten. Die Stimmen verwischten. Es war unmöglich, ihnen zu folgen.

»Bring sie ins Bett. Wir werden später darüber reden. Ich rufe Ethan an und sage ihm Bescheid, dass Emma bei uns ist.«

Calum nahm mich auf den Arm und trug mich die Treppe hinauf. Dann legte er mich auf sein Bett und deckte mich zu.

»Was hat er damit gemeint, ob ich dir widerstehen konnte?«

Vor Müdigkeit konnte ich kaum die Worte formen.

»Schlaf jetzt, ich erkläre es dir später.«

Er legte sich neben mich unter die Decke. Während ich mich an ihn schmiegte, schlief ich ein.

17. Kapitel

Als ich aufwachte, schlief Calum noch. Lange betrachtete ich sein Gesicht. Er war wunderschön. Ich kannte keinen schöneren Menschen. Aber genau genommen war er das ja nicht. Vorsichtig berührte ich seine Lippen. Sofort schlug er die Augen auf.

»Ich wollte dich nicht wecken«, sagte ich leise.

Ohne ein Wort zog er mich an sich und küsste mich mit einer Verzweiflung, die mir fremd an ihm war. Mein Körper reagierte wie von selbst und keuchend presste ich mich an ihn.

Da klopfte es. Calum ließ mich nur widerwillig los und stand auf.

Er ging zur Tür und öffnete sie. Leise sprach er mit Sophie.

Dann drehte er sich zu mir um. Ich hoffte, dass er wieder zu mir kommen würde.

»Komm, steh auf, lass uns frühstücken.«

Wir gingen in die Küche und die Angst vor dem, was uns erwartete, kroch langsam, aber stetig in mir hoch.

Dr. Erickson saß mit finsterem Gesicht am Küchentisch und nippte an seinem Tee. Sophie nickte mir aufmunternd zu, aber auf ihrer Stirn hatten sich Sorgenfalten gebildet. Kaum saßen wir, brachte Dr. Erickson das Gespräch auf die Ereignisse der vorherigen Nacht. Ohne mich eines Blickes zu würdigen, wandte er sich Calum zu.

»Was du getan hast, war absolut unverantwortlich. Doch es ist nicht mehr zu ändern. Elin wird nicht zögern, es dem Großen Rat mitzuteilen. Es wird nicht lange dauern, bis du dein Verhalten wirst erklären müssen. Du hast kaum Zeit. Bis zur Sommersonnenwende sind es nur ein paar Wochen. Ich kann euch nicht mehr helfen. Du musst eine Entscheidung treffen. Noch kannst du zurückkehren. Du hast dich nicht mit Emma vereinigt, es besteht die Chance, dass sie dir vergeben. Außerdem braucht Ares dich. Allein schafft er es nicht mehr, Elin die Stirn zu bieten. Seit dem Tod von Emmas Mutter ist er ein gebrochener Mann. Elin will mit aller Macht sein Nachfolger werden. Ich weiß es und du weißt es. Verbinde dich mit Amia, so wie es bestimmt ist und nimm den Platz ein, für den du vorbereitet wurdest.«

Ich glaubte, mich verhört zu haben. Was redete er da? Ich wollte etwas sagen, doch Calum legte seine Hand auf meine und hielt mich zurück.

»Es stimmt, was er sagt, Emma. Ich habe dich in sehr große Gefahr gebracht. Das ist unverzeihlich von mir. Ich hätte wissen müssen, dass Elin mir nicht traut. Aber dass er mir folgt, das hätte ich nie vermutet. Er hat das Wasser noch nie verlassen. Im Gegenteil, er verachtet die von uns, die sich für die Menschen interessieren.«

»Er will deinen Platz, Calum. Ihm ist jedes Mittel recht, sein Ziel zu erreichen.« Flehend klang die Stimme von Dr. Erickson. »Das darfst du nicht zulassen.«

»Ich weiß.« Calum raufte sich die Haare und verbarg sein Gesicht in seinen Händen. »Jedem würde ich mit Freude den mir zugedachten Platz überlassen, nur nicht Elin.«

Dann folgte eine endlose Zeit des Schweigens. Nur mit Mühe unterdrückte ich eine Panikattacke.

»Ich kann dich nicht zu einer Entscheidung zwingen«, sagte Dr. Erickson dann, »aber ich bete, dass du die richtige triffst.«

Calum schüttelte den Kopf.

»Ich kann das nicht. Ich kann Emma nicht verlassen.«

Mein Herz flatterte.

»Es ist besser, wenn du Emma nach Hause bringst. Wir sollten alles andere allein besprechen«, erwiderte Dr. Erickson mit frostiger Stimme.

Calum und ich liefen nebeneinander zum Auto. Mein Kopf schwirrte, ich musste unbedingt einige Dinge wissen, bevor Calum mich zu Hause absetzte. Ich wusste nicht, wo ich beginnen sollte.

»Calum?«, sagte ich vorsichtig. »Du musst mir einiges erklären.«

»Ja, ich weiß.« Er lächelte, doch es war kein frohes Lächeln. »Lass uns das auf später verschieben.« Bittend sah er mich an. »Ich hab jetzt nicht die Kraft dazu.«

»Du wirst nichts Unüberlegtes tun, oder?«

Würde er verschwinden, wie mein Vater damals? Ein Schmerz durchfuhr mich. Ich sah ihn an und griff nach seiner Hand.

»Calum, du wirst nicht zurückgehen, ohne dich von mir zu verabschieden.«

Er blickte mich an und ich sah in seinen Augen, dass er das überlegte.

»Das kannst du mir nicht antun, versprich es mir«, forderte ich.

Es war egoistisch von mir, aber es war mir egal. Ich konnte jetzt nur an mich denken.

Wütend funkelte er mich an.

»Ich kann dich doch gar nicht verlassen, das müsstest du mittlerweile gemerkt haben.«

»Gut.«

Erleichtert lehnte ich mich zurück und ignorierte seine Wut.

Er stieg nicht aus, als wir am Haus ankamen. Ich wollte ihm einen Kuss auf die Wange geben, doch er sah mich nicht an.

Ich redete mir ein, dass er sich erst beruhigen musste. In der letzten Nacht war viel zu viel geschehen. Auch ich musste in Ruhe über alles nachdenken.

Ich lief ins Haus und wappnete mich auf dem Weg gegen die Vorwürfe, die auf mich einprasseln würden.

Zu meinem Erstaunen waren es weder Bree noch Ethan, die mir Vorwürfe machten, sondern Peter.

»Wie konntet ihr so unendlich dumm sein?« Er kam in mein Zimmer, kaum dass ich es betreten hatte.

»Wieso weißt du davon?«

»Dr. Erickson hat angerufen.«

»Hm.«

Ich wollte allein sein und hatte keine Lust auf ein längeres Gespräch. Ich hoffte, dass er gehen würde, wenn ich so einsilbig blieb.

Aber Peter setzte sich auf mein Bett und sah mich an.

»Emma, hast du dir von Calum oder von Dr. Erickson die Gesetze seines Volkes mal erklären lassen?«

Ich ließ mir seine Worte durch den Kopf gehen und biss mir auf die Lippen. Was wusste ich eigentlich? Nur Bruchstücke. Und das, was ich wusste, reichte mir. So fiel es mir viel leichter zu glauben, dass Calum wie ich war. Erst letzte Nacht war deutlich geworden, wie anders er war.

»Peter, bitte, ich kann das jetzt nicht. Lass uns ein anderes Mal reden. Okay?«

Wortlos stand er auf und verließ mein Zimmer.

Seufzend fiel ich auf mein Bett und zog meine Beine an die Brust. Ich schloss die Augen und versuchte, mich an jedes Detail im See zu erinnern. Es war so überwältigend gewesen. In meinen Träumen versank ich im Wasser.

Es war schon dunkel, als Calum kam. Meine Erleichterung war grenzenlos. Ich sprang auf und wollte ihn umarmen, doch etwas in seinem Gesicht hielt mich davon ab.

Er setzte sich zu mir und sah mich an. Er sah müde und erschöpft aus.

»Ich wäre bereit für deine Fragen, wenn du möchtest.« Er lächelte mich an und mein Herz flog ihm zu.

»Ich weiß nicht, wo ich anfangen soll«, sagte ich verlegen. »Es ist so verwirrend.«

»Ja, das ist es wohl. Ich möchte mich bei dir entschuldigen, Emma. Es war selbstsüchtig von mir, dich mit zum See zu nehmen.«

Er griff nach meiner Hand. Er nannte sich selbstsüchtig. Ungläubig schüttelte ich den Kopf.

»Dafür musst du dich nicht entschuldigen«, sagte ich und blickte ihm in die Augen. »Das war das Wunderbarste, was ich je erlebt habe.«

»Es hätte dich umbringen können. Ich hätte Unrecht haben können. Ich konnte nicht sicher sein, dass du unter Wasser atmen kannst.« Er schwieg und strich mir sanft über die Wange. »Aber ich habe es so gehofft.«

»Weshalb?«

Es dauerte eine Weile, bis er antwortete: »Ich kenne vieles von deiner Welt und ich wollte, dass du ein winziges Stück von meiner kennen lernst. Damit du verstehst …«

Er schwieg.

»Warum du nicht bei mir bleiben kannst?«, beendete ich stockend seinen Satz.

Er nickte und fuhr sich mit beiden Händen durchs Haar.

»Ich bin unentschlossen, glaub nicht, dass meine Entscheidung feststeht. Ich hoffe immer noch …«

Doch was er hoffte, erfuhr ich nicht mehr, denn er zog mich an sich und streichelte mein Gesicht, als ob er sich jedes Detail genau einprägen müsste. Seine Lippen waren nur Zentimeter von meinen entfernt und das Verlangen wurde unerträglich. Er hielt mich zurück, hielt sich zurück, als würde jeder Kuss, den er mir gab, uns nur noch stärker verbinden.

»Wer ist Amia?«, fragte ich ihn, um das Schweigen zu brechen und meine dringendste Frage loszuwerden.

Unwillig schüttelte er den Kopf.

Aber ich war nicht bereit nachzugeben.

»Du wolltest meine Fragen beantworten. Hier ist eine.«

Er gab sich geschlagen.

»Wenn du es unbedingt wissen willst. Amia ist die Frau, die für mich bestimmt wurde. Wir kennen uns seit unserer Kindheit. Ich mag sie gern.«

Er sah, wie ich meine Augenbrauen in die Höhe zog.

»Nicht so wie dich, du Dummerchen.« Er lächelte mich liebevoll an. »Eher wie eine Schwester. Trotzdem bin ich froh, dass sie für mich ausgewählt wurde. Es hätte mich schlimmer treffen können. Sie ist hübsch, sehr nett und wir würden gut zusammenpassen.«

Mein Unmut verstärkte sich und war mir so deutlich anzusehen, dass Calum über mich lachte.

»Du wolltest es ja wissen«, sagte er grinsend.

»Nicht jedes Detail.«

Ich war verstimmt.

»Ich möchte dir nichts verschweigen.«

Lachend zog er mich fester an sich.

»Es gibt so vieles, was dich tausendmal attraktiver für mich macht«, flüsterte er mir ins Ohr.

»Das wäre?«, fragte ich empört.

»Dass du so leicht wütend wirst, wenn du dich ärgerst. Dass du rot anläufst, wenn du verlegen bist. Dass du so leidenschaftlich bist.«

Prompt wurde ich knallrot.

»Das bringt mich zu meiner nächsten Frage«, sagte ich vorsichtig.

Ich wusste nicht, wie ich es formulieren sollte. Aber ich musste wissen, weshalb er mich nicht gewollt hatte.

»Ich kann es mir denken.«

Er sah mich an und wieder sah ich, wie in einem Spiegel, mein Verlangen.

»Die körperliche Vereinigung bedeutet bei uns mehr als bei euch Menschen. Wir sind danach mit diesem Partner für immer verbunden. Bis zum Tod, sozusagen.«

Skeptisch blickte ich ihn an.

»Deine Mutter und Ares haben sich vereinigt und sie ist daran zerbrochen. Erinnere dich, war sie jemals wieder glücklich? Hatte sie jemals einen Mann, den sie liebte?«

Ich schüttelte den Kopf.

»So sehr ich es auch möchte«, er zögerte, »es würde alles nur viel schlimmer machen. Ich möchte dir nicht noch mehr wehtun.«

»War das die Grenze, die Dr. Erickson meinte?«

Calum nickte, ohne mich anzusehen.

»Es ist mir gleich«, flüsterte ich. »Ich könnte sowieso nie jemanden so lieben wie dich. Bitte, du willst es doch auch.«

Er schüttelte den Kopf.

»Mach es mir nicht schwerer, als es ist. Letzte Nacht … Es war schwer genug, mich loszureißen. Ich glaube nicht, dass ich noch einmal die Kraft dazu hätte.«

Ich ließ mich seufzend auf mein Bett fallen.

»Ich weiß nicht, ob ich das aushalten kann.«

»Ich helfe dir.«

Lächelnd legte er sich neben mich und begann an meinem Ohrläppchen zu knabbern, bevor er mit seinen Lippen über meine Wange zu meinem Mund fuhr.

»Das ist wahnsinnig hilfreich«, murmelte ich.

»Soll ich aufhören?«

»Untersteh dich.«

»Hast du noch mehr Fragen?«

»Später … vielleicht«, murmelte ich unter seinen Lippen.

»War nicht meine Mutter Ares' Partnerin, nachdem …«

Er verstand auch ohne dass ich weitersprach, was ich meinte. »Theoretisch ja, aber Ares war zum Nachfolger des damaligen Königs bestimmt. Er kannte seine Pflichten dem Clan gegenüber. Seine Partnerin war längst bestimmt. Sie hieß Egin und er kehrte zurück. Aber der Preis, den er und deine Mutter bezahlten, war zu hoch … für einen einzigen unbedachten Moment.«

Konnte dafür ein Preis zu hoch sein, überlegte ich. Wohl kaum.

Calum sprach weiter: »Als Elin geboren wurde, konnte Ares ihn nicht so lieben, wie Elin es gebraucht hätte. Und als Egin starb und er zu seinen Zieheltern gegeben wurde, wurde es noch schlimmer. Jedes Mal wenn Elin bei Ares war, wurde die Distanz größer.

Calum schwieg.

Als wir am nächsten Tag nach der Schule zum Pfarrhaus kamen, saß Peter mit Dr. Erickson in der Bibliothek. Ich ärgerte mich über Peter. Was wollte er hier? Es war unsere Entscheidung, was wir unternehmen wollten.

»Peter, misch dich nicht ein. Ich möchte nicht, dass du da reingezogen wirst.«

Verärgert wandte ich mich Calum zu.

»Sag ihm, dass ihn das nichts angeht«, forderte ich ihn auf.

Doch Calum sah von Peter zu Dr. Erickson und sagte langsam: »Ich schätze, es geht ihn etwas an. Hast du dir das gut überlegt, Peter?«

Offenbar hatte ich etwas Wichtiges verpasst.

»Hallo, ich bin auch noch da.« Ungehalten mischte ich mich ein.

»Peter hat sich entschlossen, Dr. Ericksons Nachfolger zu werden.«

Verwirrt blickte ich Peter an.

»Was bedeutet das?«

»Setzt euch erst einmal.«

Dr. Erickson wies auf die Sessel.

»Ihr wisst, dass die Verantwortung für diese Aufgabe seit Jahrhunderten in meiner Familie liegt. Leider hatten Sophie und ich nicht das Glück, Kinder zu bekommen. Aber es muss jemanden nach mir geben. Peter erscheint mir eine gute Wahl.«

Erstaunt sah ich zu Peter.

»Er ist mutig, ehrlich, vertrauenswürdig und - was das Wichtigste ist - er ist euer Verbündeter. Ihr könnt mir glauben, davon werdet ihr in der nächsten Zeit einige brauchen.«

Er lächelte Peter ermutigend an. Dann blickte er zu Calum.

»Sie werden bald Rechenschaft von dir fordern … und eine Entscheidung.«

Jetzt lächelte er nicht mehr. Er sah ernst und müde aus.

»Wie viel Zeit bleibt uns noch?«, fragte ich.

»Elin wird den Fall vor den Großen Rat bringen, da bin ich fast sicher. Hätte er sein Wissen schon preisgegeben, hätte der Ältestenrat meines Clans mich schon zurückbeordert. Aber das reicht ihm nicht. Er weiß nicht, wie groß die Unterstützung für mich in unserem Stamm noch ist. Er will den ganz großen Auftritt. Im Großen Rat sind Abgesandte der verschiedenen Völker vertreten. Er wird jedes Jahr zur Sommersonnenwende einberufen. Jeder darf seine Anklagepunkte dem Rat vorlegen, wenn es sich um Streitigkeiten zwischen zwei Völkern handelt. Elin wird sich die Chance, mich bloßzustellen, nicht entgehen lassen. Auf eine Verbindung mit einem Menschen und die Offenbarung unserer Geheimnisse steht die Todesstrafe«, antwortete Calum.

»Calum, was ist eigentlich mit der nächsten Vollmondnacht?«, fragte Peter. »Wenn ich es richtig verstanden habe, musst du in dieser Nacht schwimmen? Aber muss es unbedingt mit den anderen zusammen sein, oder kannst du es auch allein tun?«

»Tue ich das nicht, würde ich sterben. Länger als vier Wochen kann ich an Land nicht überleben. Allein zu schwimmen, wäre sicher nicht dasselbe wie gemeinsam mit den anderen, aber ich denke, es würde genügen.«

»Dann solltest du beim nächsten Mal einen See wählen, wo dich niemand finden kann.«

»Ich würde mitkommen, damit du nicht so einsam bist«, flüsterte ich leise in sein Ohr.

Wütend blickte er mich an. Ich versuchte, unschuldig zu lächeln, was mir nicht gelang. Meine schauspielerischen Talente waren begrenzt und mein Herz hatte bei der Vorstellung angefangen schneller zu schlagen. Er brauchte nicht zu antworten. Ich wusste es auch so. Nie wieder würde er mich mitnehmen. Trotzdem griff ich nach seiner Hand und hielt sie fest.

An Peter gewandt sagte Calum: »Wenn ich mich dem Clan nicht stelle, wird alles noch schlimmer. Damit spiele ich Elin nur in die Hände.«

»Vielleicht solltest du mit Ares reden«, schlug Dr. Erickson vor. »Er kann dir einen Rat geben und außerdem müssen wir wissen, wie viel Elin verraten hat. Ich kann nicht glauben, dass er seine Entdeckung für sich behalten hat.«

Calum nickte nachdenklich.

»Du hast recht. Ares wird es am ehesten verstehen.«

»Wie ist das möglich? Wie kannst du Kontakt mit ihm aufnehmen? Wo willst du ihn treffen? Ist das nicht gefährlich?«

Calum schüttelte den Kopf.

»Mach dir keine Sorgen. Ich werde ihn rufen und er wird kommen.«

18. Kapitel

Mein Herz rutschte mir in die Hose, als Calum mir eröffnete, dass ich ihn zu seinem Treffen mit Ares begleiten sollte.

»Er möchte dich unbedingt kennen lernen. Schließlich wusste er nichts von deiner Existenz.«

Nachdenklich sah er mich an.

»Er ist in den letzten Monaten so gealtert. Ich hätte das nicht für möglich gehalten. Als ich mit ihm sprach, war er ganz verändert. Ich weiß nicht, ob der Tod deiner Mutter oder die Auseinandersetzungen mit Elin ihn so geschwächt haben. Er war nicht wiederzuerkennen.«

»Ich hab Angst, Calum. Was ist, wenn er mich nicht mag, wenn ich ihn nicht mag? Er ist mein Vater, aber ich weiß nicht, wie ich mich ihm gegenüber verhalten soll. Irgendwie ist er ja auch schuld an dem Schlamassel.«

Ich klang anklagender, als ich wollte.

»Du wirst ihn mögen.«

Calums Worte ließen keine Zweifel zu.

Drei Tage später war es so weit. Was zog man an, wenn man zum ersten Mal seinem Vater gegenübertrat? Zudem wenn dieser Vater ein Wassermann war. Selbst Amelie verzweifelte an meinen Versuchen, etwas Passendes zu finden. Im Grunde versuchte ich, Zeit zu schinden. Calum wartete geduldig bei Bree in der Küche. Schließlich zog ich eine Jeans und eine Bluse an und warf mir einen Pullover über die Schultern. Meine Haare band ich zu einem Zopf zusammen.

Calum lächelte mich an, als ich in die Küche kam.

»Du siehst umwerfend aus«, flüsterte er mir ins Ohr.

Ich boxte ihn in die Seite und Amelie verkniff sich nur mit Mühe ein Kichern.

Wir liefen zum Auto und fuhren los. Es war noch dunkel, doch es würde nicht mehr lange dauern, bis die Sonne dunkelrot am Himmel stand.

Calum und Ares hatten eine einsame Stelle am Strand ausgesucht. Kein Mensch würde sich um die Uhrzeit hierher verirren. Aber wie verhielt es sich mit anderen Wassermännern? Ich würde mich vorsichtshalber vom Wasser fernhalten, beschloss ich.

Vor Aufregung wurde mir kalt. Calum musste mich vom Auto zum Strand förmlich ziehen. Als ich ihn dann sah, war ich schockiert. Früher musste er ein sehr schöner Mann gewesen sein. Seine Gesichtszüge waren noch immer ebenmäßig, doch tiefe Falten durchzogen sein Gesicht. Einzig seine silbernen Augen strahlten voller Kraft, obwohl ein heller Schleier sie zu verdunkeln begann. Calum wirkte immer so menschlich, dass ich oft vergaß, was er eigentlich war. Ares wirkte wie aus einer anderen Welt.

Als er uns sah, zauberten seine Lippen ein Lächeln auf sein Gesicht und für einen kurzen Moment sah ich das Gesicht des jungen Mannes, in den meine Mutter sich verliebt hatte. Genauso schnell, wie das Bild aufgetaucht war, verschwand es.

Ares saß am Ufer des Meeres und die Wellen umspülten seinen Körper. »Ich kann das Wasser nicht verlassen.« Entschuldigend sah er mich an.

Calum ging zum ihm und umarmte ihn. Ich lächelte und hockte mich in den Sand.

Ares betrachtete mich schweigend. »Hallo Emma. Du bist deiner Mutter so ähnlich. Ich bin froh, dass du mutig genug warst, Calum zu begleiten. Du musst mir glauben, wenn ich damals gewusst hätte, dass Brenda ein Kind erwartete…«

»Was hättest du dann getan?« Die Worte klangen schärfer als beabsichtigt.

Er dachte lange nach, bevor er mir antwortete. »Ja, was hätte ich getan?« Hilflos zuckte er die Schultern. »Du musst verstehen, dass ich keinen anderen Ausweg sah. Ich dachte, dass es besser wäre, wenn ich einfach verschwand.«

»Besser für dich«, erwiderte ich anklagend.

Er nickte und schwieg.

Dann begann Calum zu erzählen, die ganze Geschichte, vom ersten Tag unseres Kennenlernens an. Während er sprach, unterbrach Ares ihn kein einziges Mal. Versonnen sah er auf das Meer hinaus oder betrachtete mich.

Nachdem Calum geendet hatte, schwieg er und sah uns an.

»Ich habe gespürt, dass du dich verändert hast, Calum. Ich hoffte, dass du mit mir reden würdest, wenn du so weit wärst. Aber dass dir dasselbe passiert wie mir? Dass das Schicksal sich wiederholt … Wenn ich euch beide nicht vor mir sitzen sehen würde, ich würde es nicht glauben.«

»Wir wissen nicht, was wir tun sollen. Was Elin tun wird«, sagte ich, ohne auf seine Worte einzugehen.

Ares nickte.

»Elin hat über diesen Vorfall nicht berichtet. Das wundert und ängstigt mich. Ich habe die Wunde gesehen, er wollte nicht sagen, wer sie ihm zugefügt hat. Ich befürchte, dass er etwas Schlimmes ausheckt. Er wird dich vor dem Großen Rat anklagen. Die Chancen, dass du verurteilt wirst, sind dort größer. Ich weiß nicht, wie ich euch helfen kann«, sagte er zu Calum gewandt. »Wir könnten Emmas Geheimnis preisgeben.«

Aufgebracht schüttelte Calum den Kopf. »Das ist viel zu gefährlich. Was ist, wenn sie beschließen, sie zu töten? Es gab seit Jahrhunderten keine Halblinge. Auf gar keinen Fall werden wir das tun.«

»Du wirst ihr die ganze Wahrheit sagen müssen«, forderte Ares.

Calum schüttelte den Kopf.

»Mach nicht denselben Fehler wie ich bei ihrer Mutter.« Sein Ton wurde bitter. »Sie hätte meine Entscheidung vielleicht verstanden, wenn ich den Mut gehabt hätte, ihr von unserer Welt zu erzählen.«

Calum presste weiter seine Lippen aufeinander. Ich streckte meine Hand nach ihm aus, doch als ich sah, wie er sich versteifte, zog ich sie zurück, ohne ihn berührt zu haben. Was war es, was ich noch nicht wusste?

»Denk darüber nach, das ist der einzige Rat, den ich dir geben kann. Es gibt keinen Ausweg.«

Dann blickte er mich mit seinen silbernen Augen, in denen ich mich erkannte, an und sagte: »Emma, ich weiß nicht, ob du mir verzeihen kannst, ob du mich verstehen kannst. Ich habe deine Mutter sehr geliebt, aber ich war nicht mutig genug, bei ihr zu bleiben. Und als ich mich entscheiden musste, habe ich den Weg gewählt, der mir richtiger erschien. Ich hatte eine Verpflichtung gegenüber meinem Volk. Ich habe sie unglücklich gemacht und das tut mir leid.«

Er schwieg. Als er weitersprach, klang seine Stimme zärtlich.

»Ich hätte alles dafür gegeben, um noch einmal mit ihr reden zu können. Doch als ich sie fand, war es zu spät.«

»Du hast sie gesehen?«

Er sah auf das Meer und seine Finger bewegten sanft das Wasser.

»In dem Moment, in dem sie das Wasser berührte, konnte sie mich hören. Sie rief mich.«

Verständnislos sah ich ihn an.

»Wir können unsere Geliebten, wenn sie im Wasser sind, hören und finden, egal, wo das ist. Ich wusste, dass sie nie freiwillig hineingegangen wäre, denn Dr. Erickson hatte es ihr verboten. Ich ahnte auch, dass sie nun Elin nicht entgehen würde.«

Er schlug die Hände vor sein Gesicht.

»Ich konnte sie nicht retten. Als ich sie fand, war sie fast tot. Sie starb in meinen Armen.«

Deshalb hatte sie so friedlich ausgesehen.

»Ich wünschte, du hättest Calum nie getroffen.«

Ich wusste nicht, was ich darauf sagen sollte.

»Kannst du mich nicht als Tochter anerkennen?«

»Bei uns steht ein König nicht über den Gesetzen, im Gegenteil, er ist der Einhaltung besonders verpflichtet. Deshalb war mein Vergehen auch so verwerflich. Wenn Brenda mir nicht an den See gefolgt wäre, dann wäre vielleicht alles anders gekommen. Es muss ein Schock für sie gewesen sein, als sie mich dort sah. Und als Egin sie erblickte, war es zu spät. Ich ging nicht zurück zu den Menschen und hoffte, dass sie das retten würde. Leider hatte ich unrecht. Egin war eine kluge und berechnende Frau. Sie spürte, dass mein Herz vergeben war. Das hat sie mir nie verziehen, und Elin ist mit ihrem Hass aufgewachsen.«

»Kannst du nicht bestimmen, dass Calum bei den Menschen bleiben darf?« Ich weigerte mich aufzugeben.

»Würdest du das wirklich wollen?« Ares sah zu Calum, der hinter mir saß.

Ich wagte nicht, ihn bei dieser Frage anzusehen. Als Ares nickte, verstand ich auch so.

»Es tut mir leid«, flüsterte Ares und sah mich ein letztes Mal an. Dann verschwand er in den Wellen.

Ich rührte mich nicht und Calum hielt mich fest. Schweigend blieben wir am Strand sitzen, bis die Sonne endgültig am Horizont aufging. Dann zog Calum mich aus dem feuchten Sand hoch und wir liefen zum Auto.

Amelie wartete auf mich.

»Jetzt beeil dich, wir müssen zur Schule.«

Ich ging in mein Zimmer, stopfte meine Sachen in die Tasche und dachte darüber nach, wie ich mich jetzt in der Schule konzentrieren sollte. Ich fühlte mich wie zwischen zwei Welten. Amelie hockte mit ihrer Teetasse in der Hand auf der untersten Treppenstufe. Als sie mich hörte, stand sie so schnell auf, dass ihr der heiße Tee über die Hand lief.

»Mist«, schimpfte sie und wischte sich die Flüssigkeit an ihrer Hose ab.

Ich schüttelte den Kopf. Das war eindeutig nicht meine Amelie. So nachlässig wäre sie früher nie mit ihren Klamotten gewesen, auch sie schien die Geschichte zu verwirren.

Es klingelte zum Unterrichtsbeginn, als wir in unseren Englischkurs stürzten.

Nach der Schule lief ich zum Pfarrhaus. Calum saß mit Sophie im Garten. Ich setzte mich zu ihnen und nahm mir einen von den Keksen, die auf dem Tisch standen.

»Calum?«, fragte ich nach einer Weile. »Was hat Ares gemeint? Was sollst du mir noch erzählen?«

Er schwieg. Sophie und ich sahen ihn erwartungsvoll an. Ich war nicht bereit nachzugeben. Den ganzen Tag hatte ich darüber nachgedacht. Ich musste alles wissen, nur so würde ich ihn verstehen können.

Sophie stand auf.

»Ich hole dir eine Tasse Tee.«

Eindringlich sah sie Calum an.

»Sag ihr alles, Calum. Du musst es tun.«

Normalerweise mischte sie sich nicht ein, wenn es um die Shellycoats ging. Zum ersten Mal hatte ich den Eindruck, dass sie mehr von diesen Dingen wusste, als sie in den vergangenen Wochen preisgegeben hatte. Dankbar blickte ich ihr nach, als sie, in ihren wallenden bunten Kaftan gehüllt, in die Küche ging.

»Elin und ich, wir sind wie Brüder«, begann Calum zögernd, nachdem sie ins Haus gegangen war. »Als wir Kinder waren, waren wir unzertrennlich. Elin, Amia und ich, wir waren wie Pech und Schwefel. Als Ares' Ziehsohn bin ich in unserer Gesellschaft seinem leiblichen Sohn, also Elin, völlig gleichberechtigt. Ares hat mich vor Jahren als seinen Nachfolger vorgeschlagen. Seitdem versucht Elin, dies zu verhindern und die Entscheidung des Rates zu seinen Gunsten zu beeinflussen. Das wäre an sich nicht schlimm und es wäre für mich akzeptabel, meinen Platz an ihn abzutreten, doch Elin möchte Krieg mit den Menschen, und das kann ich nicht verantworten. Es würde unser Volk vernichten. Es ist Elin in den Jahren meiner Abwesenheit gelungen, eine beachtliche Schar von Anhängern um sich zu versammeln. Ares besitzt kaum mehr genug Autorität, um sich gegen ihn durchzusetzen. Eigentlich hätte ich längst zurückkehren und mich der Wahl stellen müssen. Aber ich bringe es nicht übers Herz, dich zu verlassen, was bedeutet, dass die Unterstützung für mich im Clan weiter bröckelt. Sie verstehen nicht, was mich hier hält. Und wenn sie es wüssten, würde es das nur schlimmer machen.«

Seine Stimme war bei seinen Worten immer verbitterter geworden.

»Weshalb hasst Elin uns Menschen so?«

»Das hat mehrere Gründe. Die Entscheidung der Partnerwahl, die im Kindesalter getroffen wird, ist nicht anfechtbar und gilt für unser gesamtes Leben, außer einer der Partner stirbt.«

Ich fand diese Vorstellung nach wie vor grässlich, wollte mir aber nichts anmerken lassen und nickte.

»Du kannst ruhig sagen, dass es furchtbar ist.« Er lächelte mich an. »Aber meistens klappt es erstaunlich gut«, fügte er dann entschuldigend hinzu.

»Also, jedenfalls war Ares zu dem Zeitpunkt, als er deine Mutter traf, schon Egin versprochen. Als Ares zurückkehrte, nahm er Egin zur Frau. Doch sie wusste, dass er sie nicht liebte. Sie hatte deine Mutter am See gesehen. Egin begann ihn zu hassen und diesen Hass übertrug sie auf Elin. Es zerfraß ihn. Sie schärfte ihm ein, deine Mutter zu töten, sollte sie jemals ein Gewässer betreten. Amia und ich konnten zusehen, wie er sich in seine dunkle Welt zurückzog. Wir konnten nichts tun. Er entglitt uns.«

»Aber ich denke, ihr wachst nicht bei euren leiblichen Eltern auf.«

»Die Verbindung zu unseren Eltern bleibt weiterhin stark. Egin starb, als Elin für unsere Verhältnisse noch sehr jung war. Sie wurde von einem Fischer gefangen. Er quälte sie zu Tode. Das war zu viel für Elin und er schwor, seine Mutter zu rächen. Seitdem lebte er nur für diese Aufgabe. Er muss deiner Mutter aufgelauert haben. Ich weiß nicht, wie er es angestellt hat. Dieser Unfall, das war sein Werk.«

Erschrocken sah ich ihn an und schüttelte den Kopf.

»Nein, das kann nicht sein. Sie ist ertrunken, weil sie nicht mehr zu sich kam.«

»Emma, du musst verstehen, wie gefährlich wir für dich sind. Er fand sie und er tötete sie. Dr. Erickson hatte versucht, sie zu schützen, und sie gewarnt, indem er ihr verbot, jemals ein Gewässer zu betreten, aber es hat nichts genützt. Elin hat nur auf den richtigen Moment gewartet.«

Ungläubig schüttelte ich den Kopf.

»Wenn du zurückkehrst, wirst du dich mit Amia verbinden?« Die Frage kam mir nur schwer über die Lippen. Doch jetzt wollte ich die ganze Wahrheit. Ich ahnte die Antwort, bevor er sie mir gab.

»Ja. Wenn ich zurückkehre, werde ich Amia zur Frau nehmen.« Und als wäre nicht alles kompliziert genug, fügte er nach kurzem Schweigen hinzu: »Sie ist Elins jüngere Schwester.«

Ich stöhnte auf.

»Ich werde immer nur dich lieben«, raunte er in mein Ohr. Das machte es nicht leichter.

»Ich verstehe nicht, weshalb es Elin gelingt, Ares' Autorität zu untergraben. Ich denke, dass das Wohlergehen des Clans für euch an erster Stelle steht. Aber hier geht es um Elins persönliche Rache.«

Calum nickte.

»Du hast recht. Es geht um mehr. Unser Volk stirbt, langsam, aber sicher. Immer mehr unserer Kinder kommen verkrüppelt zur Welt und sind unfähig, lange zu überleben. Viele erreichen kaum ihr Jugendalter.«

Ich sah ihn an, doch er wich meinem Blick aus.

Zögernd sprach er weiter: »Die Meere und Seen sind keine sicheren Orte mehr für uns. Die Menschen vernichten unseren Lebensraum. Das Wasser wird immer schmutziger und unsere Nahrungsgrundlage, die Algen, der Tang und das Seegras, werden ungenießbar. Der Lärm der Schiffe stört die Kommunikation unserer Gedanken, der Gestank der Abgase zerstört unseren Geruchssinn. Immer öfter verliert einer von uns seinen Orientierungssinn. Aus Angst vor den riesigen Schleppnetzen dürfen unsere Kinder nicht mehr das Meer erforschen. Es gibt noch vieles mehr, das unser Leben immer schwerer macht. Nicht nur wir leiden darunter, sondern allen Lebewesen im Wasser geht es so. Erinnere dich an die Wale. Das sind Elins Argumente, wenn er unser Volk dazu bringen will, Krieg gegen die Menschen zu führen. Selbst ich muss sagen, dass er eine sehr überzeugende Art hat, diese vorzubringen.«

»Gibt es keinen anderen Weg?«

»Wenn dir einer einfällt, dann kannst du ihn mir verraten. Wir denken seit so langer Zeit darüber nach.« Traurig lächelte er mich an.

Ich hatte mir über solche Dinge nie länger Gedanken gemacht. Sicherlich wusste ich, dass wir Menschen für viele Katastrophen verantwortlich waren, aber ich hoffte, dass alles ins Lot kommen würde. Dass die Menschen zur Vernunft kommen würden. Was sollte ich schon tun? Jetzt schämte ich mich dafür. Calum vom Sterben seines Volkes sprechen zu hören, machte mich traurig, doch ein Ausweg fiel mir nicht ein.

Trotzdem wagte ich einen Vorstoß.

»Ihr könntet euch zeigen. Wenn die Menschen wüssten, dass es andere fühlende und denkende Wesen gibt, die uns so ähnlich sind, dann würde sich etwas ändern.«

»Wir glauben das nicht, Emma. In all den Jahren ist uns von den Menschen viel Leid zugefügt worden. Und nicht nur uns, so vielen Wesen, die anders sind. Im Grunde macht ihr nicht einmal vor euresgleichen Halt. In den Jahren, die ich bei euch lebe, habe ich viel gesehen, was mich erschreckt hat …«

»Und trotzdem bist du geblieben?!«

»Ja, trotzdem … Weil eure Welt auch unglaublich vielfältig ist. Das ist faszinierend für mich. Eure Musik, die so viele Klänge und Töne kennt. Eure Bücher, in denen immer neue Geschichten zum Leben erweckt werden, und ihr Menschen selbst, jeder einzigartig. Das waren wunderbare Erfahrungen für mich.«

Dass er plötzlich in der Vergangenheit sprach, erschreckte mich. Ich biss mir auf die Lippen und schwieg.

»Aber eure Vielfältigkeit an Grausamkeiten und eure Unmöglichkeit, aus euren Fehlern zu lernen, sind beängstigend. Es müsste sich viel ändern, ehe wir beschließen könnten, euch unsere Existenz zu offenbaren …«

19. Kapitel

Mein Handy klingelte ohrenbetäubend. Vor Schreck rührte ich mich nicht.

Ich brütete über meinem Aufsatz zum Sommernachtstraum. Es war mein Wunschthema gewesen. Doch die Anspannung war in den letzten Tagen so groß geworden, dass ich mich kaum konzentrieren konnte und mich immer wieder in dem Text verlor.

Ich wusste, dass es Calum war und griff nach dem Telefon.

»Calum?«, meldete ich mich.

Stille …

»Calum?«, fragte ich noch einmal. »Bitte sag doch was.«

»Es ist so weit«, sagte er irritierend leise. »Die Einladung zur Ratsversammlung ist gekommen. Emma, sie möchten, dass du mitkommst. Aber du musst das nicht tun. Mir wäre es lieber, du würdest zu Hause bleiben. Es ist sicherer für dich. Wir wissen nicht, wie sie entscheiden, und ich würde dich nur ungern mit in die Höhle des Löwen nehmen.«

Ich hatte Mühe, ihn zu verstehen.

Elin hatte es also wirklich getan. Er hatte die Sache vor den Großen Rat gebracht. Er musste sich seiner Sache sehr sicher sein. Doch was hatte Calum da gesagt? Ich glaubte, mich verhört zu haben.

»Calum, ich werde auf jeden Fall mitkommen. Ich lasse dich nicht allein gehen. Das geht mich genauso viel an wie dich.«

Ich versuchte, nicht allzu aufgebracht zu klingen. Was dachte er sich dabei? Als ob ich hier sitzen könnte, während woanders über mein Leben entschieden wurde.

»Du bist so dickköpfig«, fauchte er durchs Telefon.

»Kommst du heute noch zu mir?«, bat ich, seinen Zorn ignorierend.

»Ich weiß nicht.«

Dann legte er auf.

Ich starrte auf das Handy in meiner Hand. Es war so weit. Die Zeit, seitdem Elin uns zusammen gesehen hatte, schien eine Ewigkeit her zu sein oder auch nicht.

Noch zwei Wochen bis zur Sommersonnenwende. Es war schwer vorstellbar, dass dieser Tag unser Leben verändern sollte. Ich konnte es mir nicht vorstellen und das war vielleicht auch gut so. Was würde der Rat beschließen?

Angst kroch in mir hoch.

Ich sprang auf und lief in die Küche. Peter stand an der Spüle und wusch ein Glas aus.

Ich griff mir eine Packung Orangensaft aus dem Kühlschrank. Als ich mich nach einem Glas umsah, fiel die Packung polternd zu Boden und der Saft spritzte durch den Raum.

»Emma, ist alles in Ordnung? Du bist ganz durcheinander.«

»Calum hat angerufen.«

Ich versuchte, das Chaos zu beseitigen. Peter sah mich abwartend an, während ich den Boden aufwischte.

»Und?«, fragte er, als ich nicht weitersprach.

»Die Einladung des Großen Rates ist gekommen. Sie wünschen, dass ich mitkomme. Calum würde es mir allerdings am liebsten verbieten. Er ist wütend auf mich.«

Es war absurd, hier in der Normalität einer schottischen Küche auf dem Boden zu hocken, Saft aufzuwischen und über diesen mysteriösen Rat zu diskutieren. Ich fing an zu kichern. Bei Peters Anblick blieb mir das Lachen im Halse stecken. Er schien die Situation anders einzuschätzen.

Er hatte bei meinen Worten seine Augen aufgerissen und sah mich an. »Weißt du eigentlich, Emma, dass außer den

Eingeweihten niemals ein Mensch vor den Rat treten durfte?«

»Weshalb weißt du das schon wieder? Du machst mich wahnsinnig, Peter.«

Ich runzelte meine Augenbrauen und schmiss den Lappen, ohne ihn auszuwaschen, in das Spülbecken.

»Ich habe dir gesagt, du solltest dich mehr mit Calums Welt befassen. Dass sie dich vorladen, ist sonderbar. Vielleicht hat Calum recht. Es ist besser, wenn du nicht mitkommst.«

»Vielleicht hat er aber auch nicht recht und es ist besser, wenn ich mitkomme«, äffte ich seinen oberklugen Tonfall nach.

Er schwieg und ich setzte mich auf einen der Stühle. Ich war unsicher, wie lange meine Beine mich noch tragen konnten. Ich zog sie an meine Brust und umklammerte sie mit meinen Armen. Dann vergrub ich mein Gesicht zwischen meinen Knien.

Peter setzte sich neben mich und legte einen Arm um meine Schultern.

»Ich bin oft bei Dr. Erickson«, sagte er entschuldigend. »Er hat mir alles erklärt. Ich muss das wissen, wenn ich in den Kreis der Eingeweihten aufgenommen werden will. Der Große Rat muss meiner Wahl zustimmen und ich muss eine Prüfung ablegen.«

Das hatte ich nicht gewusst.

»Ich werde euch begleiten.«

Ich sah ihn an und Erleichterung durchflutete mich. Peter erschien mir plötzlich wie mein Fels in der Brandung.

Die zwei Wochen bis zur Sommersonnenwende vergingen viel zu schnell. Ich war kaum mit Calum allein. Immer waren Peter oder Dr. Erickson dabei, um mir genauestens zu erklären, was auf mich zukommen würde.

»Es ist wichtig, dass du dir alles merkst«, sagte Peter zum tausendsten Male. Ich stöhnte und vergrub meinen Kopf an Calums Schulter.

»Peter, ich bin nicht schwer von Begriff. Du hast mir alles ausreichend erklärt. Ich weiß, was ich zu tun habe. Es wäre schön, wenn du uns allein lassen könntest.«

Peter blickte zu Calum, als ob er sein Einverständnis einholen wollte. Als Calum nickte, stand Peter auf und ging.

»Das ist nicht zum Aushalten«, stöhnte ich.

Calum zog mich ohne ein Wort auf seinen Schoß.

»Sie sorgen sich um dich«, murmelte er. »Du hast immer noch die Wahl. Du musst nicht mitkommen. Mir wäre das ohnehin lieber.«

»Ich werde bei dir bleiben«, sagte ich und verschloss seinen Mund mit einem Kuss.

Wir saßen auf der Gartenbank an der Rückseite des Hauses. Die Sonne wärmte uns. Die Luft flirrte und zwischen den Blumen und Büschen flogen Bienen und Schmetterlinge hin und her. Die Stille, die uns umgab, wurde nur ab und zu vom Bellen eines Hundes oder dem Motorengeräusch eines Autos unterbrochen. Es war schwer vorstellbar, dass etwas diesen Frieden stören konnte. Calum strich mit seinen warmen Fingern über mein Gesicht. Ich schloss die Augen und genoss seine Berührungen.

Ein Hüsteln unterbrach unsere Zweisamkeit. Peter. Ich schüttelte unwirsch den Kopf. Langsam machte er mich wütend.

»Emma, kommst du bitte? Wir müssen packen und außerdem fahren wir sehr früh los. Wir sollten gehen.«

Ich versuchte, eine unfreundliche Bemerkung zu unterdrücken, und schlang meine Arme fester um Calum.

»Komm heute Nacht zu mir«, flüsterte ich in sein Ohr und hoffte, dass er verstand, dass das keine Frage gewesen war. Er gab mir einen Kuss auf die Stirn und stand auf.

»Peter hat recht, du solltest morgen ausgeschlafen sein«, sagte er mehr zu ihm als zu mir.

Verärgert stapfte ich hinter Peter zum Auto. Den ganzen Rückweg sprach ich kein Wort mit ihm.

Ich ging in mein Zimmer und knallte laut mit der Tür, in der Hoffnung, dass alle das Signal verstanden und mich in Ruhe ließen.

Tatsächlich, und es grenzte in diesem Haus an ein Wunder, wurde ich bis zum Abendessen von niemandem gestört. Ich hatte ausgiebig Zeit zu entscheiden, was ich einpacken wollte. Lange kramte ich in meinen Sachen. Woher sollte ich wissen, welchen Kleidergeschmack Feen, Werwölfe, Vampire und die anderen Wesen, die auftauchen würden, hatten? Selbstverständlich hatten die Männer versäumt, mich hierüber zu informieren. Sollte ich Sophie anrufen? Sie würde wissen, was passend wäre. Ich entschied mich dagegen. Womöglich würde sie mir eins ihrer farbenprächtigen Kleider mitbringen. Ich schauderte bei dem Gedanken. Obwohl sie darin phänomenal aussah, konnte ich mir nicht vorstellen, dass irgendeine andere Frau diese Sachen tragen konnte. Nach längerer Überlegung entschied ich mich für eine schmale braune Hose, ein weißes Rippenshirt und ein kurzärmelig gestricktes grünes Jäckchen. Das würde nicht zu locker und nicht zu steif wirken. Ich wollte mich wenigstens in meinen Klamotten wohlfühlen. Das Jäckchen hatte ich zu Weihnachten von Bree geschenkt bekommen. Sie hatte es selbst gestrickt und Amelie dasselbe in Bordeauxrot geschenkt.

Nachdem ich meine Sachen verstaut hatte und mein Handy an das Ladegerät angeschlossen hatte, setzte ich mich vor meinen Laptop, um meinen Aufsatz fertig zu schreiben, obwohl ich unsicher war, ob ich jemals dazu kommen würde, ihn abzugeben. Doch an diese Möglichkeit wollte ich nicht denken. In einem Anflug von Übereifer schrieb ich in der nächsten Stunde jeden Gedanken auf, der mir jemals zu Oberon, Helena, Lysander, Demetrius und Hermia in den Sinn gekommen war. Zum Schluss speicherte ich mein Werk ab, ohne noch einmal drüber zu lesen.

Ich sah auf die Uhr. Es war mittlerweile halb acht, also beschloss ich, meine mir selbst auferlegte Isolation aufzugeben und in die Küche zu gehen. Anstatt Lärm, wie sonst, empfing mich nur leises Gemurmel. Die Anspannung war mit den Händen zu greifen und sofort spürte ich dieses flaue Gefühl im Magen, das mich die letzten Wochen selten verlassen hatte.

Bree hatte, vielleicht um mich oder sich zu beruhigen, mein Lieblingsessen gekocht. Es gab Gemüseauflauf und zum Nachtisch Rhabarber-Crumble. Es schmeckte lecker, aber alle stocherten mehr oder weniger appetitlos in dem köstlichen Essen herum. Selbst auf Hannah und Amber hatte sich die allgemeine Nervosität übertragen, obwohl wir uns hüteten, vor ihnen allzu offen zu sprechen.

Nach dem Essen half ich Bree die Küche aufzuräumen und verzog mich dann in mein Zimmer. Für weitere Belehrungen und Gespräche fehlten mir die Nerven. Ich zog mich um und schlüpfte nach einem kurzen Gang ins Bad in mein Bett. Ich glaubte nicht wirklich, dass Calum kommen würde. Aber da die Hoffnung bekanntlich zuletzt stirbt, blieb ich lange wach. Ich wälzte mich von einer Seite auf die andere, bis ich erschöpft einschlief.

Ich wurde wach, als sich sein warmer Körper unter der Decke an mich schmiegte.

»Schlaf weiter«, flüsterte er leise.

Mit geschlossenen Augen sog ich den Duft seiner Haut ein und meine Lippen suchten seinen Mund. Meine Hände strichen über die Muskeln auf seinem Rücken. Ich presste mich an ihn, um ihn nie wieder loszulassen. Ich wollte nicht reden. Wer wusste schon, ob das nicht das letzte Mal sein würde. Calum schien dasselbe zu fühlen wie ich, denn auch er sagte kein Wort. Er hielt mich fest und unsere Herzen verschmolzen miteinander. Viel zu schnell gab er mir einen letzten Kuss, stand auf und verschwand.

Ich versuchte, seinen Duft und seine Wärme festzuhalten, dann überließ ich mich wieder dem Schlaf.

Es dämmerte, als es leise gegen meine Tür klopfte. Ich strich mir die zerzausten Haare aus dem Gesicht und stand auf. Das würde der wichtigste Tag meines Lebens sein. Ich atmete tief durch. Amelie lehnte draußen im Flur an der Wand und lächelte mich an. Sie schob mich ins Bad und machte sich, nachdem ich geduscht hatte, daran, mich zu verschönern. Erst zupfte sie meine Augenbrauen, trug Make-up und zum Schluss ein wenig Lipgloss auf. Nach dieser Prozedur sah ich frisch und mutig aus. Wenigstens äußerlich konnte ich jedem etwas vormachen.

»Du siehst wunderschön aus«, bekannte sie, als ich angezogen vor ihr stand.

Sie kämmte mein Haar, bis es seidenweich und glänzend an meinem Rücken herunterfiel.

Die letzten Minuten vor der Abfahrt ließ sie mich allein in meinem Zimmer. Ich stand vor dem Bild meiner Mutter und hielt ein stummes Zwiegespräch mit ihr. Wie sehr ich sie jetzt gebraucht hätte. Wie ich wünschte, sie hätte diese Chance gehabt. Ich küsste meine Fingerspitzen und drückte sie sanft auf das Bild. Es würde kein Abschied für immer sein. Daran musste ich glauben.

Ethan, Bree und Amelie standen im Flur, um uns zu verabschieden. Einer nach dem anderen nahmen sie Peter und mich in den Arm. Bree hielt Peter so fest, als ob sie ihn nicht loslassen wollte. Nur langsam löste er sich von ihr und gab ihr einen Kuss auf die Wange.

»Ich komme wieder, Ma, versprochen.«

Tränen glitzerten in ihren Augen.

Schnell liefen wir zum Auto, das gerade vorfuhr. Ethan drückte Calum und Dr. Erickson zum Abschied die Hand.

Calum und ich saßen auf dem Rücksitz und hielten uns an den Händen, während wir durch die Highlands fuhren. Wolken hingen am grauen Himmel. Von dem warmen Tag gestern spürte man nichts mehr. Es war, als ob der Himmel uns ein Omen senden wollte, als es zu regnen begann. Wäre der Anlass nicht so ernst gewesen, hätte ich mehr Sinn für die wunderschöne Umgebung gehabt. So flossen die Worte von Dr. Erickson, der jeden Berg, jeden See und jedes Haus zu kennen schien, an mir vorbei.

Unablässig rauschte das Geräusch der Scheibenwischer durch meine Gedanken.

Jede Meile, die uns näher an unser Ziel brachte, legte sich wie ein Ring um mein Herz. Ich merkte, dass ich Calums Hand zu fest umklammerte, doch er lächelte mich an und zog mich an sich.

»Du siehst wunderschön aus. Egal, was heute beschlossen wird, so werde ich dich in Erinnerung behalten.«

Dr. Erickson drehte sich zu uns um. »Es ist nur noch eine halbe Meile bis zum Schloss. Emma, bist du bereit?«

Ich nickte, setzte mich gerade hin und zupfte mein Jäckchen zurecht. Vor Aufregung verschlug es mir die Stimme.

Peter sah mich durch den Rückspiegel an. »Du weißt, du musst nichts sagen. Überlass das Reden Dr. Erickson. Nur wenn du direkt gefragt wirst, kannst du dich äußern.«

»Ich habe dieses mittelalterliche Prozedere durchaus verstanden, Peter. Du hast es mir mittlerweile hundertmal erklärt. Ich bin nicht begriffsstutzig«, giftete ich ihn an.

Peter zog seine Augenbrauen hoch, sagte jedoch nichts mehr. Was war in mich gefahren? Ich war doch froh, dass er mitfuhr.

Gespannt schaute ich durch die Frontscheibe, doch es war beim besten Willen nichts zu sehen. Grüne Hänge breiteten sich zu beiden Seiten der Straße aus.

»Du kannst noch nichts sehen«, flüsterte Calum mir ins Ohr.

»Avallach ist nur denen zugänglich, die in sein Geheimnis eingeweiht sind.«

Ich sah ihn an, doch er lächelte nur. Wir passierten eine uralte steinerne Brücke, die über einen schmalen Fluss führte. Silbrig schimmernder Nebel stieg mit einem Mal aus dem Fluss auf und hüllte uns ein. Dr. Erickson fuhr ganz langsam. Als der Nebel sich nach einer unendlichen Zeit lichtete, lag ein Schloss zwischen den Bergen. Der untere Bereich lag im Nebel, so dass nur die Spitzen von vier Türmen zu erkennen waren. Das dunkle Schloss sah unheimlich aus, wie es sich in die grünen Berghänge schmiegte. Eine schmale Straße schlängelte sich zum Portal.

»Menschen würden nie hierher gelangen«, erklärte Calum. »Die Nebel versperren den Weg.«

Je näher wir kamen, umso mehr hoben sich die grauen Schwaden und ich erkannte, dass das Schloss mitten in einem See lag. Der Weg ging abermals in eine Brücke über. Da riss der Himmel auf und die Sonne schickte ihre Strahlen durch die feuchte Luft. Ein riesiger Regenbogen spannte sich vom See in die Berge. Es war atemberaubend.

»Emma, das ist Avallach, unser Ratssitz«, verkündete Calum ehrfurchtsvoll.

»Avalon«, flüsterte ich leise. Calum hatte mir erklärt, dass sein Volk den walisischen Namen benutzte. Wie gern ich früher die Geschichten der Feen vom See gelesen hatte, von Artus, Lancelot und Guinevere. Auch eine Liebesgeschichte ohne Happy End, dachte ich beklommen.

»Das Tor öffnet sich nicht nur in Glastonbury, sondern den Eingeweihten an vielen anderen Orten«, erklärte Dr. Erickson. Das wusste ich längst.

Langsam fuhren wir durch das Schlossportal in den Innenhof der Burg. Zu meinem Erstaunen standen hier mindestens zwanzig Autos. Ich hatte mir keine Gedanken gemacht, wie die anderen Besucher anreisen würden. Fragend sah ich Calum an. Er lächelte und meinte schmunzelnd: »Es gibt durchaus viele von uns, die die Annehmlichkeiten eurer Zivilisation zu schätzen wissen. Selbst Vampire laufen heute nicht mehr gern zu Fuß durch die Berge.«

»Das klingt ermutigend«, sagte ich und ergriff seine Hand, die er mir reichte. Ich sah mich weiter um und staunte, wie gut dieses Schloss erhalten war. Vermutlich war es immer bewohnt gewesen.

»Das Schloss wird seit Jahrhunderten genutzt. Die Jugendlichen der verschiedenen Völker werden hier gemeinsam ausgebildet. Die Studenten, wenn man sie so bezeichnen will, sind während der Ratstage aber nicht anwesend«, erklärte Dr. Erickson.

»So etwas wie eine Universität?«, fragte ich.

Er nickte. »So kann man es nennen. Alle Jugendlichen kommen hierher, um Geschichte, Recht und Magie zu studieren«, erklärte Calum.

»Und dass das möglich ist, haben wir nicht zuletzt Ihnen zu verdanken, mein lieber Dr. Erickson«, erklang hinter uns eine melodische Stimme.

Erschrocken drehte ich mich um. Vor mir stand ein hoch gewachsener, schlanker Mann mit blondem, längerem Haar. Nur bei genauem Hinsehen konnte man die spitzen Ohren aus dem Haarschopf hervorlugen sehen. Zu meinem Erstaunen trug er Jeans, T-Shirt und darüber eine bequeme Strickjacke. Er sah aus wie ein Schlossführer für Touristen. Dr. Erickson hatte mir erklärt, dass alle Teilnehmer des Rates bei der Anreise versuchten, sich unauffällig zu benehmen. Trotzdem hatte ich mir einen Elfen anders vorgestellt.

»Warte bis zur Ratssitzung«, flüsterte Calum, der meine Verwunderung bemerkt hatte, mir ins Ohr.

Da wandte der Mann sich mir und Calum zu.

»Calum«, begrüßte er ihn kurz, bevor er sich mir zuwandte. »Und du musst Emma sein.« Er musterte mich mit einem schnellen, aber nicht unfreundlichen Blick. »Es ist schön, dass du unsere Einladung angenommen hast ... und es ist mutig von dir mitzukommen«, fügte er hinzu. »Ich versichere dir, dass du nichts zu befürchten hast. Du wirst sicher nach Hause zurückkehren dürfen.«

Das »Du« klingelte so laut in meinen Ohren, dass mir keine passende Erwiderung einfiel. Ich nickte höflich und wir folgten ihm in das Schlossinnere.

Nach wenigen Schritten fühlte ich mich wie in einem Märchen. Die steinernen Fußböden waren mit dicken Teppichen bedeckt. Überall standen große Amphoren und Schalen mit duftenden Blumen. Ein riesiger Lüster hing an einer unendlich langen und dicken Eisenkette von der Decke herab und Hunderte Kerzen verbreiteten ein flackerndes Licht. Riesige uralte Bilder hingen an den Wänden. Am wunderlichsten waren die Menschen, nein, das war falsch, die Personen, Wesen, wie auch immer, die in kleinen Grüppchen in der Eingangshalle standen. Offensichtlich waren alle erst eingetroffen.

»Den Vorsitz haben in diesem Jahre die Vampire«, erklärte Calum leise. »Die Elfen haben die Organisation des Treffens übernommen.«

Jetzt trat ein junger Mann auf uns zu, der mich spontan an Tolkiens Legolas erinnerte, und überreichte uns höflich die Schlüssel für unsere Zimmer. Er erklärte Dr. Erickson, in welchem Flügel des Schlosses wir wohnten.

»Wir bitten, pünktlich neunzehn Uhr zum Dinner zu erscheinen«, sagte er zum Schluss und verabschiedete sich mit einem Nicken und einer kleinen Verbeugung.

Neugierig musterte ich ihn, wie er weiter von Gruppe zu Gruppe ging und die Prozedur wiederholte.

Ich sah mich weiter um. In der Nähe der Treppe stand eine große Gruppe Männer in schwarzen Anzügen. Jeder einzelne von ihnen hätte in die Wall Street gepasst, wäre ihre Haut nicht so unnatürlich blass und ihre Lippen so dunkelrot gewesen.

»Das sind die Lords der Vampire«, erklärte Calum, der meinem Blick gefolgt war.

Am Kamin, in dem ein loderndes Feuer brannte, stand inmitten einer Gruppe Männer und Frauen der Mann, der uns draußen begrüßt hatte.

»Das ist Corin, der Anführer der Elfen«, hörte ich wieder Calums Stimme an meinem Ohr.

»Sie sind alle so jung«, stellte ich fest.

»Elfen altern nicht. Sie erreichen ein bestimmtes Alter und sind dann unsterblich.« Ich zog die Luft ein.

Corin löste sich aus der Gruppe und ging zum Eingang, um andere Neuankömmlinge zu begrüßen. Ich bemerkte, dass ein rothaariges Mädchen aus seiner Gruppe mich musterte und sich ein friedliches Gefühl in mir ausbreitete. Ich war auf einmal sicher, dass mir nichts Schlimmes zustoßen würde. Das Mädchen schlenderte zu uns herüber.

»Schön, dich zu sehen, Calum«, begrüßte sie ihn mit einer engelsgleichen Stimme.

»Das ist Raven«, erklärte Calum mir, »wir haben gemeinsam Avallach besucht.«

»Und beide noch nicht unseren Abschluss gemacht«, erinnerte sie ihn lächelnd.

Er nickte.

»Würdest du das bitte lassen«, forderte er sie auf. Ich verstand nicht, was er meinte.

»Elfen können eure Gefühle beeinflussen«, klärte Calum mich auf.

»Ich habe es nett gemeint. Sie wirkt angespannt. Was ja auch kein Wunder ist bei dem Anlass.«

Ich spürte, wie das Hochgefühl verschwand und einer Art Traurigkeit Platz machte. Ich rückte näher an Calum und er legte einen Arm um mich.

Raven sah uns an.

»Wenn ich geahnt hätte, dass du dich für jemand anderen als Amia interessieren könntest, hätte ich mich auch bemüht.« Sie lächelte verschmitzt und es war klar, dass dieser Satz keineswegs ernst gemeint war.

»Wir sollten auf unsere Zimmer gehen«, mischte sich Dr. Erickson in unser Gespräch. »Peter und Emma kriegen beim Dinner genug zu sehen.«

Calum nahm meine Tasche und zog mich zur Treppe. Unterwegs zeigte er auf die verschiedenen Grüppchen, die uns interessiert musterten.

»Dort stehen die Faune, dort die Werwölfe. Die Geschöpfe, die unter dem Bild stehen, sind Feen.«

Wir liefen die Treppe hinauf, als ich das Schlossportal knarren hörte und zur Tür sah. Eine Gruppe Männer mit silbernem, langem Haar betrat die Halle. Die Shellycoats.

»Calum, sieh nur.« Doch es bedurfte meiner Aufforderung nicht. Peter, Calum und Dr. Erickson waren stehen geblieben.

Calum starrte die Gruppe an.

»Etwas Übles kommt des Weges«, zitierte er kaum hörbar aus seinem geliebten Macbeth.

Direkt neben Ares stand Elin und sah mit einem bösen Grinsen zu uns hinauf.

Ares hatte uns ebenfalls erblickt und lächelte uns traurig an.

Calum ergriff meine Hand fester und zog mich die Treppe hinauf.

»Wusstest du, dass er selbst kommen würde, Calum?«, brachte ich hervor.

»Ich habe es nicht gewusst, aber befürchtet. Er zieht seine Fäden normalerweise aus dem Hintergrund. Aber hierher musste er selbst kommen. Er hat mich angeklagt. Ich bringe dich jetzt in dein Zimmer. Außer mir, Peter und Dr. Erickson wirst du niemandem die Tür aufmachen. Hast du verstanden?«

»Das ist ja nicht schwer zu verstehen«, maulte ich.

»Ich werde Corin bitten, dass er Raven bei dir schlafen lässt. Ich möchte nicht, dass du nachts allein bist.«

»Moment mal«, protestierte ich da, »ich dachte, wir würden uns ein Zimmer teilen.«

Belustigt über mein in seinen Augen offensichtlich völlig abwegiges Ansinnen, schüttelte er den Kopf und zog mich in seine Arme.

»Das kannst du nicht im Ernst geglaubt haben, Emma.«

Schmollend drehte ich den Kopf weg, als er mich küssen wollte.

Immer noch lächelnd schob er mich ins Zimmer und nahm mir das Versprechen ab, die Tür zu verriegeln.

Also verschloss ich die Tür und sah mich dann in dem Zimmer um. Seidentapeten spannten sich über die hohen Wände. In der Mitte stand ein weißes Himmelbett, dessen Kissen mit dunkelgrüner, glänzender Seide bezogen waren. Der Raum war erfüllt vom Duft der Blumen, die überall verteilt waren. Ich setzte mich auf das Bett und zog meine Schuhe und die Jacke aus. Neugierig ging ich auf Strümpfen zu einer Tür auf der anderen Seite. Dahinter verbarg sich ein kleines Bad. In der Mitte stand eine Badewanne auf Löwenklauen. Ich ging zum Waschbecken, um mir die Hände zu waschen. Kurz entschlossen drehte ich mich dann jedoch um und ließ mir ein Bad ein. Auf dem Fensterbrett lagen in einer Schale duftende Badekugeln in den verschiedensten Farben. Ich ließ mich in den Schaum sinken und fühlte mich wie in einem Luxushotel. Über diesen Annehmlichkeiten konnte man den Anlass unseres Aufenthaltes fast vergessen, dachte ich. Ich schloss die Augen.

Lautes Klopfen schreckte mich auf. Verwirrt sah ich mich um.

»Einen Moment«, rief ich, nachdem ich meine Gedanken sortiert hatte. Ich schlüpfte in den weißen, weichen Bademantel, der an der Tür hing, und lief, eine Spur von Wasserflecken auf dem Steinboden hinterlassend, zur Tür.

»Wer ist da?«, fragte ich vorsichtig.

»Ich bin es, Calum, mach auf.«

»Parole?«, fragte ich übermütig.

»Emma, komm schon.«

Ich schloss die Tür auf und schaute in sein sorgenvolles Gesicht.

Er musterte mich, wie ich im Bademantel und mit feuchtem Haar vor ihm stand.

»Du bist einfach unwiderstehlich.«

Er schloss mich in seine Arme, schlug gleichzeitig die Tür hinter sich zu und wühlte seine Hände in mein Haar. Seine

Lippen suchten meinen Mund und sein Kuss raubte mir den Atem.

»Wir müssen zum Dinner«, erinnerte ich ihn nach einer Weile.

»Hm.« Seine Lippen streichelten meinen Hals, glitten hinter mein Ohr.

»Muss ich heute die Vernünftige von uns beiden sein?«

»Sieht ganz so aus.«

Er machte keine Anstalten, mich loszulassen. Also entwand ich mich seiner Umarmung.

»Du setzt dich hierher.« Ich versuchte, so befehlend wie möglich zu klingen. »Und ich ziehe mich an.«

Er nickte und versuchte trotzdem, nach mir zu greifen. »Wir haben noch eine halbe Stunde Zeit.« Bittend sah er mich an.

»Keine Widerrede, schließlich ist Amelie nicht da und ich muss die Arbeit selbst machen.«

Ich lief ins Bad und zog mich an.

»Warst du bei Ares?«, rief ich ihm fragend zu. »Was hat Elin vor?«

Calum stellte sich in die Tür des Bades und sah mir zu, wie ich versuchte, mich zu schminken und dabei dasselbe Resultat wie Amelie heute früh zu erreichen.

»Elin will die Anklage gegen mich persönlich vorbringen. Das ist sein gutes Recht. Außerdem hat er sechs von seinen Anhängern mitgebracht, um sicherzugehen, dass bei der Abstimmung die Stimmen der Shellycoats gegen uns sind.

»Das ist nicht gut, oder?«

Angst beschlich mich.

Calum blickte mich ernst an.

»Die Entscheidung im Großen Rat wird von allen gleichberechtigt gefällt. Jedes Volk hat zehn Stimmen. Ich weiß nicht, wer letztlich für uns sein wird. Aber du hast recht, diese sechs werden gegen uns sein. Das Einzige, was mich beruhigt, ist, dass Corin versprochen hat, dass du sicher heimkehren darfst.«

Ich biss mir auf die Lippen.

Während ich mein Haar trocken föhnte, schwiegen wir beide. Jeder hing seinen Gedanken nach.

»Bereit?«, fragte Calum, nachdem ich mich ordentlich gekämmt hatte.

»Bereit«, antwortete ich und hoffte, dass es nicht allzu kläglich klang.

20. Kapitel

Wir gingen gemeinsam die Treppe zum Saal hinunter. Sanfte Klavierklänge tönten uns entgegen. Eine lange Tafel war mit weißem Porzellan gedeckt und riesige Kerzenleuchter standen darauf.

Der junge Elf, der uns unsere Schlüssel überreicht hatte, brachte uns zu unseren Plätzen. Ich freute mich, dass zu meiner einen Seite Ares saß und zu meiner anderen Calum.

Ares sah mich aufmunternd an.

»Ich bin so stolz auf dich«, sagte er leise. »Du bist womöglich noch schöner als deine Mutter.«

Ich lächelte ihn dankbar an.

Seit ich ihn zum letzten Mal gesehen hatte, hatte er sich verändert. Er sah nicht mehr so traurig aus und seine Augen blickten kämpferisch. Bei diesem Anblick fühlte ich mich gleich besser.

Peter saß mir gegenüber und genau wie ich musterte er unablässig die seltsamen Tischgäste. Dann wurde es still. Die Gespräche verstummten und die Musik verklang leise im Saal.

»Ich möchte euch auf das Herzlichste willkommen heißen, meine lieben Freunde«, ertönte eine samtene Stimme vom Kopf der Tafel, »vor allem natürlich die Gäste, die uns heute das erste Mal beehren.«

Der Blick des blassen, attraktiven Mannes blieb an mir und dann an Peter und einigen anderen Tischgästen hängen, während er sprach. Ich konnte diesem intensiven Blick nur kurz standhalten. Die Gäste klatschten höflich.

»Wie immer«, fuhr er fort, »gibt es verschiedene Probleme, die dem Rat vorgelegt werden sollen und einer Entscheidung bedürfen. Und wir werden darüber sprechen müssen, wie sich unser Verhältnis zu den Menschen gestalten soll.«

Ich blickte mich um und sah in Elins glitzernde Augen. Er starrte mich hasserfüllt an. Schnell blickte ich nach vorn.

»Bevor wir uns diesen ernsten Dingen zuwenden, schlage ich vor, dass wir uns an dem köstlichen Mahl, das die Feen zubereitet haben, gütlich tun.«

Er blickte in die Runde und setzte sich.

Zu beiden Enden des Saals öffneten sich die riesigen Flügeltüren und bezaubernde kleine Wesen, nicht größer als zweijährige Kinder, mit langen goldenen Haaren schwebten in den Raum. Jedes dieser Wesen trug einen großen silbernen Teller in den Armen, der beladen war mit duftenden Köstlichkeiten. Erst jetzt fiel mir auf, dass ich den ganzen Tag nichts gegessen hatte, und mein Magen begann zu knurren.

Peter sah die Feen mit aufgerissenen Augen an, was so komisch aussah, dass ich leise vor mich hin lachte. Calum stupste mich an. Neben mir flatterte eins dieser Geschöpfe. Bei näherem Hinsehen fiel mir auf, dass das Kleid, das die Fee trug, ganz außergewöhnlich war. Der Stoff, wenn man es als Stoff bezeichnen konnte, schien durchsichtig zu sein. Er schimmerte wie ihre Flügel in allen Regenbogenfarben. Trotzdem konnte man nicht hindurchsehen. Fasziniert wollte ich danach greifen, um den Stoff zu befühlen. Im letzten Moment fiel mir ein, dass das womöglich unhöflich war, und ich zog meine Hand zurück.

»Du musst dir etwas nehmen«, forderte Calum mich auf.

Ich sah auf den Teller, den das kleine Geschöpf mir hinhielt. Nichts, was dort zu sehen war, kam mir bekannt vor. Mutig legte ich mir einiges, das entfernt nach Pilzen und Blumen aussah, auf meinen Teller. Dann flog die Kleine zum nächsten Gast.

»Was ist das?«, fragte ich Ares.

»Eine Spezialität der Feen. Genau weiß ich es auch nicht. Es schmeckt für jeden anders. Jeder schmeckt das, was er am liebsten mag.«

Ungläubig sah ich ihn an.

»Ich bin froh, wenn die Feen mit dem Kochen betraut sind. Wenn nämlich die Werwölfe für das Essen zuständig sind ...« Er schüttelte sich und ich musste lachen. Vorsichtig nahm ich einen Bissen von den Blumen. Wonach sie für mich schmeckten? Ich nahm sie in den Mund und begann zu kauen, meine Geschmacksnerven schienen aufzublühen. Noch nie hatte ich so etwas Köstliches gegessen. Es war wie Erdbeeren und Himbeeren mit einem Spritzer Zitrone und Vanilleeis.

Als Nächstes goss ein kleiner Kerl aus einer riesigen silbernen Karaffe ein Getränk in unsere Gläser, das nach klarem Quellwasser mit Walderdbeeren und Minze schmeckte.

Ein Gang folgte dem anderen. Ich sah mich um. Wonach das Essen bei den Vampiren oder den Werwölfen schmeckte? Wohin ich sah, alle am Tisch griffen beherzt nach den Speisen, mit denen die Feen unablässig um die Tafel flatterten. Die Stimmung war richtig ausgelassen. Es wurde gelacht und alle amüsierten sich prächtig. Lediglich Elin saß mit seinen Anhängern schweigend am Tisch und ließ Calum, der sich angeregt mit zwei Elfen unterhielt, nicht aus den Augen.

Ich wusste nicht, wie lange wir gegessen hatten. Ich wurde nicht müde, alles zu betrachten. Die Faune spielten zum Nachtisch auf seltsamen Instrumenten und sangen Lieder in einer Sprache, die mir fremd war. Ihre tiefen Stimmen klangen durch den Raum und malten Bilder an die Wände. Ich sah Faune, die mit Menschen kämpften. Liebende, die sich leidenschaftlich küssten. Kinder, die um die Feuer tanzten.

Da übertönte der Klang der samtenen Stimme das Gewirr der Unterhaltungen: »Nachdem wir uns gestärkt und Neuigkeiten ausgetauscht haben, ist es, denke ich, an der Zeit, den Rat einzuberufen. Wir treffen uns in einer halben Stunde im Ratssaal.«

Alle Anwesenden nickten zustimmend und erhoben sich.

Calum ging mit uns in die große Halle. Hier wollten wir gemeinsam mit Ares warten.

Meine Hände und Füße wurden eiskalt, obwohl mehrere Kamine brannten. Ein Zeichen, dass meine Nervosität übermächtig wurde. Calum ergriff meine Hände, die ich nicht still halten konnte, und wärmte sie.

»Es wird alles gut werden.«

Ich wusste nicht, ob er zu mir oder mehr zu sich sprach.

Auf einmal klangen laute, dunkle Glockenschläge durch das Gemäuer. Ich schrak zusammen. Eine Tür am anderen Ende der Halle wurde geöffnet und ich sah einen mit Fackeln erleuchteten Gang, der in die Tiefe führte. Calum nahm mich an die Hand und vorsichtig stiegen wir mit den anderen die uralten Stufen hinunter.

Der Gang schien kein Ende zu nehmen. Es war eine unheimliche, stille Prozession, die sich wie eine funkelnde Schlange den schmalen Gang nach unten wand. Endlich öffnete sich vor uns ein riesiger Saal. Er erinnerte mich an ein römisches Amphitheater. Die Bänke verliefen im Halbrund durch den Raum. An der einzigen geraden Wand gab es eine Art Bühne. Darauf stand in der Mitte ein steinerner Tisch mit fünf ebenfalls steinernen Stühlen. Über dem Tisch prangte an der Wand in blutroten Lettern der Wahlspruch:

»Seid klug wie die Schlangen
und ohne Falsch wie die Tauben.«

Das hatte ich schon einmal gehört, ging mir durch den Kopf. Die Decke des Saals wurde abgestützt von drei hohen Säulen. Auf den Bänken lagen rote Samtkissen. Hunderte Kerzenleuchter und Fackeln erhellten den Raum. Es schien, als wären die Sitzbänke direkt aus dem Fels unter der Erde geschlagen worden.

Überwältigt und beklommen nahm ich, trotz der Proteste der Anhänger Elins, neben Calum in den Sitzreihen der Shellycoats Platz. Ares setzte sich an meine andere Seite. Dr. Erickson und Peter gesellten sich zu den Eingeweihten.

Die Versammlung begann. Da die Vampire den Vorsitz hatten, saßen fünf ihrer Abgesandten auf der Bühne, um die Versammlung zu leiten.

»Jedes Volk hat bei den Abstimmungen die gleiche Stimmzahl von zehn Stimmen, egal, wie viele Abgesandte es mitgebracht hat«, raunte Ares mir zu.

Ich nickte und hoffte, dass die anderen Völker uns wohlwollender gestimmt waren als die Shellycoats.

Der Vorsitzende, sein Name war Myron, wie Ares mir zuflüsterte, eröffnete die Versammlung. Zuerst ging es um Landkonflikte zwischen Trollen und Feen. Im zweiten Fall hatten Elfen angeblich in den Minen der Zwerge geräubert und so weiter. Die Streitenden traten vor und legten ihr Anliegen den Anwesenden dar. Dann stellten die Vorsitzenden ihre Fragen. Am Schluss wurde dem Publikum ein Urteil vorgeschlagen und abgestimmt. Rote Karten bedeuteten schuldig, grüne bedeuteten unschuldig.

»Die Urteile sind sofort bindend. Es wird versucht, immer einen Kompromiss zu finden, der für beide Seiten erträglich ist«, erklärte Calum mir.

Die Glocke, die einen neuen Tagesordnungspunkt ankündigte, ertönte wieder.

»Wir kommen zum nächsten Verhandlungspunkt, der Anklage von Elin. Er beschuldigt seinen Ziehbruder Calum, eine verbotene Beziehung zu einer Menschenfrau eingegangen zu sein und mehreren Menschen unsere Existenz preisgegeben zu haben. Eine äußerst schwerwiegende Behauptung. Elin, Calum, bitte tretet vor.«

Elin schritt mit arrogant erhobenem Kopf zu den Vorsitzenden. Seine verheilte Narbe schimmerte glutrot. Er schilderte dem Rat mit lauter Stimme, wie er Calum und mich beobachtet hatte. Dann klagte er Dr. Erickson ebenfalls an, das Geheimnis verraten zu haben.

Wie sehr er uns Menschen hasst, dachte ich, während ich seinen Anschuldigungen lauschte. Calum stand während Elins Worten mit unbewegtem Gesicht neben ihm.

»Und darum fordere ich den Rat auf, Calum zu bestrafen. Er hat gegen das wichtigste Gesetz unserer Völker verstoßen. Wir dürfen uns nicht nachgiebig zeigen. Die Menschen, die von unserer Existenz wissen, müssen getötet werden. So ist es seit Jahrhunderten Brauch. Sie haben keinerlei Gnade verdient.«

Schweigend hörten die Anwesenden zu. Nachdem Elin geendet hatte, ging aufgeregtes Raunen durch die Reihen. Ich saß da wie erstarrt. Einige schüttelten empört ihre Köpfe, andere musterten mich neugierig.

»Calum, was hast du zu deiner Verteidigung vorzutragen?«, forderte Myron ihn zum Sprechen auf.

Calum verbeugte sich vor den Vorsitzenden und begann zu sprechen: »Hoher Rat, geehrte Anwesenden, mir ist klar, dass ich gegen die Gesetze unserer Welt verstoßen habe.«

Rufe erklangen aus dem Publikum, doch Calum ließ sich nicht aus der Ruhe bringen.

»Die Anschuldigungen, die mein Bruder Elin vorbringt, bestehen zu Recht. Ich habe mich in eine Menschenfrau verliebt, doch ich habe mich, entgegen seinen Vorwürfen, nicht mit ihr verbunden.«

Ein Raunen ging durch den Saal.

»Weder Emma noch ich haben gegen das Gesetz, das die Vereinigung mit einem Menschen verbietet, verstoßen. Allerdings gebe ich zu, dass ich ihr von unserer Welt und unseren Geheimnissen erzählt habe.«

»Du warst in einer Vollmondnacht mit ihr schwimmen und du willst behaupten, dass sie dir widerstehen konnte?«, fauchte Elin ihn an. »Du weißt so gut wie ich, dass das unmöglich ist. Menschen sind schwach.«

»Menschen vielleicht. Aber ich, Elin, ich wusste, dass das alles ändern würde.«

Ich spürte, wie ich rot wurde bei der Erinnerung an diese Nacht. Ich traute mich nicht aufzuschauen und starrte auf meine Füße. Ares griff nach meiner Hand und hielt sie fest.

»Weshalb hast du sie dann mitgenommen?«, fragte Elin hochmütig. Er dachte nicht daran, klein beizugeben.

Calum sah ihn an und schien zu überlegen, was er antworten sollte. Auf Elins Gesicht breitete sich ein höhnisches Grinsen aus.

»Das tut hier nichts zur Sache«, sagte Calum laut in die Stille. »Ich sehe ein, dass ich bestraft werden muss. Aber Emma trifft keine Schuld. Ich bitte darum, sie gehen zu lassen.«

Elin lachte höhnisch. »So einfach geht das nicht, Calum. Hast du den Verstand verloren? Sie weiß über uns Bescheid. Sie hat den Tod verdient.«

Zustimmendes Gemurmel erklang. Ich erschrak und Calum wurde blass.

Myron klopfte mit einem kleinen Hammer auf den Tisch und bat damit um Ruhe. »Elin, über die Strafe für diese Vergehen hast du nicht zu entscheiden«, maßregelte er ihn.

Erleichtert atmete ich aus.

»Aber so ist das Gesetz«, fiel Elin ihm ins Wort. »Sie darf nicht ungestraft davonkommen. Sie ist ein Mensch.« Er sprach dieses kleine Wort so hasserfüllt aus, dass ich erst jetzt begriff, wie sehr er uns verabscheute.

Ich sprang auf und ohne nachzudenken sagte ich: »Du irrst dich, Elin. Mein Vater ist ein … ein Shellycoat.«

Elin zuckte zusammen. Lärm brach los. Calum kam zu mir und stellte sich schützend neben mich. Ich biss mir auf die Lippen und sah auf den Boden. Was hatte ich jetzt bloß angerichtet?

Myron brauchte lange, um für Ruhe zu sorgen.

»Emma, weißt du, was du da behauptest? Weißt du, wer dein Vater ist?«, fragte er und sah mich mit neu erwachtem Interesse an.

Die Stille, die sich im Saal ausbreitete, wurde unerträglich.

»Das bin ich.« Ares erhob sich und trat neben mich. Wieder brach ein Tumult los.

»Du weißt, was das bedeutet, Ares?«

Er nickte.

»Ich wusste bis vor einigen Wochen nichts von ihrer Existenz. Aber egal, wie der Rat entscheidet, ich hoffe, dass ihr Gnade walten lasst. Ich bitte darum«, sagte er mit fester Stimme.

Tränen stiegen mir in die Augen.

»Elin hat schon Emmas Mutter getötet und er hatte das Recht dazu. Sie hatte unseren Clan vor vielen Jahren in einer Vollmondnacht beobachtet«, sprach Ares weiter. »Doch es wäre nicht nötig gewesen. Emmas Mutter hat sich unserer Welt seitdem nie wieder genähert und sie hat niemandem von uns erzählt. Nicht einmal Emma wusste, dass es uns gibt.«

»Elin, stimmt es, dass du Emmas Mutter getötet hast?«, fragte Myron.

»Es ist verboten, sich einem Menschen zu offenbaren. Die Frau hatte den Tod verdient.«

Ich war sprachlos und ballte meine Hände zu Fäusten und sprang auf.

»Aber du hast auch Maria getötet«, rief ich aufgebracht.

Alle starrten mich an. Langsam ließ ich mich wieder auf die Bank sinken.

»Sie hat unsere heilige Quelle verunreinigt«, giftete Elin zurück und bestätigte damit den Verdacht, den ich bis dahin nicht hatte beweisen können.

»Du hast sie ins Wasser gelockt, um sie zu töten«, erwiderte ich aufgebracht.

Calum sah mich eindringlich an. Aber ich hatte gesagt, was ich sagen wollte, und schwieg nun.

Myron bedeutete mir mit einer Handbewegung vorzutreten.

»Emma, seit wann weißt du, dass du ein Halbling bist?«

»Sie weiß es erst seit ein paar Wochen«, ertönte da die Stimme von Dr. Erickson. »Nur ich wusste es die ganze Zeit. Aber ich akzeptierte den Wunsch ihrer Mutter, es nicht zu verraten. Genau wie ihre Mutter Brenda hat Emma, seit sie von eurer Existenz weiß, das Geheimnis gehütet. Ihr Cousin Peter soll mein Nachfolger werden, da ich keine eigenen Kinder habe. Deshalb sind er und seine Familie in die Geheimnisse eingeweiht worden.«

Dr. Erickson neigte ehrerbietig den Kopf vor dem Vorsitzenden. Peter ging an seiner Seite.

Myron musterte ihn. »Peter, bist du bereit, die Prüfung abzulegen?«

Peter nickte.

»Wir werden über die Anklagepunkte beraten«, sagte Myron, nachdem er leise mit den anderen Vorsitzenden gesprochen hatte. Im Saal herrschte eine unheimliche Stille.

»Das Geheimnis um unsere Existenz wird in der Familie von Peter und Emma seit Jahren gewahrt. Eingeweihten ist es gestattet, das Geheimnis mit ihren Familien zu teilen. Allerdings sollte dies frühestens nach erfolgreich abgelegter Prüfung erfolgen. Da Elin nicht wusste, dass Dr. Erickson Peter als seinen Nachfolger vorschlagen würde, war es richtig von ihm, diese Verfehlung anzuzeigen. Meines Erachtens handelt es sich hier lediglich um eine formelle Verfehlung. Ich fordere jetzt die stimmberechtigten Vertreter auf, zu entscheiden. Haben sich Calum und Dr. Erickson der unerlaubten Preisgabe unseres Geheimnisses schuldig gemacht?«

Alle sahen in die Runde, doch lediglich die Anhänger Elins erhoben ihre roten Kärtchen, um für schuldig zu stimmen. Erleichtert atmete ich auf.

»Diesen Punkt können wir als erledigt betrachten. Was nun die Beziehung zwischen Calum und Emma angeht, so denke ich, dass in Anbetracht der Tatsache, dass Emma ein Halbling ist, der Ältestenrat der Shellycoats hierüber befinden muss. Das ist keine Aufgabe des Großen Rates. Calum hat gegen die Gesetze der Shellycoats verstoßen. Sein Clan muss über ihn richten.«

Ich sah in Ares' versteinerte Miene und befürchtete, dass dies keine gute Entwicklung war. Elins Lippen verzogen sich zu einem hämischen Grinsen.

»Über Elins Vergehen muss allerdings beraten werden. Soll er wegen der unrechtmäßigen Tötung eines Menschen angeklagt werden? Es ist nicht hinnehmbar, dass Menschen grundlos und ohne ein Urteil getötet werden.«

Elins Kopf ruckte ungläubig zu Myron. Das Urteil war jedoch eindeutig. Die roten Karten waren in der Mehrzahl, obwohl hier und da eine grüne Karte hervorblitzte.

»Elin, du wirst dich auf dein Zimmer begeben, bis der Rat dich morgen anhört und ein Urteil fällt.«

Elin nickte und verließ Saal. Seine Anhänger folgten ihm. Wir sahen ihnen nach.

»Kommen wir nun noch zu einem letzten Punkt. Ares, du weißt, dass es nicht gestattet ist, sich mit einer Menschenfrau zu verbinden. Die Existenz von Halblingen ist seit Jahrhunderten verboten. Und wir wissen, dass in früheren Zeiten alle Halblinge getötet wurden.«

Mir wurde kalt. Doch Myron lächelte mich an.

»Ares, obwohl du nichts von Emmas Existenz wusstest, hast du dich schuldig gemacht und uns alle in Gefahr gebracht.«

Ares nickte und sah Myron offen ins Gesicht.

»Ich kann nicht sagen, dass ich bedaure, was ich getan habe. Schon gar nicht, nachdem ich Emma kennen gelernt habe. Ich stelle mich dem Urteil, bitte aber darum, Emma nicht zu strafen.«

»Solange der Rat nichts anderes beschließt, Ares, sind unsere Gesetze für alle bindend. So sehr ich dich schätze, aber es gibt für niemanden eine Ausnahme«, erwiderte Myron ernst.

Ares blickte ihn wortlos an.

Myron sah in die Runde. »Ich stelle das Vergehen von Ares zur Abstimmung. Ich beantrage, dass er zukünftig von den Ratsversammlungen ausgeschlossen wird und sein Stimmrecht verliert.«

Die Karten flogen in die Luft. Ohne zu zählen, konnte ich sehen, dass die roten Karten in der Überzahl waren. Ich wusste nicht, was das für Ares bedeutete, aber als er mich anlächelte, sah ich, dass diese Strafe für ihn akzeptabel war. Ich wandte mich ihm zu und er nahm mich fest in seine Arme. Myron hatte mit einem Trick eine schlimmere Strafe verhindert. Ich würde später Dr. Erickson danach fragen.

Myron lächelte und nickte Ares zu.

»Wie jedes Jahr müssen wir noch darüber abstimmen, ob wir der Menschenwelt unsere Existenz offenbaren können. Hat jemand etwas vorzubringen, das für die Menschen spricht?«

Myron sah in die schweigenden Gesichter der Anwesenden. Zum Schluss sah er Calum und mich an.

»Auch wenn ich zum gegenwärtigen Zeitpunkt eine Beziehung zu einem Menschen nicht gutheißen kann, macht es mir Mut zu sehen, dass es möglich ist.« Er machte eine Pause. »Emma, du musst uns verstehen, unsere Völker haben durch die Menschen viel Leid erfahren. Egal, wie das Urteil der Shellycoats ausfallen wird, ich wünsche dir viel Glück.«

Dann wandte er sich wieder den Anwesenden zu und forderte sie zur Abstimmung auf. Wie erwartet stimmte kein Einziger für die Offenlegung des Geheimnisses.

»Ich erkläre die Versammlung für beendet.«

Myron sah von Calum zu mir. »Calum, bring Emma bitte auf ihr Zimmer. Peter wird jetzt seiner Prüfung unterzogen.«

Es widerstrebte mir zu gehen. Aber Calum zog mich unerbittlich die Treppe hoch. Er sagte kein Wort. Auch ich wusste nicht, was ich sagen sollte. Unsere Beziehung war nun von der Entscheidung der Shellycoats abhängig. Wie viel Einfluss besaß Ares und wie viel Elin? Was würde mit Elin geschehen? Fragen über Fragen. Auf jeden Fall war alles nur halb so gefährlich gewesen, wie ich befürchtet hatte. Was für Szenarien hatte ich mir in den letzten Wochen vorgestellt. Calum schob mich in mein Zimmer, nicht ohne mich zu ermahnen, die Tür zu verriegeln. Er wirkte so distanziert, als ob er begann, sich von mir zu verabschieden. Erschöpft ließ ich mich auf mein Bett sinken. Wie spät war es wohl?

Ein lautes Pochen an meiner Tür ließ mich aufschrecken. »Wer ist da?«, rief ich.

»Ich bin es, Raven. Calum hat mich gebeten, bei dir zu bleiben. Ich möchte ungern vor der Tür schlafen. Lass mich rein.«

Vorsichtig öffnete ich die Tür. Es war tatsächlich Raven. Calum hat Angst, dich allein zu lassen. Nach der Entscheidung des Rates kann er unmöglich selbst bei dir bleiben«, sagte sie und es klang entschuldigend. Ich wandte mich meinem Bett zu. Mittlerweile konnte ich die Augen kaum noch offen halten. »Raven, sei mir nicht böse. Ich muss schlafen.«

»Kein Problem. Du schläfst und ich passe auf dich auf. Du musst keine Angst haben.

«Wie lange dauert eigentlich die Prüfung der Eingeweihten?«, murmelte ich noch. Die Antwort kam nicht mehr bei mir an.

21. Kapitel

Mitten in der Nacht schreckte ich hoch. Rufe und lautes Getrappel hatten mich geweckt. Raven stand am Fenster und sah in den vom Mond erleuchteten Innenhof hinab.

»Raven?«

Sie schien mich nicht zu hören. Ich stieß die dicke Daunendecke weg und lief zu ihr ans Fenster. Da unten war der Teufel los. Alle liefen durcheinander.

»Was ist passiert, Raven?«

Plötzlich war die Angst wieder da.

»Elin. Er ist geflohen«, antwortete sie tonlos.

Ich schnappte nach Luft.

»Dass jemand dem Ratsschluss nicht folgt …« Sie beendete ihren Satz nicht und schüttelte ungläubig den Kopf. »Ich weiß nicht, ob so etwas schon einmal vorgekommen ist. Er muss euch sehr hassen.«

»Hatte er keine Wächter?«

Raven sah mich an.

»Normalerweise braucht es das nicht. Jeder Beschuldigte unterwirft sich dem Urteil. So funktioniert unser Rechtssystem, seit wir denken können. Noch nie hat sich jemand dem entzogen.«

Ungläubig schüttelte ich den Kopf. Dieses Vorgehen erschien mir mehr als naiv.

»Wohin wird er gehen?«

Raven kam nicht dazu, meine Frage zu beantworten. Es klopfte und Peter und Calum stürmten ins Zimmer.

»Gott sei Dank, dir ist nichts geschehen.« Peter schloss mich in seine Arme. Er sah total übernächtigt aus.

»Calum, wo wird er hingehen?«, fragte ich eindringlich.

Doch Calum zuckte mit den Schultern.

»Ich kann es nur vermuten. Er muss sich verstecken. Seine Anhänger sind mit ihm geflohen. Wir wissen nicht, wie viele aus unserem Volk ihm folgen werden. Ares wird eine Ratsversammlung einberufen.«

Erschrocken sah ich ihn an.

»Vorher bringe ich dich nach Hause, Emma. Du musst keine Angst haben.«

Doch ich hatte Angst, furchtbare Angst. Noch immer hatte er mich nicht berührt, mir nicht einmal in die Augen gesehen. Ich traute mich nicht, ihn darauf anzusprechen, nicht vor Raven und Peter.

»Wir fahren bei Sonnenaufgang los. Ich hole dich ab.«

Damit verließ er mit Peter das Zimmer.

Ich blickte zu Raven. Sie sah wieder auf den Hof hinunter. Schweigend trat ich neben sie. Mittlerweile hatten sich dort unten mehrere Grüppchen gebildet, die aufgeregt miteinander sprachen.

»Werden sie ihn suchen?«, fragte ich leise.

»Ich weiß nicht.« Raven seufzte. »Ich befürchte, dass es für solch einen Fall keinerlei Regeln gibt. Es ist schlicht und ergreifend nie vorgekommen, dass jemand einem Beschluss des Rates nicht folgt.«

Sie schwieg, als ob sie überlegte, was sie mir noch sagen konnte. Offensichtlich gab es jedoch nichts mehr.

»Geh zurück ins Bett«, forderte sie nach einer Weile. »Ich werde aufpassen.«

An Schlaf war nicht mehr zu denken.

»Darf ich dich etwas fragen?«, wandte ich mich an Raven, die sich neben mir im Bett ausgestreckt hatte.

Sie nickte.

»Sind die Regeln bei allen Völkern gleich? Dürft auch ihr euch nicht mit einem Menschen verbinden?«

»Diese Regel gilt für uns alle. Doch innerhalb der Völker ist die Frage der Partnerwahl sehr unterschiedlich. Wir Elfen wählen gar keine festen Partner. So eine lebenslange Verbindung wie bei den Shellycoats ist für uns undenkbar. Es ist für uns schwer vorstellbar, wie so etwas funktionieren kann. Doch die Shellycoats sind neben den Feen das Volk, das sich am meisten von der Welt abschottet.«

Fragend sah ich sie an.

»Sieh mal«, begann sie zu erklären, »da ist schon ihr Lebensraum. Wir Elfen, die Vampire und selbst die Werwölfe können unter Berücksichtigung von Regeln unter den Menschen leben. Die meisten tun das auch. Clanstrukturen wie bei den Shellycoats gibt es bei diesen Völkern nicht. Es sind eher Familien, die zusammenleben. Damit haben wir uns weiterentwickelt und Verhaltensweisen und auch Lebensweisen der Menschen angenommen. Aber die Völker, die im Verborgenen und ohne Kontakt zu den Menschen leben, haben ihre Regeln und Traditionen oft nicht verändert. Es gibt viele Shellycoats, die dafür plädieren, alle jungen Männer und Frauen einige Zeit unter den Menschen leben zu lassen. Aber ihr Rat, der natürlich hauptsächlich aus alten Männern besteht, lehnt das ab. Ich verstehe das nicht, die Welt verändert sich, und wir sollten das auch tun. Aber die Ratsschlüsse sind bindend und normalerweise unterwirft sich jeder diesen Regeln.«

»Bis einer kommt, der das nicht tut«, erwiderte ich lakonisch.

»Ich kann mir nicht vorstellen, was das für die Zukunft bedeutet«, sagte Raven mehr zu sich selbst als zu mir. »Trotz unserer unterschiedlichen Lebensweisen waren wir in den Hauptpunkten immer einig.«

»Meinst du, Peter hat die Prüfung bestanden?«, fragte ich.

»Wir werden ihn morgen früh fragen müssen. Normalerweise dauert die Prüfung die ganze Nacht. Ich fürchte, der Rat wurde unterbrochen. Noch etwas, was noch nie passiert ist.«

Sie löschte das Licht ihrer Nachttischlampe.

»Schlaf ein bisschen, Emma«, forderte sie mich auf.

Ich verstand, dass sie mit ihren Gedanken allein sein wollte.

Ich drehte mich auf die Seite und starrte in die Dunkelheit. Ich hatte mir Entscheidungen erhofft und jetzt war immer noch alles offen. Calum würde zu seinem Volk zurückkehren. Er würde sich nicht gegen den Ratsschluss stellen. Diese Möglichkeit war undenkbar. Wie viel Zeit uns wohl blieb?

Tränen rannen lautlos aus meinen Augen. Falls Raven meine Verzweiflung spürte, unternahm sie nichts dagegen.

»Raven? Schläfst du?«

»Wir schlafen nicht, unsere Gedanken entfernen sich in eine andere Sphäre, dort sammelt unser Geist Kraft. Unser Körper benötigt keine Ruhe«, erwiderte sie, als wäre das das Normalste der Welt.

»Ich hatte den Eindruck, dass Myron bei dem Urteil über Ares getrickst hat.«

Ich drehte mich zu ihr um.

Raven nickte.

»Die Vampire stehen euch Menschen am nächsten. Sie sind das älteste und weiseste Volk unter uns. Deshalb verstehen sie die Anziehung, die du auf Calum ausübst.«

»Aber ich dachte, Vampire brauchen menschliches Blut zum Überleben«, stotterte ich.

»Da hast du recht. Aber auch Vampiren ist das Töten von Menschen verboten. Fast alle Vampire ernähren sich heutzutage von Tierblut. Nur in Ausnahmefällen trinken sie Menschenblut, und das geben die Menschen freiwillig.«

»Aber werden diese dann nicht zu Vampiren?«

»Ja, natürlich. Das ist der Sinn der Sache. Vampire können sich nicht vermehren. Um ihre Rasse jung zu halten, müssen regelmäßig Menschen verwandelt werden. Diese werden sorgfältig ausgewählt. Wenn sie bereit sind sich zu verwandeln, werden sie hier an der Akademie unterrichtet. Sobald sie in ihrem Entschluss sicher sind, wird die Wandlung in einem bestimmten Ritus vollzogen.«

»Ich nahm an, dass Vampire nicht altern?«

Meine Frage schien naiv zu sein, doch mir spukten die Geschichten über Knoblauch, Pfählungen und Vampire in Fledermauskostümen durch den Kopf. Als ich mit zwölf zum ersten Mal ein Buch über Vampire gelesen hatte, hatte ich nächtelang nicht schlafen können.

»Der Körper altert auch nicht, Emma. Aber der Geist altert und kann oft mit den Veränderungen der Zeit nicht mithalten.«

»Wie viele Vampire gibt es denn auf der Welt?« fragte ich nach diesen Enthüllungen staunend.

»Die Anzahl ist festgelegt«, antwortete Raven. »Es dürfen sechstausend sein.«

»Gibt es für jedes Volk so eine bestimmte Anzahl?«

»Nein, das haben die Vampire für sich festgelegt. Wie wir, sind auch Vampire unsterblich. Damit ihr Volk nicht überaltert, geht jeder, der ein bestimmtes Alter erreicht, freiwillig in den Tod. Sterben ist für sie nur möglich, wenn sie es selbst vollziehen. Auch wir Elfen wechseln zu einem festgelegten Zeitpunkt in die Unsterblichen Lande und sind damit dieser Welt entrückt.«

Ich lächelte und musste an eins meiner Lieblingsbücher denken.

»Tolkien kannte unser Volk gut«, lächelte Raven mich an, »er war ein Eingeweihter.«

»Kannst du meine Gedanken lesen?«, fragte ich ungläubig.

Entschuldigend nickte Raven. »Ich versuche allerdings, nicht zu oft in die Köpfe der Menschen zu sehen. Aber manchmal ist es nicht einfach, eure Gedanken zu ignorieren.«

Ich hatte Fragen über Fragen und Raven beantwortete mir jede bereitwillig.

Der Morgen dämmerte herauf, ich stand auf, wusch mein Gesicht, zog mich an und packte meine Sachen. Raven sah mir schweigend zu.

»Es tut mir leid für euch«, sagte sie nach einer Weile. »Ich hätte euch eine Chance gewünscht, aber ich befürchte, die Shellycoats werden euch keine geben.«

Sie umarmte mich zum Abschied und verließ das Zimmer. Traurig sah ich ihr hinterher. Sicher würde ich sie nie wiedersehen. In dieser Nacht war sie mir ans Herz gewachsen. Kurz darauf kam Peter, um mich abzuholen.

Der Hof war menschenleer, als wir ins Auto stiegen. Dieses Mal saß Peter mit mir auf der Rückbank. Ich biss mir vor Wut und Angst auf die Lippen. Es hatte sich nichts geändert, im Grunde war es, wie eigentlich erwartet, schlimmer geworden.

Nachdem wir eine Weile gefahren waren, begann Peter sich mit Dr. Erickson über die Prüfung zu unterhalten. Tatsächlich war diese nicht beendet worden.

»Was bedeutet das für Peter?«, fragte ich Dr. Erickson.

»Er wird die Prüfung nächstes Jahr beenden müssen. Der Rat hat nach Elins Flucht beschlossen, dass Peter eine zweite Chance erhält. Diese Unterbrechung war eine absolute Ausnahmesituation.«

»Was haben sie gefragt? Was musstest du tun?«, fragte ich neugierig weiter.

»Emma, es ist doch klar, dass ich darüber nicht reden darf.«

Verärgert pustete ich die Luft aus. Langsam wurde es mir zu dumm. Ich drehte mich missmutig von Peter weg und sah aus dem Fenster. Dann fiel mir ein, dass ich Dr. Erickson etwas fragen musste.

»Weshalb hat Ares sich die Bestrafung nicht zu Herzen genommen?«, fragte ich. »Verliert er mit dem Stimmrecht nicht sein Ansehen im Clan?«

»Du hast recht«, erwiderte er. »Normalerweise wäre diese Strafe hart, da aber Ares im nächsten Jahr seinen Nachfolger bestimmen muss, hätte er sein Stimmrecht sowieso verloren. Myron wusste das, wie wahrscheinlich alle Anwesenden.«

Wieder breitete sich Schweigen aus. Verzweifelt hoffte ich, dass Calum noch einmal mit mir sprechen würde, und zwar allein. Ich weigerte mich zu glauben, dass er mich verlassen würde.

Als wir am späten Nachmittag zu Hause ankamen, atmete ich erleichtert auf. Ich hätte es keine Minute länger in diesem stillen Auto ausgehalten.

Bree und Ethan stürzten aus dem Haus und umarmten uns stürmisch. Bree sah aus, als hätte sie die ganze Nacht kein Auge zugetan. Sofort nahmen die beiden Dr. Erickson und Peter in Beschlag und bestürmten sie mit ihren Fragen. Amelie war mit den Zwillingen ins Kino gegangen und so nutzte ich meine Chance und zog Calum in den Garten. Er wollte sich wehren. Ich spürte, dass er mir nur unwillig folgte, doch ich ließ nicht locker.

»Lass uns ein Stück laufen«, bat ich ihn und er folgte mir durch den Garten, den Weg zur Steilküste entlang.

Schweigend liefen wir hintereinander her. Ich war es, die das Schweigen nach einer Weile nicht länger aushielt.

»Wirst du an der Ratsversammlung teilnehmen, die Ares einberufen wird?«

»Es wäre besser«, antwortete Calum einsilbig.

»Das würde bedeuten, dass du endgültig zurückkehren musst.«

Calum nickte mit gequältem Gesichtsausdruck.

»Du würdest nicht wieder zu mir kommen können, wenn du außerhalb einer Vollmondnacht zu deinem Volk zurückgehst.«

Wieder nickte er nur.

»Du wirst es tun?«

Calum war stehen geblieben und sah auf das Meer hinaus. Still und glatt wie ein Spiegel lag es in der Abendsonne. Ich wollte ihn nicht drängen. Im Grunde kannte ich seine Antwort und hoffte trotzdem noch.

»Ich habe Ares gebeten, die Ratsversammlung auf heute Nacht zu legen«, antwortete er mit rauer Stimme.

Verständnislos sah ich ihn an.

»Es ist Vollmond. Ich werde zu dir zurückkehren können, wenn ich gehe.«

Das hatte er getan?

»Emma, weißt du eigentlich, wie sehr ich dich liebe? Ich kann den Gedanken, mich für immer von dir trennen zu müssen, nicht ertragen.«

Genau wie ich ihm, so war er mir verfallen, wurde mir klar. Er wollte mich nicht verlassen. Ich konnte nur hoffen, dass sie ihn wieder gehen lassen würden. Ich zog ihn ins Gras und überließ mich seinen Zärtlichkeiten. Langsam zeigte sich der große gelbe Mond am Himmel. Calum würde bald gehen müssen.

Nach einer Weile hörten wir Stimmen. Ich sah auf und sah Bree mit Ethan, Peter, Dr. Erickson und Sophie den Pfad herunterschlendern. Wir rappelten uns auf und zupften uns gegenseitig das Gras aus dem Haar. Kichernd schmiegte ich mich an Calum, der seinen Arm fest um mich legte. Wartend sahen wir den anderen entgegen.

Urplötzlich kam kalter Wind auf. Ich blickte zum Himmel und sah, wie sich eine riesige dunkle Wolke vor den Mond schob. Wellen türmten sich mit einem Mal am Horizont auf. Und dann kam der Sturm.

»Calum, lass uns zurück zum Haus gehen«, bat ich. »Das ist irgendwie unheimlich.«

Doch Calum rührte sich nicht. Entsetzt starrte er auf die wild gewordene See.

Zu meinem Entsetzen sah ich, wie sich die Wellen vereinigten und sich immer höher vor uns auftürmten.

»Was passiert da?«, flüsterte ich, nur mit Mühe die Panik, die in mir aufstieg, unterdrückend.

Calum antwortete immer noch nicht. Ich rüttelte an seinem Arm.

Doch sein Gesicht war wie versteinert. Wieder sah ich auf das Meer hinaus. Jetzt stand die Welle turmhoch und wogte an ein und derselben Stelle vor und zurück. Das war definitiv nicht normal.

Peter schrie uns etwas zu, konnte das Tosen des Wassers jedoch nicht übertönen.

Da erschien wie aus dem Nichts Elin auf dem Kamm der Welle. Ich wich zurück. An seiner Seite kamen nach und nach weitere Shellycoats zum Vorschein. Es sah aus, als stünden sie auf dem Scheitel der Welle. Sie hielten Dreizacke in den Händen. Was wollten sie damit? Elin schrie uns etwas zu. Ich konnte es nicht verstehen. Doch Calum wusste offenbar, was er sagte. Er schloss die Augen und trat einige Schritte näher ans Ufer. Bisher hatte ich angenommen, dass diese telepathische Verbindung nur im Wasser funktionierte, aber damit hatte ich wohl unrecht gehabt. Peter stand plötzlich neben mir und hielt mich fest. »Er versucht, Elin zur Vernunft zu bringen«, flüsterte er in mein Ohr.

»Ich kann mir nicht vorstellen, dass er Erfolg haben wird.« Ich schüttelte Peters Hände ab und trat wieder zu Calum. »Lass uns hier weggehen, es ist zu gefährlich.«

Mitleidig betrachtete Calum mich. »Davor können wir nicht weglaufen, Emma.«

Peter schrie auf und wies mit seinem Arm hinaus aufs Meer. Noch immer tummelten sich brüllende Shellycoats auf dem Wellenkamm. Jetzt erhob sich eine weitere einzelne mächtige Welle und auf deren Spitze stand Ares. Er war allein. Seine prächtige Gestalt war atemberaubend. Bei seinem Anblick verschwand ungefähr die Hälfte von Elins Anhängern. Auf Elin machte die Erscheinung seines Vaters leider keinen Eindruck. Ares rief ihm mit donnernder Stimme etwas zu, worauf Elin in höhnisches Gelächter ausbrach. Im selben Moment erhob er seinen Dreizack und schleuderte ihn mit aller Kraft nach Ares. Ich schrie. Hilflos mussten wir zusehen, wie der Dreizack in Ares' Brust drang. Er drehte sich um seine eigene Achse und zog den Dreizack heraus. Dann versank er in den Fluten des brüllenden Meeres.

Elins wildes Gelächter über seinen ersten Sieg dröhnte bis zu uns auf die Klippen.

Dann erhob er beide Arme und das Meer schwieg. Die Stille, die sich ausbreitete, dröhnte lauter in meinen Ohren als vorher der Lärm der Wellen. Fassungslos sah ich zu der Stelle, an der Ares verschwunden war. Ein trockenes Schluchzen entrang sich meiner Brust. Doch Elin ließ uns keine Pause.

»Calum«, rief er uns zu. »Komm zurück zu deinem Volk und stelle dich unserem Urteil.«

Calum trat näher an die Klippen und rief zurück. »Deinem Urteil werde ich mich niemals unterwerfen. Ich akzeptiere nur das Urteil des Rates.«

»Wir werden einen neuen Rat wählen. Er wird darüber entscheiden, was Recht ist. Du wirst dich dem Urteil unterwerfen. Das ist deine Pflicht.«

»Elin, du musst zur Vernunft kommen«, rief Calum. Die Worte prallten an Elin ab.

»Entweder du oder sie«, flüsterte Elin, aber jeder konnte seine Worte klar und deutlich verstehen.

»Stelle dich unserem Urteil oder die Welle wird sie alle vernichten.«

Ich erstarrte.

»Du kannst dich nicht zum Herrscher aufschwingen.« Calums Stimme klang immer noch fest.

»Ich kann und ich werde es. Es ist an der Zeit, dass sich etwas ändert. Das hast du selbst immer wieder betont. Meine Geduld ist zu Ende.«

In diesem Moment begann die Welle mit schier unglaublicher Kraft auf die Küste zuzurasen. Der monströse Wellenkamm türmte sich vor uns auf, wuchs höher und höher. Wir waren unfähig, uns zu rühren. Calum fühlte sich unter meinen Händen eiskalt an. Die Geschwindigkeit, mit der die Wassermassen auf die Klippen zustürmten, war unbeschreiblich. Es würde nur Sekunden dauern, bis die Wellen uns und alle umliegenden Häuser erreichen und zerstören würden, jedes Haus und jeden, der dort lebte.

Calum wandte sich mir zu und sah mir in die Augen. Seine Entscheidung war gefallen.

»Emma, du musst vernünftig sein, du darfst mir nicht folgen, hörst du?« Er schüttelte mich ganz leicht.

»Du musst auf dich aufpassen, mir zuliebe. Ich könnte es nicht ertragen, wenn dir etwas zustoßen würde.«

Er zog mich an sich.

»Ich werde dich lieben, bis in alle Ewigkeit«, flüsterte er leise in mein Ohr und seine schützende Umarmung fiel von mir ab.

Der glühende Blick seiner Augen war eindringlicher als seine Stimme.

»Du musst mich vergessen, Emma, und versuchen, ein normales Leben zu führen, hörst du?«

»Das kann ich nicht«, hauchte ich so leise, dass ich sicher war, dass er es nicht verstanden hatte.

Als seine Lippen meine berührten, löste sich die Welt um mich herum auf.

Dann rannte er los. Ungläubig sah ich hinterher. Endlich erwachte ich aus meiner Erstarrung. Das durfte nicht sein. Er konnte unmöglich noch etwas ausrichten. Obwohl ich wusste, dass ich ihn nicht einholen konnte, lief ich ihm hinterher. Ich wollte nur wieder zu ihm. Ich durfte ihn nicht gehen lassen. Und da sprang er, mitten hinein in den Irrsinn.

Peter riss mich an meiner Jacke vom Rand der Klippe zurück.

Er hielt mich fest an sich gedrückt.

»Neeeiiin«, schrie ich auf das Meer hinaus, dass sich nach Calums Sprung augenblicklich beruhigt hatte und jetzt gespenstig still vor uns lag.

Peter ließ mich los und ich fiel schluchzend auf die Knie. Alle meine Sinne waren betäubt. Ich verstand nicht, was Bree und Ethan zu mir sagten. Ich rührte mich nicht, als Peter versuchte, mich hochzuziehen.

Erst als Sophie sich zu mir beugte und mir ins Ohr flüsterte: »Es ist vorbei, Emma. Er ist fort. Lass uns gehen«, stand ich auf und ließ mich zum Haus führen.

Ende 1. Teil

Ein ganz großes Dankeschön schicke ich meinen treuen Fans und E-Book- LeserInnen. Ohne Euch wäre diese Druckfassung nicht möglich gewesen.

Danke, dass Ihr mir geholfen habt, mir einen ganz besonderen Traum zu erfüllen.

Sollte Euch der erste Teil der MondLichtSaga gefallen haben, freue ich mich über eine Rezension bei Amazon. Gern könnt ihr die Bücher auch Euren Freundinnen und Freunden empfehlen.

Wenn ihr mehr über Emma und Calum und den Fortgang ihrer Geschichte erfahren wollt besucht mich bei Facebook unter Marah Woolf oder schaut Euch regelmäßig meinen Blog unter www.mondsilberlicht.blog.de an. Auf youtube findet Ihr außerdem ein wunderschönes Video zum Buch.

Der zweite Teil der Saga ist unter dem Titel „MondSilberZauber" erhältlich.

Der letzte Teil erscheint spätestens Weihnachten 2012 unter dem Titel „MondSilberTraum".

Vielen Dank fürs Lesen !!!!

Eure Marah Woolf

3023243R00168

Printed in Germany
by Amazon Distribution
GmbH, Leipzig